Edda Schönher.

Die Solistin

Roman einer Frau,
die von Deutschland
nach Deutschland wollte

Edda Schönherz

Die Solistin

Roman einer Frau,
die von Deutschland
nach Deutschland wollte

VERLAG EDDA SCHÖNHERZ

Bibliografische Information der Deutschen Bibliothek
Die Deutsche Bibliothek verzeichnet diese Publikation in der
Deutschen Nationalbibliothek; detaillierte bibliografische Dateien sind
im Internet über http://dnb.ddb.de abrufbar

ISBN 978-3-00-038562-9

5. Auflage, Juli 2022
© by Edda Schönherz, Berlin

Lektorat: Axel Reitel
Umschlagfoto: Archiv Schönherz
Umschlagfotos Rückseite: Volker Ettelt, FF-Dabei, 1973 (DDR);
Norbert Thomas, Funk Uhr, 1981 (Bundesrepublik Deutschland)

Gesamtherstellung: Lettertypen, Berlin
Printed in Germany

Für

Annette und *René*

Inhalt

Vorwort 9

Einstieg in das Leben 11

Der 13. August 1961 und danach 19

April 1962, November 1963 24

Das Leben geht weiter 26

Auf dem Bildschirm im Fernsehen DDR 32
Ich will unabhängig bleiben 39
Ein eigenes Haus 41
Nach Ungarn 43
Budapest 46
Das ist keine Paranoia 53

An der Grenze zu Jugoslawien 55

„Was ist denn los?" 59

Die Solistin 61
Männer im Blaumann 70
Regimetreue Sympathisanten 72
Es ist ca. 7.30 Uhr 74
Leute vom Geheimdienst 75
In der Magdalenenstraße 78
Ankunft in Nirgendwo 84
Das Personal 89
Läufer, Vernehmer, Läufer 98
Rita 119

Zwei Vernehmer 125
Es gibt nichts zu verbergen 129
Knasttelefon 130
Prof Dr. Kaul 135
Sind wir vergessen? 136
Der Prozess 141
Weihnachtsengel 143
Ein Zettel und die Folgen 145
Nur nicht verrückt werden! 147
Abtransport 152
Die Fahrt im Grotewohl-Express 156
Das Zuchthaus Hoheneck 159
Was sind die äußeren Merkmale einer Mörderin? 167
Ein langer Trog aus Stein 169
Keine leichte Arbeit 174
„Sachen packen" 175
Wiedersehen mit Rita 176
Graue Mäuse 178
Meuterei und Sexualität 182
Der Besuchstag 188
Nachbeben 190
Ich hoffe wieder! 192
Oder eben Ulla 194
Weitere Schikanen 196
Aufenthalt im Arrest und danach 197
Ein eigenartiges Geräusch 200
Nichts, was den einen Schrecken nicht noch übertrifft 201

Nach dem Ende der drei Jahre 205
Die Anträge warten weiter auf ihre Bearbeitung 207
Es ist soweit 214
Nach den Gesetzen des freien Marktes 217
Postskriptum 219

Vorwort

Dieses Buch ist meinen Kindern Annette und René gewidmet. Im Zuge meiner Verhaftung haben sie mit bereits 12 beziehungsweise 11 Jahren die Willkür des SED-Staates zu spüren bekommen. Am 09. September 1974 werde ich vor ihren Augen von 12 Stasi-Männern und einer Stasi-Frau verhaftet und abgeführt. Lapidar heißt es: Zur Klärung eines Sachverhaltes. Wir dürfen uns nicht voneinander verabschieden. Ich sage nur schnell, meine Kinder beruhigend: „Mama kommt gleich wieder!". Es werden drei Jahre ohne meine Kinder. Ich darf meine Kinder drei Jahre nicht sehen. Die Begründung hierfür lautet von Staatsseite immer gleich, sie wären noch nicht 18 Jahre und dürfen in keine Haftanstalt. Ich befinde mich seit Tagen in der Stasi-Zentrale in der Magdalenenstraße. Schließlich werde ich dem Haftrichter vorgeführt. Anschließend geht es in einen mit Zellen präparierten Kleinbus[1] zur Untersuchungshaftanstalt Hohenschönhausen. Meine Kinder wissen etwa ein halbes Jahr nicht, wo ich mich befinde. Ich dagegen weiß nicht, was mit meinen Kindern geschehen ist. Wohnen sie noch in meinem Haus? Dürfen sich die Großeltern um sie kümmern? Sobald ich bei dem mir zugewiesenen Vernehmer insistiere, zeigt sich die Stasi-Untersuchungsbehörde in dieser Frage nicht zur „Auskunft verpflichtet". Beim ersten Besuch der Eltern meines Freundes erfahre ich endlich, dass Annette und René in meinem Haus bleiben dürfen. Die Eltern meines Freundes sind inzwischen dort eingezogen und kümmern sich um die Kinder. In memoriam sei ihnen hier gedankt. Ich bin froh, dass meine Kinder in ihrer alten Umgebung bleiben dürfen. Dass sie weiterhin ihre Freunde haben, ihre Schule und sich ihr Alltag nicht allzu sehr ändert.

---

[1] Barkas war der Name eines sächsischen Automobilherstellers und die Markenbezeichnung der von 1961 bis 1991 von ihm hergestellten Nutzfahrzeuge, die zur Fahrzeuggattung der Kleintransporter zählen. Quelle: http://de.wikipedia.org/wiki/Barkas (Zugriff 08.03.2012).

Ich bin beruhigt, wurden sie ja in kein Heim gesteckt. Die bedrückenden Fragen kommen später. Werden meine Kinder verstehen, warum ich diesen Schritt gegangen bin? Hat ihr Vertrauen mir gegenüber unter der Zeit der Trennung gelitten? Fehle ich ihnen als ihre Mutter?

Ich spüre die Schrammen auf ihrer Seele. Sie werden immer da sein, Doch bin ich mir auch gewiss, dass wir schließlich den Sieg davon tragen – unsere Freiheit. Sie wird hart erkämpft werden. Man schenkt uns nichts! Das ist klar! Sollte ich meinen Kindern in irgendeiner Weise wehgetan haben, würde ich mich zu jeder Zeit dafür entschuldigen und alles tun, dies wett zu machen. Anderseits ist es auch so: stünde ich erneut vor dieser Entscheidung, wäre auch diesmal meine Entscheidung klar. Keinem Menschen sollte das Recht auf Selbstbestimmung verweigert werden. Der Artikel 1 des Grundgesetzes lautet: „Die Würde des Menschen ist unantastbar".

Annette und René, ich liebe euch und möchte euch nicht mehr missen. Die Trennung von euch durch die Stasi war für mich die schlimmste Zeit meines Lebens. Euch nicht sehen zu dürfen, gehörte zu den Mechanismen jenes ideologischen Wahns dieser Diktatur. Ich habe immer versucht, stark zu bleiben, in Gedanken an euch, jeden Tag. Deshalb gehört zu allererst dieses Buch euch! Eure Mam.

Einstieg in das Leben

Ich bin 14 Jahre alt, als mein Vater stirbt. Meine Mutter lerne ich nie kennen. Sie arbeitet als OP-Schwester in einem Kinderkrankenhaus in Berlin und später ist sie die rechte Hand meines Vaters in der Praxis. 1945 infiziert sie sich an Typhus, der nicht erkannt wird. Sie stirbt mit nur 38 Jahren. Bereits ein halbes Jahr zuvor verstarb meine drei Jahre ältere Schwester Marlies an Diphtherie und Scharlach. Zu diesem Zeitpunkt bin ich 1½ Jahre alt. Es ist die Zeit der Kriegswirren, die natürlich auch vor unserer Familie nicht halt machen. Trotzdem beschleicht mich nie das Gefühl, dass es uns schlecht geht. Im Gegenteil. Ich fühle mich aufgehoben. Mein Vater – von Beruf Zahnarzt – besitzt zwei Praxen. Die Hauptpraxis befindet sich in Berlin-Friedrichsfelde, Schloßstraße 15. Später umgetauft in Straße am Tierpark. Die Zweit-Praxis befindet sich weiter weg in Hohensaaten, Bad Freienwalde an der Oder. Dazu führen uns immer wieder auch Reisen nach Eberswalde sowie in meinen Geburtsort in Schlesien, Bad Landeck. In der Grafschaft Glatz leben die Eltern meiner Mutter. Hoch betagt werden sie im Zuge der Vertreibungen aus Ostpreußen, Schlesien und aus dem Sudetenland im Jahr 1947 an die holländische Grenze zwangsausgesiedelt. Sie überleben den Verlust der Heimat nur kurze Zeit.

Seit ihrem 14. Lebensjahr lebt in unserer Familie die Haushaltshilfe Gertrud. Gertrud stammt aus Herzfeld-Neumark und landet durch die Kriegswirren mit ihrer Mutter und Schwester in Döbritschen, Kreis Zeitz/Sachsen. Es ist damals so üblich, dass junge Mädchen vom Lande in die Großstadt geschickt werden. Dort sollen sie Handwerk und Grundlage für die Führung eines eigenen Haushaltes erlernen. Ihr Aufgabenbereich ist heute mit der Tätigkeit eines Au-pair-Mädchens zu vergleichen.

Ich habe Gertrud sehr gern. Sie ersetzt mir die Mutter. Deren Verlust mir mit meinen 1½ Jahren noch nicht schmerzlich bewusst ist. Meine größeren Geschwister haben mit dem Verlust der Mutter verständlicherweise mehr Probleme als ich. Kannten sie doch unsere liebe Mama so viel länger als ich und haben ihre ganze Liebe bewusst wahrnehmen dürfen. Von all den Querelen, den Schwierigkeiten der Nachkriegszeit und den Sorgen um den Erhalt der Familie bekomme ich also nicht allzu viel mit. Die schreckliche Mühsal der Zeit versucht unser Vater soweit es möglich ist, von uns fernzuhalten. Vor allem von mir, dem Nesthäkchen. Einfach ist das für ihn sicher nicht. Zum einen sind da zwei Praxen mit den dazugehörigen Patienten. Zum anderen häufen sich die Alltagssorgen. Es sind insgesamt sechs Mäuler zu stopfen – mit ihm sieben. Denn es gehört auch noch zum Haushalt mein Großvater Max, der Papa meines Vaters, und meines Vaters Schwester, meine taubstumme aber herzensliebe Tante Else. Dazu kommt die Abhängigkeit vom Wohlergehen der sowjetischen Besatzungsmacht. So wird er einmal für zwei Wochen vom NKWD[2] in Haft genommen. Er wird denunziert von einer in der Umgebung lebenden Russin. Diese lebte bereits in der Zeit des Nationalsozialismus in Deutschland und ängstigt sich nun vor unbequemen Fragen, was sie in der Zeit des Großen Vaterländischen Krieges beim Feind verloren hatte. Nach dem Motto, „Angriff ist die beste Verteidigung" beginnt sie, wahllos Nachbarn und Bekannte beim NKWD zu denunzieren. Die Beschuldigungen gegen meinen Vater werden nie bekannt. Fakt ist, dass mein Vater in dieser Zeit die „Russen" mit reinem Alkohol aus den Beständen seiner beiden Praxen versorgt und mit ihnen trinkt (oder besser gesagt trinken musst). Nach seiner Freilassung kommen seine einstigen russischen Bewacher und die russischen Offiziere aus Karlshorst zur Zahnbehandlung.

---

2 Volkskommissariat für innere Angelegenheiten (NKWD, ab 1946 MWD) Quelle: http://de.wikipedia.org/wiki/Speziallager (Zugriff am 08.03.2012).

Unglaublicherweise werden bei diesen Prozeduren auf ihr ausdrückliches Geheiß ihre gesunden Zähne durch Goldkronen ersetzt. Nun, mein Vater bringt tatsächlich alles unter einen Hut.

Dennoch bleibt nachhaltig die Trauer um seine über alles geliebte Frau und seine geliebte Tochter Marlies.
Alles hat seinen Preis. Der Tatsache geschuldet, dass er dennoch das Leben meistert, resultiert meine Sicht auf ihn als Übervater. Er „regiert" mit großer Strenge, die leider oft in Ungerechtigkeit mündet. Die älteren Geschwister sehen dies deutlicher als ich und bekommen auch leiblich Vaters Hand oder Stock zu spüren. Aber so ist eben die damalige Zeit sowie ihre Vorstellungen davon, wie und mit welchen „Mitteln" die eigenen Kinder zu „erziehen" sind. Trotz aller Angst vor der „Bestrafung" und übergroßem Respekt Papa gegenüber, kann ich heute sagen, dass mir damals ebenfalls klar gemacht wird, was im Leben Anstand, Moral, Ethik, Verständnis, Toleranz und Akzeptanz im Miteinander bedeuten. Auch Anekdoten gehören dazu. Einmal bahnt sich eine ernste Auseinandersetzung zwischen mir und meinem Vater an. Ich beginne rechtzeitig laut zu weinen, zu schreien und zu protestieren. Damit will ich Papa natürlich von seinem Ansinnen der üblichen Tracht Prügel ablenken und Zeit gewinnen. Das hat schon einige Male ganz gut geklappt. Bis mir mein großer Bruder aus einer Laune heraus in meinen Plan hineinfunkt und mir rät, in dieser gefährlichen Situation Papa einfach anzulächeln, Frech ins Gesicht, sozusagen. Dann würde sich Papa, so Lothar, sehr freuen und ruck zuck von mir ablassen. Gesagt, getan. Bei der nächsten Schimpfkanonade setze ich ein Lächeln auf, das den härtesten Stein erweichen lässt. Vielleicht ist ja etwas Wahres am Ratschlag des ältesten Bruders. Hätte ich bloß gesehen, wie der in der Ecke steht und feixt! Der Ausdruck im Gesicht meines Vaters entspricht nämlich so gar nicht meinen Erwartungen. Im Endeffekt bringe ich diese am Rand von blauen

Flecken stehende Auseinandersetzung einigermaßen gut hinter mich, Bei den künftigen Ratschlägen Lothars war ich aber fortan auf der Hut.

🐘|🐘

Ansonsten verstehen wir Geschwister uns eben wie Geschwister. Zuneigung, Streit, Zank wechseln wie die Gezeiten. Handgreiflich wird es mit meiner großen Schwester Linda. Ich mag mich nicht bevormunden lassen. Sie nennt mich einen Rebellen. Was ist das? Wenn sie ausgeht, muss sie mich an die Hand mitnehmen, was bei ihr natürlich keine Begeisterung hervorruft. Einerseits nennt sie mich widerspenstig, andererseits spiele ich unfreiwillig den Anstandswauwau. Ich bekomme ihren Unwillen prompt zu spüren. Da sie mich dennoch „ordentlich" mit-

Mit Lothar und Linda und meinem Teddy etwa 1947.

nehmen will, werden meine Zöpfe geflochten, was sie zugleich dazu ausnutzt, beim Kämmen und Flechten immer wieder an meinen Haaren zu zerren. Es werden riesige Propellerschleifen in die Zöpfe eingeflochten. Ich sehe aus wie Pippi Langstrumpf, der ihr eigener Aufzug gar nicht gefällt. Kurz, ich fühle mich jedes Mal wie ein abhebender Maikäfer. Schließlich haben wir beide Wut im Bauch und so gehen wir nach draußen. Natürlich löst das Aggressionen aus. Einmal kommt es im Flur zu einem Handgemenge zwischen uns beiden, das mit Kleiderbügeln ausgefochten wird. Im Endeffekt sind unsere Kleider derart ramponiert, dass ein Außer-Haus-Gehen nicht mehr in Frage kommt. Von den gegenseitigen Kratzern ganz zu schweigen. Es ist allerdings unsere letzte Schlacht. Wir beginnen, uns zu vertragen, Ab jetzt halten wir zusammen. Die Haupterziehung obliegt indessen Vaters „alter Schule". Es ist nicht immer ideal. Jedoch bildet dieses Kapitel für mein weiteres Leben eine stabile Grundlage. Als mein Vater stirbt, bin ich 14.

In der Schule bin ich nicht die Beste, aber auch nicht die Schlechteste. Ich bewege mich im Mittelfeld. Unser Vater hätte gern gesehen, dass einer von uns auch Zahnarzt wird. Leider tut ihm keines seiner Kinder den Gefallen. Die gesellschaftlichen Verhältnisse im ersten Arbeiter und Bauernstaat sind so, dass für die Zulassung zur Erweiterten Oberschule[3] neben dem Zensurendurchschnitt auch der gesellschaftliche Status zählt. So werden vorwiegend Kinder aus Arbeiter und Bauernfamilien zugelassen. Da wir zur Intelligenz zählen, hat das zur Folge, dass meine Geschwister trotz guter Noten nicht zum Abitur zugelassen werden. Die Zulassungskriterien werden willkürlich

---

3   Das ist in der DDR der Name für das Gymnasium.

geändert. Bei manchen Jahrgängen werden ebenfalls Kinder aus der Schicht der Intelligenz berücksichtigt.
Über die Vergangenheit, über den Krieg und die Tode meiner Mutter und meiner Schwester sowie die Scheußlichkeiten, die sich daraus ergaben, wird unter uns wenig gesprochen. Einerseits will uns unser Vater nicht dauerhaft damit konfrontieren. Die ständigen schmerzlichen Erinnerungen könnten ja allzu große Zukunftsangst empor bringen. Andererseits nagt auch seine Verhaftung an ihm. Ist es nicht reine Glückssache gewesen, dass er heil davongekommen ist? Unzählige unschuldige Menschen wurden aus heiterem Himmel erschossen. Oftmals reichte eine haltlose Denunziation dafür aus, einen unbelasteten Menschen umzubringen.
Seine Sorgen sind jedenfalls nicht unberechtigt. Er stirbt mit nur 58 Jahren. Neben dem schmerzlichen Verlust ist sein Tod auch von bitterer Ironie umgeben. Meinen Vater prägt eine inständige Angst vor einer nahenden Operation. Es geht um die Entfernung seiner entzündeten Galle. Aber er lässt sich nicht operieren. Der Verlust wirkt auf uns alle lange Zeit lähmend.

🐘 | 🐘

Anfang der 1950er Jahre heiraten mein Vater und Gertrud. Gertrud ist nun Anfang 20 und übernimmt die Rolle der liebevollen Vize-Mutter. Aus der Ehe gehen meine Geschwister Norbert und Gudrun hervor. Von nun an bleibe ich allein auf mich gestellt, denn sie hat nun mit den beiden Geschwistern Norbert und Gudrun alle Hände voll zu tun. Um nochmals auf den Tod meines Vaters sprechen zu kommen, muss ich ehrlicherweise sagen, dass ich selbst den Verlust anfangs nicht so schwer empfinde. Ja, mehr noch, es ist sogar wie eine Art Befreiung. Das liegt einmal an seiner übermäßigen Strenge, die für mein Gefühl meine persönliche Entwicklung gebremst hat. Sicher war das von ihm ungewollt geschehen. Er ist eben auch ein Kind seiner Zeit, in der Strenge gegen das eigene Kind fördernd für die Entwicklung eines guten Charakters angesehen wird. Ich aber vermeide als Heranwachsende jeden Fehler und bringe mich um manchen Erfolg. Ich muss erst 18 Jahre alt werden, damit mir der Verlust meines Vaters, meiner Eltern, voll und ganz bewusst wird. Es tut weh. Habe ich aber je gelernt, folgerichtig meine Trauer aufzuarbeiten? Ich gehe gedanklich zurück. Lasse die Geschichte hier und dort auferstehen. In meinen Gedanken ist mein Vater am Leben. Ich kann ihn sehen und hören. Vor allem habe ich seine Stimme nicht vergessen.

Mein Vater (2. v. links) mit seinen Angestellten

Und ganz und gar nicht die gemeinsamen Spaziergänge in West Berlin. Ich begleite meinen Vater oft zum Materialeinkauf in das West-Berliner Dentaldepot. So ein Tag ist für mich ein großes Erlebnis, Wir schlendern, sehen uns die Schaufenster an, gehen in ein Café – und ich darf mir jedes Mal was Schönes kaufen, was es in den Läden der DDR nicht gibt. Zum Beispiel suche ich mir in einem Café einen giftgrünen Frosch mit knallroten Augen aus. Seine innere Füllung besteht aus Buttercremetorte, das weiß ich aber nicht. Gertrud warnt mich noch davor: „Dir wird schlecht davon und du musst das aufessen". Ja klar, das Teil wird in West-Mark bezahlt, und der Kurs von DDR-Mark zur West-Mark steht damals 1 zu 12. Es hilft nichts, es ist ein Objekt meiner Begierde. Das Ende vom Lied kann jeder erahnen: bereits nach dem zweiten Bissen wird mir übel. Der Frosch bleibt angebissen liegen. Mein Vater hat so viel Geld dafür hingelegt, aber ich bekomme von dem süßen Cremezeug nichts mehr runter. Ich bekomme einige missfallende Worte von meinem Vater zu hören. Das Verständnis, warum er jetzt so ärgerlich ist, fehlt aber noch. Ich genieße diese Tage einfach. Es gibt noch keine Staatsgrenze, die zum Schutz des eigenen Lebens nicht überschritten werden darf. In diesem Sinne ist für uns der Westen noch ganz nah. Als Schülerin und Jugendliche gehe ich oft mit Klassenkameraden zur Warschauer Straße ins Kino oder zum Gesundbrunnen und kaufe heimlich Schallplatten. Die Stars heißen nicht Walter Ulbricht oder Otto Grotewohl, sondern Bill Haley, Little Richard, Elvis und Fats Domino. Allerdings sollte der Name Grotewohl oder was sich im Besonderen mit diesem Namen bald verbindet, eines Tages mein Leben über die Maßen bestimmen. Zu dieser Zeit aber fröne ich unserer Musik, dem Rock 'n' Roll. Diese rhythmische, pure Lebensenergie verbreitende Musik mache ich zusammen mit meinen Freunden zur ganz eigenen Sache. Nur allmählich wird die Einengung spürbar.

Der 13. August 1961 und danach

Der 13. August 1961 ist ein sehr schöner warmer Tag. Als passionierte Reiterin in Neuenhagen sitze ich gegen Mittag vor dem Reitstall auf einer Bank. Die Reitstunde ist gerade vorüber. Noch eine kurze Pause, dann geht es an die Versorgung der Pferde. Weiterhin müssen der Stall ausgemistet und die Reitutensilien geputzt werden. In diesem Augenblick kommt der Stallmeister vom Büro zum Stall herüber und ruft bereits von weitem: „Die haben eine Grenze durch Berlin gezogen! Es darf keiner mehr nach West-Berlin!". Gedanken, Fragen rasen plötzlich wild durch meinen Kopf. Wie? Was? Wo? Wozu? Warum? Der Stallmeister wird deutlicher: „Ulbricht hat die Absicht, eine Mauer zu errichten! Er ist dabei, uns alle einzusperren!" Ich kann die Worte noch immer nicht in meinen Gedanken richtig zusammensetzen. Was erzählt der denn für einen Unsinn? Ich glaube es nicht. Dann sind meine Gedanken wieder klar, Nie und nimmer! Ich habe die Stimme meines Vater völlig klar im Ohr: „Der Amerikaner lässt niemals zu, dass eine Mauer gebaut wird." Also sehe ich die Situation erst einmal gelassen – und werde bald eines Besseren belehrt. Der gründliche Blick auf die Zeit nach dem Mauerbau, ist keine einfache Sache. Jetzt erst fällt es einem wie Schuppen von den Augen, dass man wirklich – ohne Wenn und Aber eingesperrt war. Die Kinobesuche im Grenzgebiet der Warschauer Straße in West-Berlin fallen natürlich weg. Schnell mal eine Single kaufen von Bill Haley oder Elvis ist fortan tabu. Doch es ist fortan nicht nur unerlaubt, die alten Läden am Gesundbrunnen aufzusuchen – auch die Musik unserer Stars ist ab sofort verboten. Was nun beginnt, ist die Suche nach Nischen.

Es dauert nicht sehr lang und ich habe meine erste Nische gefunden. Sozusagen einen ersten Pfad für mein Leben. Es soll kein leichter Weg sein, aber die ältere Schwester nennt mich nicht umsonst einen Rebell. Mit Bevormundungen stoßen sie bei mir auf Granit. Gut möglich, dass sie mir deshalb auch gleich den vier Jahre älteren Detlef, die erste Liebe meines Lebens, ausspannt. Sie macht es bestimmt, um mich vor Bösem zu bewahren. Im Alter von 14 Jahren habe ich spätestens um 21 Uhr zu Hause zu sein. Das ist ihre Chance – den Rest des Abends kann sie ganz nach Belieben allein mit Detlef gestalten. Mir bleibt meine Unschuld erhalten.

🐘|🐘

Auf dem Weg zu mir selbst suche ich mir neben der Schule Hobbys. Es sind alles wichtige Aufgaben, um mich auszuprobieren. Ich will Freunde und Bekannte haben und einen Kreis außerhalb der Familie finden, zu dem ich auch gehöre und in dem ich mich wohl fühle. Mit 11 Jahren habe ich das Reiten begonnen. Ich habe meine Liebe zu den Tieren entdeckt. Diese Sportart mit den edlen Tieren macht mir sehr viel Freude. Diese Freude hat bis heute Bestand, obwohl die aktive Zeit längst in den Hintergrund getreten ist. Meine sportlichen Aktivitäten habe ich meinem Vater vorenthalten. Lügen will ich nicht. Ich rede nicht darüber. In meiner Vorstellung hat er viel zu viel Angst, dass ich vom Pferd falle und mir alle Knochen brechen würde. Im Vorfeld habe ich schon mit ihm darüber gesprochen. Er erteilt mir das Verbot aus dem Stand. Schwach wie jeder andere Mensch, mache ich es heimlich. Es ist nicht das einzige, was ich ihm vorenthalten werde und sicherlich ist es nicht richtig. Aber wie heißt es so schön? Was der Vater nicht weiß, tut dem Kind nicht weh. Auf damals trifft das jedenfalls zu. Ich brauche meinen Freiraum. Es gibt genügend Ärger, wenn ich nach der Schule gleich in den Tierpark-Friedrichsfelde laufe, anstatt erst einmal nach Hause zu gehen. Und wenn ich einmal dort bin, komme ich auch so schnell nicht wieder von dort weg. Die Tiere, der Park, die Atmosphäre und die Menschen, die im Park arbeiten, sind meine Welt. Mein Vater ist seit der Eröffnung des Tierparks, im Juli 1952, Fördermitglied und gut mit dem Direkter Prof. Dr. Dr. Dathe[4] bekannt. Unsere Familien sind befreundet und ich unternehme mit den Dathe-Kindern Almut, Holger und Falk manch abenteuerliche Tour. Mit Holger besuche ich einige Zeit dieselbe Schulklasse. Er ist ein sehr guter Schüler. Auch so ist er ziemlich schnell von Begriff. Das beweist er immer wieder, wenn wir zusammen im Tierpark unterwegs sind. Im Park einfach nur umhertollen gibt es nicht. Von Professor Dathe bekommen wir immer spannende Aufgaben gestellt, wie sämtliche zu den Hirschen, Rehen oder Bären gehörenden lateinischen Begriffe auswendig zu lernen. Holger hat alles in null Komma nichts im Kopf, während Almut und ich oft zu den Gehegen zurückmüssen, weil wir in der Zwischenzeit schon wieder alles vergessen haben. Sobald wir bei Dr. Dathe in der guten Stube sind, werden wir abgefragt. Auch den kleinen Bruder Falk müssen Almut und Holger oft mitnehmen. Recht ist uns das nicht immer, aber als er ein Fahrrad geschenkt bekommt und wir ihm nun das Fahrrad fahren beibringen sollen, sind wir auf einmal in unserem pädagogischen Element. Wir haben die strenge Auflage, die Übungsstunde außerhalb des Parks zu absolvieren. Es sollen schließlich keine Besucher gefährdet werden. Alles gut und schön. Andererseits gibt es da die schönen langen Wege vorbei an den Hirsch und Rehwildgehegen. Kurz, wir setzen den kleinen Falk genau bei den Gehegen auf das Rad und ab geht die Fahrt. Erstaunlicherweise kann

---

4 Heinrich Dathe (* 7. November 1910 in Reichenbach; † 6. Januar 1991 in Berlin-Friedrichsfelde; vollständiger Name: Curt Heinrich Dathe) war ein deutscher Zoologe und 34 Jahre lang der Direktor des Tierparks Berlin, wodurch er in der DDR sehr bekannt wurde. Quelle: http://de.wikipedia.org/wiki/Heinrich_Dathe (Zugriff 22.04.2012).

der kleine Falk das Gleichgewicht halten, sogar etwas holprig lenken. Was er dafür ganz und gar nicht kann, ist das Fahrrad wieder anzuhalten. Zunächst fährt er munter drauflos und wie immer in unserer Freizeit quatschen und lenken wir uns mit völlig anderen Dingen ab. Irgendwann merken wir, dass Falk auf weiter Strecke voraus ist. Am Ende des Weges schlendern vier ältere Damen gemütlich den Weg entlang – und das über die gesamte Breite des Weges. Falk fährt direkt auf sie zu. Wohin kann er ausweichen. Das drohende Unglück naht. Uns wird klar, dass wir Falk nicht mehr einholen können, bis er eine der Frauen rammt. Wir stehen wie versteinert und harren dem Unglück, das nun jeden Augenblick geschehen muss. Wir sehen das Geschrei und Gezeter der lieben alten Damen im Voraus. Schon sind sie bei Professor Dathe und beginnen sich auch dort wortgewaltig zu beschweren. Wir halten uns die Hand vor das Gesicht und lunzen durch die Finger, um zu sehen, was wir keineswegs sehen wollen. Was tut Falk? Falk fährt zackig mittenrein zwischen die Damen und hält sich am Kostüm links und rechts fest, damit er nicht umfällt. Und was tun die Damen? Die beiden, an denen sich Falk festhält, schütteln ihn einfach ab. Falk lässt daraufhin das Fahrrad umfallen und rennt kurzerhand davon. Oh weh. Erst wollen wir selber davonlaufen, aber die Damen sehen sich stracks nach den Fürsorge tragenden Aufpassern um, und ab so einem Zeitpunkt hilft dir nur aller Charme der Welt. Und gut erzogene Kinder entwickeln in derart verfahrenen Situationen davon reichlich. Es käme nicht mehr vor. Der Tierpark ist so schön. Die Luft so herrlich. Die Tiere so spannend. Sogar die lateinischen Begriffe lernen wir. In dieser Zeit haben wir eines bereits gelernt: der Tierpark, und nicht nur dieser, ist voller Augen und Ohren, Jahre später, als die Stasi den Operativen Vorgang „Solistin" angelegt hat und ich mich ganz im Sinne ihrer eingeleiteten Zersetzungsmaßnahmen im Frauengefängnis Hoheneck befinde, werden mich solche Erinnerungen begleiten und mir Mut machen.

Almut, Holger und Falk verliere ich im Laufe der Zeit aus den Augen. Jeder schlägt seinen eigenen Weg ein. Das Leben hat für jeden sein Schicksal parat. Es war eine schöne, erlebnisreiche Zeit. Es ist aus allen etwas geworden. Almut studiert Medizin, Holger und Falk folgen dem Beruf ihres Vaters und sind bald selbst im Tierpark Berlin tätig oder sind es immer noch.

April 1962, November 1963

Mit 14 klaut mir meine ältere Schwester meine erste Liebe. Peter lerne ich mit 15 kennen. Bei Peter passe ich auf. Peter kommt aus Köpenick. Er wird der Vater meiner Kinder. Er ist mein großes Glück. Aber was hat das Leben nur mit mir vor? Wie lange währt das große Glück? Unsere Tochter Annette bekomme ich 14 Tage vor meinem 18. Geburtstag. Wir schreiben den 14. April 1962. Ja, ich fange früh an. Es klappt bereits beim ersten Mal. Suche ich von Anfang die große Geborgenheit? Das sichere eigene Nest? Ich bin glücklich – doch das Unglück näht bereits das Totenbett. Sofort nach der Geburt von Annette wird Peter zum Wehrdienst der NVA einberufen. Ich rede mir ein: „1½ Jahre. Das geht schnell vorbei." Es ist nicht einfach für mich. Ich bin erneut schwanger und obendrein liegt nun die Verantwortung allein in meinen Händen. Beim Abschied begleitet mich ein tief sitzendes ungutes Gefühl. Auf dem Bahnhof beim Abschied singt Elvis aus den Lautsprechern „Muss i denn, / muss i denn, / zum Städtele hinaus, / Städtele hinaus, / aber du mein Schatz bleibst hier." Sechs Monate später, am 27. März 1963, kommt unser Sohn René auf die Welt. Peter bekommt einige Tage Sonderurlaub. Dann kehrt er zu seiner Einheit zurück. Es ist das letzte Mal, dass ich ihn gesund und munter sehe. Als er spät im November des Jahres zu uns, seiner kleinen Familie, zurückkehrt, ist er ein schwer kranker Mann und an einem Sarkom, einer der schlimmsten Arten des Blutkrebses, erkrankt. Und ich erfahre erst so viele Jahre später, nach dem Untergang des SED-Staates und seiner mörderischen Ideologie, dass er während des Militärdienstes einen Gefahrentransporter der NVA zu fahren hatte.

Nun liegt er dort aufgebahrt, wachsbleich und tot. Er ist 23 Jahre alt. Einen Tag zuvor bittet er mich noch einmal, ihn allein im Krankenhaus zu besuchen. Was will er mir sagen? Bevor ich ins Krankenhaus fahre, ruft die Stationsschwester bei uns zu Hause an und teilt mir Peters Tod mit. Sie teilt Peters Tod nicht direkt mit. Aber ich weiß es. Es ist 8.30 Uhr. Im Krankenhaus stehen bereits seine Sachen auf dem Gang vor seinem Zimmer. Peter selbst ist bereits im Baderaum oder Leichenraum untergebracht. Mir schwinden die Sinne, Erst Tage darauf kann ich wieder einigermaßen klar denken. Quälen eigentlich alle Menschen je nach Situation die gleichen Fragen? Immer wieder frage ich: Warum hast du uns allein gelassen, und mich mit dieser enormen Verantwortung für die Kinder?

Peter bekommt ein Staatsbegräbnis. Zur Beisetzung kommen alle seine Freunde und die Kameraden der Einheit, in der er gedient hat. Es gibt ein großes Brimborium: Staatsflagge, Stahlhelm auf dem Sarg und zwölfmal Salutschüsse. Dann wird der Sarg in die Erde gelassen. Bei dieser Zeremonie stehe ich wieder im Nebel. Ich bin körperlich da, die Gedanken sind woanders. Irgendwas in unserem Gehirn baut diesen Schutzmechanismus auf. Ich stehe alles durch. Und genau diese Momente erlebe ich später noch einmal wieder, aber in anderen Situationen. Beim Fernsehen. Bei der Stasi. Im Zuchthaus. Für mein Gefühl, das für mich so gut wie Wissen ist, ist Peter noch lange mit seiner Energie und seinem Geist um uns und schützt seine kleine Familie. Er sagt mir, das Leben geht weiter. Das Leben geht weiter. Es gibt nur zwei Möglichkeiten, untergehen oder den Weg nach vorn wählen. Habe ich eine dritte Möglichkeit übersehen? Nun, ich für meinen Teil wähle den Weg nach vorn.

Das Leben geht weiter

Die Zeit nach Peters Tod ist nicht einfach. Anfang 2003 erfahre ich aus den Unterlagen des NVA-Archivs, dass er einen Gefahrentransporter bewegte und mit ihm kamen drei weitere Kameraden ums Leben. Alles andere kann man sich zusammenreimen.

Jetzt war ich die Alleinverantwortliche für uns. Es bedeutet auch Alleinernährerin. Die Kinder, auch noch so klein, werden nun eingebunden. René muss in die Kinderkrippe, Annette in den Kindergarten. Ich habe eine Anstellung als Textilkauffrau durch Beziehung bekommen, mache dort dann meinen Großhandelskaufmann. Die ersten Jahre sind sehr mühsam und schwierig. Meine Vize-Mutter hat mich sehr unterstützt und hin und wieder auch die Kinder genommen. Von Peters Eltern will ich gar nicht berichten, der Großvater ist dem Wermut sehr zugetan und die Großmutter hat Versprechungen gemacht, die sie nicht einhält. Als ich sie einmal bitte, ob sie René nehmen könne, sagt der alte Beccard: „Nur wenn wir ihn adoptieren können". Ich war so entsetzt darüber, um alles in der Welt hätte ich meine Kinder nicht hergegeben und damit ist der Bruch zu den Großeltern fundiert und ich bin nur noch selten mit den Kindern zu ihnen gegangen. Christa, meine Schwägerin und Schwester von Peter, strickt und häkelt viel für die Kinder, dafür bin ich ihr heute noch sehr dankbar und Tante Erna aus West-Berlin, die Schwester meiner Schwiegermutter, näht viel für die Kinder, sie sahen immer aus wie aus dem Ei gepellt.

1966. Es ist das dritte Jahr nach Peters Tod. Im Jugendklubhaus „Artur Becker" ist eine Faschingsveranstaltung. Dort lerne ich Hans-Joachim Schönherz kennen. Neben seinem Beruf als Bootsbauer leitet er die Artistengruppe „Die Luftkometen" (siehe Anhang, Seiten 234 und 235). Ich bin Feuer und Flamme, nicht nur für ihn, sondern steige auch mit in die Gruppe ein. Ich trainiere hart, um auch hier meinen Mann zu stehen. Schließlich arbeite ich in der Gruppe am Hochseil und stehe oben auf dem Trapez. Meine Kinder sind begeistert und die meiste Zeit der Proben immer dabei. Es ist eine sehr glückliche Zeit. Die Luftkometen sind eine ganz tolle Truppe. Ich erlebe Zusammenhalt, Sympathie. Kurz: ich entdecke eine neue Welt, die mich nicht von meinen Kindern trennt, sondern in der meine Kinder begeistert mitmachen und sich als fester Teil des Ganzen fühlen. Das Training ist harte Arbeit, aber wir haben gemeinsam vor allem viel Spaß und viele herrliche gemeinsame Erlebnisse. Auch der Zusammenhalt in der Gruppe prägt mich von Grund auf neu. Jeder muss sich auf den anderen verlassen können. Beim Aufbau der großen Gerätschaften darf nicht der geringste Fehler passieren, denn daran hängt das Leben der Akteure. Hans-Joachim, der Chef unserer Hochseiltruppe und Siegfried, der Verantwortliche für die Sicherheit, überprüfen alles dreimal. Bei den Proben und vor jeder Aufführung wird genauestens alles noch einmal abgecheckt. In dieser Sache bleiben beide unerbittlich.

In dieser Zeit munkelt man auch schon, der eine oder die andere in unserer Truppe, sei womöglich Informant der Stasi. Auch dieser Aspekt dringt nun tiefer in mich ein. Oft beherrschen derartige Diskussionen die Zeit vor den Auslandsgastspielen. Neben Auftritten im sozialistischen Ausland kommen schließlich West-Gastspiele hinzu. So weilen wir auf Einladung der KPÖ einige Male in Wien! Neben meiner artistischen Arbeit führe ich auch durch das Programm – und werde auf diese Weise schließlich vom DDR-Fernsehen entdeckt.

Wie werde ich eigentlich entdeckt? Auch im Sozialismus streckt die Unterhaltungsbranche ihre Hände nach jungen biegungsfähigen Talenten aus. Dafür klappern Angestellte der Branche mit Sonderauftrag die verschiedensten Aufführungen ab. Mein „Herr" mit Sonderauftrag sah sich eine Aufführung der Luftkometen an und kam dabei wohl zu der Ansicht, ich passe ganz gut in dieses Raster. Schließlich wartet er auf mich und spricht mich nach der Aufführung an. Ich verstehe zunächst kein Wort. Was will ein Mitarbeiter des DFF von mir? Er wiederholt seine Frage, ob ich nicht beim Fernsehen vorsprechen möchte und bleibt hartnäckig. Irgendwie ist meine Haltung nach außen wohl noch immer so, dass ich mir solche Scherze verbiete. Als ich schließlich begreife, dass sein Angebot durchaus ernst gemeint sei, schwinden mir vor Freude die Sinne. So ist das wohl mit den Wechselbädern von Unglück und Glück. Es ist gut möglich, dass ich zu diesem Zeitpunkt, die Ereignisse um Peter noch immer nicht ganz verdaut habe und meinem Glück nicht offen in die Arme fliege.

Nun aber wartet eine neue große Herausforderung auf mich. Ich kann doch nichts verlieren, höchstens gewinnen. Es vergehen ein paar Wochen, dann flattert der Vorsprechtermin ins Haus. Anhänge, Texte aus den verschiedenen Bereichen, von der einfachen Programmansage bis zur Einführung in das Werk „Les Preludes" von Franz Liszt. Auch die Einführung in das Werk eines anerkannten Staats-Dichters befindet sich darunter. Ich arbeite mich gründlich durch alle Aufgaben und gehe gut vorbereitet zum angesetzten Termin in das Studio II, Haus A, in Berlin Adlershof.

Dass ich nicht die einzige Geladene bei diesem Vorsprechtermin bin, habe ich mir bereits gedacht. Dass es aber so viele sind, übertrifft meine Erwartungen um ein Weites. Es müssen an die 150 Leute sein, denke ich, und bin doch sehr erstaunt.

Gleichzeitig wächst meine Neugierde und ehrlich gesagt, bin ich auch ein wenig amüsiert. Ich setze mich also in eine Ecke im hinteren Teil des Raumes und beobachte das Treiben dieser Leute. Die meisten führen sich so auf, als seien sie bereits der große Star, nur weil sie einen Termin zum Vorsprechen erhalten haben. Die fallen schon mal weg, denke ich. So unnatürlich, das geht gar nicht. Zum Teil sind die Hüte noch größer als der Mund, hier und da grell geschminkt flitzen sie durch den Raum. Die Kleider, die sie tragen, sehen aus wie aus Kostümfilmen, O je. Sicher ist es für sie alle der Traumberuf schlechthin und die Karriere überhaupt. Das gilt auch für mich, keine Frage. Aber ich male mir eben nicht von vornherein die große Chance aus und bleibe gelassen. Ich verfahre lieber nach der Devise: Klappt es, ist es gut, man kann sich nur verbessern! Falls nicht, die Luftkometen nehmen mich wieder. Außerdem habe ich noch meinen Beruf: Handelskaufmann für Exquisit-Textilien, Ich werde einfach weiterarbeiten. Auch dort. Natürlich bin ich gespannt. Vielleicht verberge ich meine Aufregung nur besser.

Schließlich werden alle nach und nach aufgerufen. Ich muss ziemlich zum Schluss rein. Erste Anweisung: Bitte auf den Stuhl vor die Aufzeichnungskamera. Ich setze mich auf den Stuhl vor der Aufzeichnungskamera! Nur nichts vorspielen. Nur nicht in Szene setzen. Eine Kunstpause. Dann trage ich meine auswendig gelernten Texte vor. Die Kunstpause kommt zurück. Dann bin ich einstimmig angenommen. Ich habe die Kriterien, nach denen die Jury insgeheim bewertet, erfüllt. Natürlichkeit, Allgemeinbildung, und eine gute Ausstrahlung. Von der Bewerbergruppe bleibe ich als einzige übrig. Eine verbindliche Zusage für den Beruf der Fernsehmoderatorin bedeutet diese bestandene Prüfung aber noch lange nicht. Es ist damit lediglich die erste, wenn auch wichtigste Hürde genommen. Um auf dem Bildschirm erscheinen zu dürfen, folgen weitere Tests. Es hat mehrere Vorsprechtermine gegeben. Insgesamt sind fünf

Hoffnungsträger in die engere Auswahl gekommen. Vier junge Frauen und ein junger Mann. Der junge Mann heißt Erich. Erich ist ein ganz toller Typ, mit einem tollen Aussehen und vor allem mit einer großen Ausstrahlung. Es muss nicht jeder, der beim Fernsehen so toll aussieht, über eine so gute Ausstrahlung verfügen. Auch hier gelten darüber hinaus noch andere Maßstäbe. Das soll sich bei Erich beweisen. Trotz seines einnehmenden Wesens darf Erich nie auf den Bildschirm. Kurz bevor wir alle in der Presse angekündigt werden, meldet sich ein ehemaliger Spieß von der NVA bei der DFF-Intendanz und beschwert sich, wie man einen Menschen, der es sich während des Grundwehrdienstes nicht verkniffen hat, einen staatsfeindlichen Witz über unsere Republik unter seinen Kameraden los zu werden, auch noch diese Karriere bieten kann. Nach dieser Denunziation ist Erich von einer Minute auf die andere verschwunden. Eine Begründung seines Rauswurfes bekommt er nicht. Wir erfahren erst viel später, warum. An diesem Tag kennen wir den wirklichen Sachverhalt nicht. Als ich davon erfahre, bin ich längst an der Fernsehakademie eingeschrieben und kenne die Gepflogenheit der zwei Gesichter, die man in diesem Land zu zeigen hat. Erichs Schicksal hätte jeden ereilen können.

Es folgt eine 3-jährige Ausbildung an der Fernsehakademie in Berlin Adlershof. Dazu gehört Sprecherziehung beim unerbittlichen Papa Mentz, wie wir ihn nennen. Es darf kein Dialekt zu hören sein, reines Hochdeutsch ist angesagt, die Aussprache hat deutlich und gut artikuliert zu sein. Schiefer Mund oder Grimassen beim Sprechen sind undenkbar. Ständige Kopfbewegungen beim Sprechen vor laufender Kamera werden „abtrainiert". Der Zuschauer soll nicht ständig auf deine Bewegungen achten, sondern auf das was gesagt wird, Vor allem die „Dreieinigkeit"; Fernsehen soll unterhalten, bilden und informieren, den Zuschauer angemessen in den Tag respektive in den Abend begleiten. Dazu gehören eine angenehme Ausstrahlung und ein gewisses Charisma.

Neben der Sprecherziehung gibt es Schauspielunterricht, natürlich politische Bildung und Rhetorik. Wir erhalten Kenntnisse der journalistischen Grundlagen, lernen das Handwerk des Schreibens von Ansagen und Moderationen. Es ist eine sehr umfangreiche und gute Ausbildung. Ich studiere mit viel Freude. Das Ziel, der anstehende Beruf, spornt mich an. Es ist der Traumberuf von vielen jungen Frauen und ich darf dabei sein. Schwieriger wird es mit der gesellschaftspolitischen Seite der Medaille. Für die DDR ist alles, was vom sogenannten Klassenfeind wahrgenommen werden kann, ein Politikum ersten Ranges. Dies betrifft natürlich auch die Kollegen und Kolleginnen vom Westfernsehen. Ansagerinnen und Moderatorinnen der ARD und ZDF kontra uns vom DFF. Das heißt auch, dass wir in Sachen Mode nicht hinter dem Westen zurückbleiben dürfen. Die Auswahlkommission hat uns deswegen auch von Anfang an nach „Typ" ausgesucht. Wir sind vom Typ her wirklich sehr unterschiedlich. Es soll nach außen hin wohl pluralistisch aussehen. Das Sagen haben natürlich immer die anderen. Auch in Sachen Garderobe werden wir „typgemäß" eingekleidet. Kostümbildnerinnen entwerfen und schneidern die passende Garderobe für uns. Ferner sind ständig um uns Maskenbildner und Stylisten, die unser Erscheinungsbild verfeinern. Rundherum wird für unsere Tätigkeit alles getan, um uns ins richtige Licht zu rücken. Ich empfinde das nicht als unangenehm, entgeht man doch dadurch möglichen geschmacklichen Entgleisungen.

Auf dem Bildschirm im Fernsehen DDR

04. Oktober 1969. Mit dem Tag der Eröffnung des DDR-Farbfernsehprogramms bin ich auf dem Bildschirm präsent. Bereits Wochen vorher bekommen wir unsere Texte zum Lernen. Jede einzelne Zeile ist vorher vom zuständigen Lektorat des ZK abgesegnet und kontrolliert. Man hätte mich in der Straßenbahn anrempeln können und ich hätte meinen Text heruntergebetet. Ich bin tagelang schon aufgeregt. Alle meine Gedanken drehen sich in erster Linie um dieses Ereignis. Zum einen, ein Millionenpublikum vor dem Bildschirm, zum anderen die „lieben Genossen", die alles genau beäugen und kontrollieren. Ein Versprecher an falscher Stelle, schon kann es als ein Politikum gegen die DDR und deren Machthaber ausgelegt werden.

Dann ist der große Tag da. Ich bin bereits mittags im Studio. Wie immer bin ich strikt pünktlich, das hat mich schon vor vielem bewahrt, und so auch an diesem Tag. Den Wortlaut der vier DIN A4 Seiten Text im Kopf, betrete ich das Studio. Alle begrüßen mich freundlich und erkundigen sich nach meinem Befinden, und das nicht nur einmal, was mir schon etwas sonderbar vorkommt. Irgendwann rücken sie dann damit heraus, dass der Text, den ich vor sechs Wochen bekommen habe, nicht mehr aktuell ist. Stattdessen läge ein neuer Text vor. In gleicher Länge und bis zur Ansage wortwörtlich einzuprägen. Das sitzt wie ein dicker Schlag in die Magengrube. Bevor mir vor allen Augen schlecht wird, schnappe ich mir den Text und verschwinde in der Toilette, Ich schließe mich ein und bin für Stunden verschwunden. Das Klo bleibt besetzt,

Am Nachmittag wird schließlich von dem Maskenbildner gegen die Tür geklopft. Die Vorbereitungen für den Fernsehauftritt treten in Gang. Maske, Kostümprobe, Beleuchtung, Tonprobe laufen wie hinter einem Schleier für mich ab. Der Moment meines Auftritts mit dem brandneuen Text rückt näher und näher. Ich gebe mich ruhig und entspannt und bin doch im Inneren aufs äußerste angespannt. Konzentration bitte! Das Wort beherrscht mich wie ein Mantra: Konzentriere dich! Konzentriere dich! Bring es auf den Punkt! Du bringst es auf den Punkt! Entweder es ist ein Start in die Karriere oder dein erster und letzter Auftritt vor der Kamera! Die Menschen um mich herum nehme ich kaum wahr. Kameramänner, Tonkollegen, wichtige Leute, unwichtige Leute, Spitzel, Stasi. Alles Leute, die verantwortlich zeichnen für die Eröffnung des zweiten Farbfernsehprogramms der DDR. Nur Steinchen, mein Maskenbildner, ist mir irgendwie ganz nah. Er nimmt die letzten Korrekturen an mir vor. Seine Anwesenheit tat mir gut. Steinchen strahlt Ruhe aus. Er spricht mir Mut zu. Er lächelt. Sobald Steinchen lächelt, habe ich das Gefühl: um dein Aussehen musst du dir keine Gedanken machen. Auch das gibt Sicherheit. Meine Garderobe habe ich bereits vor der Maske angezogen. Sie wird noch einmal überprüft, ob alles sitzt. Bei all diesen Aktivitäten spreche ich unentwegt den Text, er ist in meinem Kopf wie ein Mantra. Teils flüstere ich es vor mich hin. Dazu spreche ich leise den Text vor mich hin. Von dieser einen Ansage hängt alles ab. Hopp oder Flop. Ich bin wie in Trance. Mein Gehirn ackert unter wahnsinniger Anspannung.

Es ist nicht allein wegen der Millionen Zuschauer, sondern auch wegen jener berüchtigten Kontrolleure der Partei, die mir keinen Versprecher und keinen Fehler verzeihen würden. Im Studio der Stuhl. Davor der Ansagetisch. Ich lege die Seiten mit dem Text vor mir hin. Man weiß ja nicht. Dann geht die Studiotür zu. Nun befindet sich nur noch der Kameramann mit mir im Raum. Der Kameramann fixiert noch einmal den Raum – und mich auf Position im Raum durch das Objektiv. Das Licht an der Kamera ist noch weiß. Die Sendung läuft noch nicht.

Dann ist das Licht der Kamera rot. Sendung! Knappe, ganz knappe Kunstpause. „Guten Abend meine Damen und Herren" sagt eine weibliche Stimme mit sonorer Stimme. Aber das bin ja ich. Ich bin auf Sendung. Der gelernte Text läuft in Gänze in meinem Gehirn ab, wie von einem Teleprompter gelesen, den es aber erst viele, viele Jahre später geben soll. Ich bin ruhig, sachlich und freundlich wie es erwartet wird. Ich schaue nicht einmal auf das Sendemanuskript. Ich habe es geschafft!

Als ich aus dem Studio komme, erhalte ich einen dicken Blumenstrauß. Wohlwollende Worte kitzeln mein Gemüt, Was will ich mehr. Es ist ein schönes Gefühl, etwas scheinbar schier Unmögliches bewältigt zu haben. Ich habe mein Ziel erreicht! Wie kann ich wissen, dass ich diesen Satz noch einmal, im anderen Teil Deutschlands, wiederholen werde und in einem ganz anderen Zusammenhang.

🐘|🐘

Adamek[5], seines Zeichens Intendant des DDF, und die Parteiführung zeigen sich mit meinem Auftritt zufrieden. Ich bin glücklich und zerbreche mir noch nicht den Kopf, was für ihre Zuneigung zu zahlen ist. Ja, ich bin glücklich, einen der schönsten und begehrtesten Traumberufe ausüben zu dürfen. Nicht aus Berechnung, dass doch noch etwas schief gehen kann, sondern aus Liebe arbeite ich anfangs auch weiterhin in meinem alten Beruf. Dazu kommt, dass ich erst Schritt für Schritt meine neue Tätigkeit als Fernsehmoderatorin wirklich verinnerliche. Nur das Lampenfieber bleibt nie völlig weg. Irgendwann behauptet mal jemand, „er hätte kein Lampen-

---

5   Heinrich „Heinz" Adameck (* 21. Dezember 1921 in Silberhausen † 23. Dezember 2010[1][2]) war ein SED-Funktionär und von 1968 bis 1989 Vorsitzender des Staatlichen Komitees für Fernsehen. Quelle: http:// de.wikipedia.org/ wiki/Heinz_Adameck (Zugriff 02. Mai 2012).

fieber mehr". Ida Wüst[6], eine alte Schauspielerin von Format, antwortet prompt: „Wenn du wieder was kannst, hast du auch wieder Lampenfieber." Wie Recht Frau Wüst mit ihrem Bonmot behält. Wer Anforderungen an sich stellt, hat Lampenfieber, ob er sie nun erfüllt oder am Ende scheitert.

Wir in unserer Gruppe, die Frischlinge des zweiten Farbfernseh-Programms des DDR-Fernsehens, verstehen uns ganz gut. Stutenbeißerei gibt es überall, zumal nachdem der einzige Mann, Erich, der einst unserer Gruppe angehörte, von einem Tag auf den anderen nicht mehr dabei ist. Erich ist das erste Beispiel, das ich selbst erlebe, bei dem das „sozialistische Fallbeil" in Aktion tritt. Womöglich hat er selber erst irgendwann einmal erfahren, warum er aus dem erlauchten Kreis des DDR-Fernsehens eliminiert wurde. Kritisch und genau beäugt werden wir vor allem von jenen Damen des ersten Programms des DDF, die schon länger im Amt sind und so manchen Politiker aus dem ZK persönlich kennen. Einige sind selber Mitglieder der SED. Es gilt auch hier, wer oben schwimmen will, muss mit den Wölfen heulen. In diesem Sinne werden schon bald auch wir Neuen angesprochen, ob wir nicht auch als Repräsentanten des Staates der DDR in die Partei eintreten wollen. Die Frage ist heikel, die Antwort noch heikler. Eine von uns ist schon Partei-Mitglied. Sie ist von Beruf Lehrerin. Aber will ich denn in die Partei? Und wenn nicht, wie soll ich mich verhalten? Ich ziehe mich schließlich mit dem Argument aus der Affäre, ich wäre noch nicht reif dafür. Es ist wirklich das einzige Argument, das akzeptiert wird. Warum? Weil, so verrückt es klingt, hinter diesem Argument ein hohes

---

6 Ida Wüst (* 10. Oktober 1884 in Frankfurt am Main; † 4. Oktober 1958 in Berlin) war eine Schauspielerin, deren Karrierehoch in den 1920er und 1930er-Jahren bei der Universum Film AG (Ufa) lag. Quelle: http://de. wikipedia.org/ wild/Ida_ W%C3%BCst (Zugriff 22.04.2012).

verantwortliches Denken gegenüber der Partei gesehen wird. Für mich ist es reine Ausrede, um diesen SED-Bonbon nicht (er)tragen zu müssen.

Ägyptischer Tag im DDR-Fernsehen

Für einen DDR-Fernsehmoderator gilt der Grundsatz: jeder Text zu den anliegenden Themen ist aus eigener Feder abzugeben. Bezüglich der Sendetauglichkeit der Texte findet jeden Montagvormittag extra eine Sitzung statt. Die Teilnahme ist obligatorisch. Vor der Sitzung gehen die Texte durch die Zensur des zuständigen Lektorats. Gibt das Lektorat „Grünes Licht", werden die Ansagen und Moderationen freigegeben. Nach der Freigabe darf kein Komma mehr verändert werden. Damit sich daran auch alle halten, wird jede Ansage, jede Moderation peinlichst überwacht. Am Hebel sitzt stets ein hauptamtlicher Stasimitarbeiter. Auch „IM" kommen hierfür in Frage. Geht etwas in deren Augen schief, Kann vor den Augen der Zuschauer der Bildschirm von einem Moment auf den anderen „zur Schwarzblende" werden. Sollte auch nur der Ansatz einer kritischen politischen Bemerkung im Raum stehen oder ein Satz außerhalb des zensierten und damit „abgenickten" Inhaltes vorkommen, kann das unvermeidliche Folgen für den Betroffenen haben. Bei einer dieser Sitzungen wird einmal auch mein Text begutachtet und zwar für gut bewertet und doch wird kritisiert, unseren glorreichen sozialistischen Staat nicht lobend genug hervorzuheben. Meine Antwort darauf liegt mir seit langem auf der Zunge. Sie kommt zugleich spontan und meiner Ausbildung gemäß kontrolliert über die Lippen. Ich sage: „Wenn wir schon im goldenen Sozialismus leben, muss ich ihn doch nicht noch erwähnen". Von heute aus betrachtet, ist das gesamte Prozedere, das veranstaltet wird, lächerlich und hat mit journalistischer Debatte nichts zu tun. Was damals verbreitet wird, sind ständige Angst und Schrecken, ja keinen negativen Eintrag in die Kaderakte[7] zu bekommen. Davor haben alle irgendwie Angst. Gut möglich, dass die „Jungens von der Stasi"[8] meine kesse Bemerkung ein erstes Mal hellhörig macht. Die Mechanismen der „Firma"[9] soll ich bald genug am eigenen Leibe spüren.

---

7 Die Kaderakte war eine Dossier über jeden Beschäftigten in der DDR, das sowohl dienstliche als auch private Leistungen, Verhaltensweisen und Verfehlungen vermerkte und beim Wechsel des Arbeitsplatzes an den neuen Betrieb weiter gereicht wurde. Sie ist somit nur bedingt mit der heutigen Personalakte vergleichbar. Quelle: http://de.wikipedia.org/wiki/Kaderakte (Zugriff 22.04.2012).

8 Vgl. Wolf Biermann, Die Stasi-Ballade, CD aah-ja! 1974.

9 Jargon für Stasi im DDR-Volksmund.

Doch noch ist alles gut. Kurze Zeit darauf bekomme ich meine eigene Sendereihe, die ich allein moderieren darf. Die Sendung heißt: „Das Ereignis". Inhalt ist meist ein klassisches Genre wie beispielsweise eine besondere Aufführung an der Staatsoper Unter den Linden. Hinzu kommen Ballettabende und Konzerte, z.B. mit dem russischen Geigenvirtuosen David Oistrach, Aufregend finde ich den Konzertabend mit Yehudi Menuhin, Neben seiner Meisterschaft als Violinist bringt Menuhin eine der schönsten Botschaften in unser Gehör. Sie lautet: „Wir haben immer viel zu viel Angst." Er sagt es nicht direkt. Seine Ausstrahlung ist einmalig, Ich habe vorher noch nie einen Menschen erlebt, der so viel Freiheit und Freude ausgestrahlt hat. Er setzte sich auch für die Menschenrechte ein. So etwas mitzubekommen in so einem Land, das sitzt, und zwar an der richtigen Stelle. Es folgen Sendungen aus der Komischen Oper, vom Metropoltheater, vom Sängerwettstreit auf der Wartburg, von den Strauss-Abenden im Dresdener Zwinger mit dem Ballett der Deutschen Staatsoper, Interviews mit dem Kulturminister der DDR.

Natürlich hält sich meine Kritik zu dieser Zeit in Maßen. Meine Aufgabe macht mir sehr viel Freude. Ich habe Erfolg und wer wünscht sich den nicht. Fragt wer, zu welchem Preis? Den bitte ich, dran zu bleiben, mein Bericht ist noch nicht zu Ende, Ich fühle mich also in meiner Aufgabe wohl und allem gewachsen. Neben meiner Aufgabe auf dem Bildschirm kommen bald Moderationen großer Galas hinzu, die Sonntagskonzerte und Tourneen, unter anderem mit Heinz Quermann. Quermann, *der* oder *ihr* Heinz Quermann, wie er sich selbst gern anmoderiert, gilt damals als Vater und Förderer junger Talente in der DDR.

Dass er in seiner Moderation und seinem Entertainment oft auf Widerstand bei den Genossen stößt, scheint ihn nicht zu irritieren. Und ich bin wohl nicht die einzige, die gerade das schwer beeindruckt. Dass er nebenbei ein Techtelmechtel mit mir versucht, nehme ich ihm wohl auch aus diesem Grund nicht übel. Jedenfalls sieht er schnell ein, dass ich davon überhaupt nichts halte und lässt die Finger von mir. Die weitere Zusammenarbeit hat der „Zwischenfall" nicht beeinträchtigt. Auch das rechne ich ihm hoch an. Leider kursieren auch herabschätzende Meinungen über Heinz Quermann. Wohl aus psychischem Ausgleich regiert neben der strengen Disziplin hinter der hohlen Hand Tratsch und Klatsch. Jeder Erfolg zieht Neid und Missgunst mit sich, Ein bekannter Fernsehjournalist umreißt dieses wohl überall geltende „Gesetz" sehr treffend, indem er lakonisch wie mitfühlend feststellt: „Neid muss man sich erarbeiten, Mitleid bekommt man umsonst'. Nun, das ist eine weitere Maxime, die ich mir zu Herzen nehme. Weniger amüsiert betrachte ich jene Kolleginnen, die versuchen, mittels ihrer durchaus präsenten weiblichen Reize Sendeplätze zu ergattern. Gar manche geht aus diesem Grund eine Liaison mit einem Herrn aus dem Zentralkomitee ein.

Ich will unabhängig bleiben

Ich habe mich diesem Weg nicht verschrieben. Ich will unabhängig bleiben und jedem zu jeder Zeit ins Gesicht sehen können. Ganz und gar nicht an letzter Stelle steht bei dieser Überlegung auch die Tatsache der moralischen Erpressbarkeit. Schließlich sage ich zu mir; Niemals, niemals machst du dich erpressbar! Diesem Motto bleibe ich schließlich treu. Auch bei meiner späteren Tätigkeit beim Bayerischen Fernsehen. Es ist die Leistung und nicht die Beziehung! Freilich ist die Besetzungs-Couch ein magisches Möbel. Aber es klebt auch Pech daran. Kommt man einmal darauf zu „liegen", kommt man nicht mehr davon frei. Man klebt fest. Das Leben gleicht so manches Mal einem verrückten Märchen. Es kommt vor, dass ich aufgrund meiner Abneigung vor dieser „Möglichkeit" eine mir bereits zugesagte

Sendung nicht bekomme. Das wiederholt sich später auch im Westen! Nun ja, es ist oft widerlich, wie manche ihre Position als Machtinstrument in die Waagschale werfen. Und natürlich spricht keiner öffentlich darüber, weil die Folgen weiter ausbleibende Angebote sind. Die Mehrzahl der Mitarbeiter dieses Genres befindet sich in der Position der Freischaffenden. Das bedeutet ohne festes Monatsgehalt, immer abhängig davon, „gefragt" zu sein und – „genommen" zu werden. Liebe Chefs in den Sendeanstalten, dieser Passus hier gehört euch! Auch später im Bayerischen Rundfunk habe ich mein „Erlebnis".
Doch noch laufen meine Sendungen beim DFF ziemlich gut. Die Arbeit mit erfolgreichen Dramaturgen, Kameramännern und dem Regisseur Jonny S. sind ein Segen. Ich bekomme viel anerkennende Zuschauerpost für meine „hervorragenden Sendungen". Schließlich macht sich auch oder gerade deswegen bei einzelnen Mitarbeitern in unserer Gruppe Neid und Missgunst gegen mich breit. Sie beklagen sich wegen angeblicher Einschränkungen ihrer Ideen und ihrer Arbeit. Aber auch jede künstlerische Tätigkeit wird von oben immer wieder zensiert, so dass am Ende oft ein völlig anderes Ergebnis dabei herauskommt als das, welches sich der Dramaturg und der Regisseur ausgedacht hatten. Dazu kommt im Bereich Musik, dass die eingereichten Sendungen zumeist von jemandem zensiert und abgenommen werden, der zwar keine Noten lesen kann, dafür aber ein strammer Genosse[10] ist. Wie ich später erfahre, geht die Bespitzelung im DDR-Fernsehen so weit, dass man uns Moderatorinnen sogar in unserem Aufenthaltsraum abhört.

---

10 Als stramme Genossen werden diejenigen SED-Mitglieder bezeichnet, die sich durch ein unnachgiebiges (systemimmanentes) Vertreten des Parteiwillens hervortun. Es sind die sogenannten 1000%igen.

Ein eigenes Haus

Einer der berühmtesten Sätze von Karl Marx, dessen Werke ich wie auch alle Studenten des Landes zu „inhalieren" hatte, lautet: *Das Sein bestimmt das Bewusstsein*[11]. Auch die Arbeit in diesem Umfeld hinterlässt auf Dauer seine Spuren. Dass Absolution nur für einen unkritischen Standpunkt zu erhalten ist, offenbart nach und nach das zusammengezimmerte Lügengebäude. Keiner kann wirklich ehrlichen Herzens die ewigen Parolen und Argumente der Partei hören. Und irgendwann war ich an dem Punkt angelangt, in diesem Land nicht mehr leben zu wollen. Ewig lügen zu müssen, um das schöne, wahre Leben zu genießen, soll nicht auch noch die Zukunft meiner Kinder sein. Schritt für Schritt bin ich zu der Ansicht gekommen: meine Kinder sollen ihre eigene Zukunft haben und diese auch nach ihrem eigenen Dafürhalten gestalten. Frei von jeder staatlichen Doktrin, lautet meine eigene neue Devise. Natürlich genieße ich alle Privilegien, die mein Beruf so mit sich bringt. Ich werde bevorzugt mit Bückware[12], kann mir von meinen Honoraren ein eigenes Haus kaufen und somit meinen Kindern ein mehr oder weniger unabhängiges Umfeld schaffen. Ich lebe im schönen Berlin-Mahlsdorf und leide während dieser Zeit keine finanziellen Sorgen. Aber es ist eben immer noch etwas. Das eine ist immer nicht alles. Jedenfalls nicht auf Dauer. Was fehlt, erweist sich als immanent. Und bedeutet nicht nur für mich in der DDR Freiheit, Menschenrechte und Demokratie. Aber noch zögere ich. Warum? Den letzten Anstoß zu meinem Vorhaben,

---

11 Marx' berühmten Satz: „Das gesellschaftliche Sein bestimmt das Bewusstsein". Dieser Satz ist eine Grundlage des Marx'schen Denkens. Marx wählt die zu Hegel gegensätzliche Reihenfolge von Ursache und Wirkung. Quelle: http://de.wikipedia.org/wiki/Dialektischer_Materialismus (Zugriff 22.04.2012).

12 Bückware = war ein umgangssprachlich-satirischer Ausdruck für Waren, die nicht immer und überall erhältlich waren. Quelle: http://www.ddr-wissen.de/wiki/ddr.pl?B%FCckware (Zugriff 22.04.2012).

die DDR verlassen zu wollen, erhalte ich auf einer Reise nach Sotschi. Es ist ein ganz simples Beispiel wie die Menschen in der DDR als Mensch zweiter Klasse behandelt werden.

In einem Laden sehe ich ein schönes russisches Tuch mit einem Rosenmuster auf schwarzem Grund und ringsherum mit langen schwarzen Fransen. Das muss ich haben! Also gehe ich in den Laden und zeige auf das begehrte Objekt im Schaufenster. Der Verkäufer beäugt mich kritisch, lehnt seinen Oberkörper leicht zurück und fragt zögerlich: „Dollar oder West-Mark"? Ich sehe den Verkäufer völlig verdattert an und haspele: „Wie, was, Dollar, West-Mark? DDR-Mark!" Sein Gesichtszüge verziehen sich säuerlich, als hätte er das schlechte Geschäft geahnt und schließlich geht seine Abwehr soweit, dass er vor meinen Augen einen Schlaganfall mimt (traue keinem, der sich ans Herz fasst!) und antwortet in eiskaltem Russisch: „Njet", nur Dollar, West-Mark!"
'Wie wir in der DDR Karl Marx inhalierten, inhalierten wir ebenfalls die ewigen Parolen der Freundschaft mit der Sowjetunion. Eine Parole lautet „Von der Sowjetunion lernen, heißt siegen lernen"[13]. Ich denke, das darf ja wohl nicht wahr sein! Wir bekommen im engsten Freundesland für unsere Währung keine Ware! Ich gerate außer mir. Auch hier der DDR-Bürger ein „Mensch zweiter Klasse"? Ich muss das an Ort und Stelle loswerden. All mein aufgestauter Unmut über dieses System aus Selbsthass und Lügen bricht aus mir heraus und das mit einer Lautstärke, die auch außerhalb des Ladens zu hören ist. Die Folge ist eine Wandlung im Gesichtsausdruck des Verkäufers um 180 Grad. Nun eher verzweifelt, etwas ängstlich sogar, klopft er sich immerzu mit dem Zeigefinger auf die Lippen. Mich aber spornt

---

[13] Junkerland in Bauernhand!, Von der Sowjetunion lernen, heißt siegen lernen!, Den Plan erfüllen und übererfüllen, Überholen, ohne einzuholen - solche und andere Losungen wurden auf den Parteitagen der SED ausgegeben. Auch auf Zeitungen, Plakaten und Transparenten überzogen diese Aufmunterungen in den fünfziger Jahren das Territorium der DDR und betrieben deren ideologische Mobilisierung. Quelle: http://www.dhm.de/ausstellungen/aufneu/ (Zugriff 22.04.2012).

dieser Wandel dazu an, mir noch mehr Luft zu machen. Ich beachte zunächst nicht einmal, wie der Verkäufer in seiner Not das ersehnte Tuch aus dem Schaufenster reißt und es mir in die Hand drückt. Noch immer in Rage drücke ich ihm im Gegenzug den Betrag, den er wenige Augenblicke zuvor vehement in Valuta eingefordert hat, in Mark der Notenbank der DDR auf den Ladentisch.

„do swidanja!"
„Auf Wiedersehen!"

Es muss sich angehört haben, wie ein Knall.

Aus dem Laden getreten, muss ich mich erst einmal sammeln und über das gerade Geschehene nachdenken. Wer weiß, was am Ende dem wohl armen Verkäufer nun blüht! Ich aber bin bedient. Bedient im wahrsten Sinne des Wortes. Bedient von diesem Regime. Bedient von dieser Welt, deren wahrer Kern sich am offensichtlichsten da zeigt, wo etwas öffentlich befeindet und klammheimlich selbst praktiziert wird. Ich laufe vom Laden weg und gehe mit mir ins Gericht. Jetzt musst du deinen Entschluss fassen. Jetzt beginnt dir, die Zeit davon zu laufen. Jetzt hast du dafür Sorge zu tragen, dass deine Kinder nicht in dieser „Landschaft der Lüge und Doppelmoral" aufwachsen. Jeden weiteren Schritt hast du von nun an auf die Sekunde zu durchdenken. Vor allem hast Du darüber jetzt und künftig zu schweigen.

Nach Ungarn

Nun heißt es zwar richtig, Schweigen ist Gold, aber wenn einer, der den gleichen Gedanken hegt, unterstützend dazu kommt, ist es auch Gold wert. Diesen Part übernimmt schließlich mein guter Freund Johnny. Johnny ist kein geringerer als der Regisseur meiner Sendereihe. Und auch Johnny hegt den Gedanken, die DDR zu verlassen. Dazu muss gesagt werden, dass zu diesem Zeitpunkt bereits viele namhafte Künstler, Redakteure, Techniker, Kameraleute und Akteure, die in der Öffentlichkeit stehen, bereits die DDR verlassen haben. Hin und wieder erhalten wir von ihnen Nachricht, dass es ihnen gut geht, ja, dass sie es trotz aller Verlautbarungen, im Westen lande jeder Abtrünnige in der Gosse sich gut in der Bundesrepublik eingelebt haben. Auch das beflügelt natürlich unseren Entschluss.

Da fällt mir ein, in der Bundesrepublik habe ich über meinen ersten Mann Peter weitläufige Verwandte, die uns auch hin und wieder in Ost-Berlin besuchen kommen. Zunächst zögere ich und taste erst einmal ab, ob ich sie mit meinem Vorhaben nicht überfordere. Schließlich aber fasse ich Mut und bringe Claus und Heidi unser Vorhaben bei. Zu meiner Erleichterung finden beide die Vorstellung gut, mich und meine Kinder im Westen zu sehen und mir in allem behilflich sein zu wollen. Aber wie? Verbindungen zu wichtigen Stellen, die uns im Westen behilflich sein könnten, haben sie nicht. Es sind einfache, schlichte Menschen, aber von einer großen Herzlichkeit und mit Bauernschläue gesegnet. Doch kostet in der Welt nun einmal so gut wie alles Geld. Nicht, dass Claus und Heidi auch nur einen Pfennig wollen. Aber jeder eingeschlagene Weg hat nun einmal seinen Preis. Und dazu gehört auch der, den ich beschreiten will. So mache ich Claus und Heidi folgenden Vorschlag. Von meiner Tante habe ich einige wertvolle Briefmarkenalben geerbt. Mir kommt in den Sinn, dass sie ja einige dieser Alben mitnehmen und für uns „drüben" deponieren können. Das wäre schon einmal ein Grundstock, wenn unser Vorhaben gelingt. Zu meiner Erleichterung kommt mein Vorschlag an. Claus und Heidi sagen sofort zu. Gesagt getan. Sie nehmen einige Alben mit, Viel sehen wir davon später nicht wieder. Den Wert der Alben habe ich aber doch erfahren. Claus und Heidi kaufen sich aber ein Haus in der Schweiz. Habe ich ihre Bauernschläue unterschätzt? Es ist wohl nun einmal so, dass derart vorauseilendes Vertrauen kein Glück bringen kann! Die zweite Variante dreht sich, wie in einem Agentenfilm, um Pässe. Vielleicht ist ja mit Pässen über Claus und Heidi etwas zu machen ...auch diese Idee kommt zunächst an, dann sagen beide, dass sie uns doch nicht unterstützen können, da Heidi plötzlich erkrankt sei und nicht zu uns reisen könne. Was nun tun? Da die Urlaubszeit bevorsteht, beantragen Johnny und ich eine Reise nach Bulgarien. Wir teilen das pflichtgemäß dem DFF mit, buchen dann aber nach Ungarn um – um uns in der Hauptstadt Budapest bei der Bundesdeutschen Botschaft nach einer Ausreisemöglichkeit zu erkundigen.

Bevor wir fliegen, verkaufen wir unser Auto. Einen „Dacia", der einige Tausend Mark einbringt. Wem die Mechanismen eines Überwachungsstaates bekannt sind, der schlägt bei dem bloßen Gedanken daran wahrscheinlich die Hände über dem Kopf zusammen. So was spricht sich doch mir nichts dir nichts herum! Wer aber in einem Überwachungsstaat zu leben hat und krampfhaft nach einem Ausweg aus seiner Misere sucht, begeht auch die richtigen Fehler. An Geld mangelt es unserem „Projekt" jedenfalls erst einmal nicht. Sämtliche Sachen, die uns wichtig sind, geben wir vorsichtshalber den Eltern meines Freundes. Selbst das Haus wird auf sie überschrieben bzw. ihnen Wohnrecht im Haus eingeräumt. Gerade die finanziellen Dinge sind unbedingt in Ordnung zu bringen, damit uns von der Stasi, falls es scheitert, nicht irgendwelche „kriminellen" Absichten angehängt werden können.

Ich stehe von Anfang an unter starkem psychischen Druck. Es ist vor allem die Verantwortung gegenüber meinen Kindern. Sie wissen nur vage, was ihre Mutter Ungeheuerliches plant.

Ich kann sie nie und nimmer zu hundert Prozent in jedes Detail einbeziehen! Die Gefahr war zu groß, dass sie sich ihrer besten Freundin oder ihrem besten Freund anvertrauen. Was ist, wenn deren Eltern Stasi-Informanten sind und nur auf so eine Information warten? Stasi-Spitzel sitzen mittlerweile überall. Das ist traurig, aber wahr, umso mehr steht für mich außer Frage, meine Kinder nicht der geringsten Gefahr auszusetzen. Deinen Kindern gehört eine Zukunft ohne Bevormundung und ohne Stasi-Überwachung, eine Zukunft die die Selbstbestimmung ihres Lebens gewährleistet. Ich bete das in meinem Kopf herunter wie einen Psalm. Wie viele schreckliche Dinge in meinem Leben, Ängste und Demütigungen habe ich bis dahin ausgeblendet? Wie viele werden mir noch bevorstehen? Aber noch ist ja Hoffnung. Visa und Flugkarten sind da, Das Reisewetter schön. Der Himmel blau. Und die spätere Tortur? Bis heute ist keiner von der Stasi gekommen und hat sich bei mir dafür entschuldigt, was sie mir und meinen Kindern angetan haben. Und in welches Fahrwasser führt mich das? Heißt aufschreiben etwa von vornherein verzeihen? Schreiben wir unsere Geschichten, um die Täter zu erlösen? Für uns ist der Abflug nach Budapest begleitet von schönen, glücklichen Gedanken. Das Gefühl, das mich begleitet, ähnelt wohl einem Ballon, der seine hinderliche Last zu Boden fallen lässt.

🐘|🐘

Budapest

Samstag, 17. August 1974. Das Flugzeug landet pünktlich in Budapest. Unsere Unterkunft ist eine Privatadresse. Frau Bartös ist eine nette, freundliche Ungarin. In den ersten Tagen unternehmen wir viel mit den Kindern. Wir lassen uns mit dem Besuch der Botschaft etwas Zeit. Die Adresse ist schnell besorgt. Schließlich steuern wir unser eigentliches Ziel an, auch mit der Gewissheit, die Botschaft nicht unbeobachtet von den „geheimamtlichen" Sicherheitsorganen betreten zu können. Am Sonntag, den 18. August 1974 haben wir telefonisch Kontakt mit der Bundesdeutschen Botschaft aufgenommen, nachdem wir ohne Angabe erklärt hatten, dass wir Bürger der DDR sind, aber wünschen, in einer konsularischen Angelegenheit vorsprechen zu wollen.

So erhalten wir für den Mittwoch, dem 21. August 1974, einen Termin im Konsulat in der Ady Endre Straße. Wir finden uns zum genannten Termin an Ort und Stelle ein. Gegenüber einer Mitarbeiterin an einem Schalter des mit „Konsulat der Bundesrepublik Deutschland" gekennzeichneten Gebäudes bringen wir zum Ausdruck, dass wir einen verantwortlichen Mitarbeiter der Einrichtung in der vorangemeldeten konsularischen Angelegenheit sprechen möchten. Wir werden freundlich angehalten, zu warten. Wie lange wir warten? Es gibt Dinge, da fühlen sich Minuten an wie Stunden, so wie es Dinge gibt, dass einem vom Gefühl Stunden wie Minuten zerrinnen. Nach einer gewissen Wartezeit werden wir von einer männlichen Person zwischen 40 und 50 Jahren in Empfang genommen. Da ich während der Zeit des Wartens wiederholt sehe, wie er für die Leistung von Unterschriften in Anspruch genommen wird, nehme ich an, dass es sich bei ihm um den Konsul persönlich oder zumindest um dessen Stellvertreter handelt. Wir folgen dem vermeintlichen Konsul also in ein Zimmer, wo wir wieder einige Zeit warten.

Schließlich kehrt der gute Herr zurück. Ihm gegenüber weisen wir uns nun mit unseren Personalausweisen aus und erklären unter Angabe unserer beruflichen Tätigkeit, dass wir die Absicht verfolgen, gemeinsam mit den minderjährigen Kindern die DDR ohne staatliche Genehmigung der DDR, in die Bundesrepublik Deutschland zu verlassen.

Unter dem Hinweis, dass er nicht sicher sei, dass jemand unser Anliegen „nach außen" trägt oder womöglich in seinem Zimmer Abhöreinrichtungen installiert sind, geleitet er uns in den Garten des Konsulats, wobei mir über die Lippen kommt, „na, dann werden wir wenigstens noch abgelichtet".

Im Garten hinter dem Gebäude angekommen, bekommen wir von ihm erklärt, dass wir nicht die einzigen Bürger der DDR wären, die ihn in derartiger Angelegenheit aufsuchen. Schließlich bringt er es auf den Punkt, dass er es persönlich außerordentlich bedaure, in unserer Sache nicht helfen zu können und zudem „seine alte Platte auflegen müsse" und uns erklären, dass eine diplomatische Vertretung bei einem derartigen Vorhaben nicht behilflich sein kann. Ferner stellt er uns anheim, die dem Konsulat übergeordnete Botschaft der Bundesrepublik Deutschland in Budapest, gelegen in der Iszo ucta![14], aufzusuchen. Allerdings versäumt er nicht darauf hinzuweisen, dass wir auch dort mit einem ähnlichen Bescheid zu rechnen haben.

Damit ist die Unterredung, die insgesamt etwa 10 Minuten dauert, beendet. Es sind wenige und dennoch wichtige Informationen. Wir sind jedenfalls in unserem Glauben keineswegs erschüttert, sondern suchen in festem Gedanken daran, von der

---

14 Die Botschaft der Bundesrepublik Deutschland in Ungarn und deren Konsularabteilung waren in unterschiedlichen Gebäuden untergebracht. Der Hauptteil der Mission befand sich in 1146 Budapest, Izso utca 5, während die Konsularabteilung in 1024 Budapest, Ady Endre, utca 18, tätig gewesen ist. Um das Hauptgebäude befand sich eine Umzäunung - eine ein Meter hohe Mauer mit aufgesetztem „Eisengitter ohne Spitzen" ... Der Botschaftseingang - Eingangstür und Hoftor - wurde durch einen Standposten des ungarischen Missionsschutzes (Mdl) gesichert. Seine Aufgabe bestand darin, „eventuell terroristische Absichten frühzeitig zu erkennen und zu verhindern". Eine Kontrolle des Besucherverkehrs „am Tor oder konspirativ in der Tiefe" erfolgte nicht. Der Posten hatte Weisung, keine Handlungen durchzuführen, die im Widerspruch mit der Gewährung des freien Zutritts ... haben. Quelle: http://f3.webmart.de/f.cfm?id=2165073&r=threadview&t=3586036&pg=l (Zugriff 22.04.2012)

Botschaft der Bundesrepublik Deutschland schließlich doch die entsprechende Unterstützung zu erhalten. Wir suchen die Botschaft am Vormittag des darauf folgenden Tages auf. In Iszo ucta angekommen, erkennen wir schnell in einer großen Villa die Botschaft der Bundesrepublik. Die Landesflagge und das große Emblem über dem Eingang sind nicht zu übersehen. Nachdem wir am hohen Gartentor geklingelt haben, werden wir von einer männlichen Person in das Haus geleitet und ins Hochparterre geführt. Diesem Herrn gegenüber bringen wir nun zum Ausdruck, den Botschafter sprechen zu wollen.

Daraufhin werden wir in eine Art Empfangsraum geführt, Dort kümmert sich eine andere männliche Person um uns. Ebenfalls etwa 50 Jahre alt, eine anmutige schmale Goldrandbrille vor den Augen, tritt auf und fragt, gut informiert, ob wir diejenigen sind, die eventuell schon am Sonntag angerufen haben. Wir bestätigen, worauf er bedauert, dass der Botschafter nicht anwesend ist, ohne jedoch seinen Namen und seinen Rang zu nennen. Andererseits ist uns das an diesem Ort gerade wirklich nicht wichtig und so tragen wir nun diesem Herrn unseren leidvollen Sermon noch einmal vor.

Dabei weisen wir uns ordentlich mit den vorhandenen DDR Dokumenten aus und wiederholen, dass wir beim Fernsehen der DDR tätig sind, jedoch beabsichtigen, als neuen Wohnsitz die Bundesrepublik Deutschland zu wählen, allerdings ohne im Besitz einer entsprechenden Genehmigung der dafür zuständigen Organe der DDR zu sein. Die Goldrandbrille hört aufmerksam zu. Zeitweise gesellen sich zwei jüngere Botschaftsangestellte, wohl im Alter zwischen 30 und 37, hinzu und schalten sich sogar in das Gespräch mit ein. Sie stellen eigene Fragen und machen Zwischenbemerkungen, um nach unserem Vorhaben und unseren Gründen zu fragen und unsere bisherigen Tätigkeiten abzuklopfen.

Am Ende bekommen wir die gleiche Auskunft, wie wir sie bereits von der Ständigen Vertretung kennen, Zugleich geschieht doch noch etwas mehr. Im Verlaufe der Unterredung bringen wir auch zum Ausdruck, dass wir ebenfalls beabsichtigen, in Budapest die Botschaften der USA und Großbritanniens aufzusuchen, worauf man uns zumindest einen Zettel mit deren Anschriften übergibt. Es wird ferner mit uns vereinbart, dass wir an die Anschrift unserer Vermieterin eine Mitteilung erhalten werden, wann der Botschafter der Bundesrepublik persönlich anwesend sein wird.

Als wir die Botschaft verlassen, denke ich plötzlich voller Panik, „jetzt hat man auch noch die Adresse, wo wir uns aufhalten." Was ich im Augenblick der Unterhaltung nicht überblickt habe, soll mir bald wie Schuppen von den Augen fallen. Was waren das für Männer, die sich in das Gespräch eingemischt haben. Gibt es nicht in jeder Botschaft auch Informanten von der Gegenseite?

Der Aufenthalt in der Botschaft beläuft sich auf nicht mehr als eine halbe Stunde. Die versprochene Mitteilung an unsere Budapester Vermieterin ist nie eingetroffen. Auch das soll ich erst später erfahren, dass der freundliche Herr mit Goldrandbrille schon bald abgezogen wird. Unsere Hoffnung gilt nun den beiden anderen Botschaften. Als wir dort unser Anliegen vorbringen, erhalten wir Fragebögen, die wir ausfüllen und nun auf diese Weise unsere Beweggründe noch einmal wiederholen. Unsere Hoffnung bekommt neue Nahrung, nachdem uns gesagt wird, dass man eventuell etwas für uns tun kann. Man wolle sehen, was man machen könne. Der amerikanische Botschafter, der unsere Fragebögen entgegennimmt, spricht uns mit gebrochenem Deutsch Mut zu. Er sagt, wie gut er unsere Situation verstehen kann, denn er hat eine deutsche Frau. Und schließlich erhalten wir wirklich einen weiteren Termin. Man bestellt uns also erneut für den Nachmittag des 26. August 1974, und ich denke, das hört sich gut an.

Nach einer weiteren sehr unruhigen Nacht, der Hoffnungen also nicht vollends beraubt, klopfen wir erneut bei der Botschaft der Vereinigten Staaten an. Nach einer kurzen Wartezeit werden wir in einen Raum geführt, wo uns zwei bislang unbekannte Herren in Empfang nehmen. Der Wortführer der beiden beherrscht ein einwandfreies Deutsch. Er zeigt sich bestens informiert und erklärt sich darüber hinaus zum „Spezialisten in Sachen DDR-Materie".

Wie zuvor in den deutschen Institutionen sind wir wieder aufgefordert, unsere Beweggründe darzulegen. Fast im gleichen Atemzug erhalten wir schließlich die Auskunft, dass auch die Botschaft der USA uns bei einem „derartigen" politischen Vorhaben nicht behilflich sein kann, wobei auf Probleme verwiesen wird, die der zweijährige Botschaftsaufenthalt des ungarischen Kardinals Mindszenty[12] nach sich gezogen habe.

---

15 József Kardinal Mindszenty (* als József Pehm am 29. März 1892 in Csehimindszent, Komitat Eisenburg, Österreich-Ungarn; † 6. Mai 1975 in Wien) war ein ungarischer Erzbischof der Erzdiözese Esztergom und Primas von Ungarn. Wegen seines Auftretens gegen Ungerechtigkeiten wurde er mehrmals inhaftiert und war nach 1945 eine Symbolfigur des Widerstandes gegen den Kommunismus in Ungarn .... Im April 1948 plante die Regierung eine Verstaatlichung privater Schulen. Mindszenty nahm in Hirtenbriefen vom 11. Mai und 23. Mai dagegen Stellung. Dennoch wurde das Gesetz am 16. Juni vom Parlament beschlossen. 4885 Schulen, von denen 3148 der katholischen Kirche gehört hatten, gingen in das Eigentum des Staates über. Der Kardinal informierte westliche Journalisten über diese Vorgänge. Am 26. Dezember 1948 wurde er verhaftet.. .. Vom 3. bis 5. Februar 1949 fand ein Schauprozess vor einem Volksgericht statt, bei dem er wegen Umsturzes, der Spionage gegen Ungarn und wegen Devisenvergehen angeklagt wurde. Das Gericht verurteilte ihn am 8. Februar zu lebenslanger Haft ... Am 23. Oktober 1956 begann der Ungarische Volksaufstand, am 30. Oktober wurde der Kardinal aus dem Gefängnis in Felsöpetény bei Vác befreit In einer Radioansprache am 3. November unterstützte er die neue Regierung unter Imre Nagy. Da die Rote Armee in Budapest einmarschierte und den Aufstand niederwarf, floh er am folgenden Tag in die US-amerikanische Botschaft in Budapest. Dort erhielt er Asyl, um das bereits einige Tage vorher Imre Nagy angesucht hatte. Im Auftrag der Päpste Johannes XXIII. und Paul VI. besuchte ihn der seinerzeitige Wiener Erzbischof, Kardinal Franz König, ab 1963 regelmäßig in der Botschaft. Am 28. September brachte ihn nach Vermittlung von Kardinal König der österreichische Nuntius Opilio Rossi mit dem Auto von Budapest nach Wien. Quelle: http://de.wikipedia. org/wiki/J%C3%B3zsef_Mindszenty (Zugriff 22.04.2012).

Wir erhalten den Ratschlag, uns noch einmal mit der Botschaft der Bundesrepublik in Verbindung zu setzen. Als wir am nächsten Tag dort wieder eintreffen, werden wir erneut in den Garten geführt. Man teilt uns mit, dass mit Vertretern der USA-Botschaft gesprochen worden ist und verweist erneut auf den diplomatischen Status dieser Institution, der einfach ausschließe, in Angelegenheiten wie der unseren tätig werden zu können. Zwar könne jedem von uns ein bundesdeutscher Pass ausgestellt werden, doch ohne Einreisestempel der ungarischen Behörden bekämen wir noch mehr Schwierigkeiten, als wir jetzt schon hätten. Ich denke, da hat er wohl recht und frage unseren „alten" Bekannten, ob er wisse, was mit uns passieren kann, wenn wir dieses Gelände zum wiederholten Male verlassen. Zur Antwort bekommen wir nicht viel mehr als ein Schulterzucken. Was könne er da tun? Auch da könne er nichts tun. Ich denke, ob das etwa der erste Schritt zur Anerkennung dieser fürchterlichen Diktatur gewesen sein soll? Ich kann es nicht fassen. Ich fühle mich verlassen. Ich fühle mich enttäuscht. Ausgeliefert, denke ich. Mit dem Verlassen der Botschaft rechne ich mit allem. Nun sind wir Freiwild auf dem Parkett der Politik beider deutscher Staaten. Ich habe bereits genug von den Überwachungskameras gegenüber der Botschaft gehört.

Zudem werden alle westlichen Botschaften abgehört, ständig fotografiert – das volle Programm. Trotzdem treten wir erhobenen Hauptes auf die Laszo ucta hinaus und schlendern wie Urlauber dem Stadtkern entgegen. Nur keine Blöße geben. Im Hotel „Duna" angekommen, haben wir allerdings Mühe, uns erst einmal zu sammeln. Alles Weitere ist von Grund auf neu und gründlich abzuwägen. Was aber ist eigentlich nun das Weitere?

Die Kinder haben Durst und Hunger bekommen. Im Restaurant steuern wir auf einen fast freien Tisch zu. Nur ein einzelner, stiller Mann hat hier bisher Platz genommen. Wir dürfen uns dazu setzen und geben beim Ober unsere Bestellung auf. Wir sind noch immer von allem, was wir in den Botschaften erlebt haben, völlig ergriffen. Darüber aber sich öffentlich zu unterhalten, im Restaurant eines Hotels etwa, ist völlig undenkbar. Und über was ist nach dieser katastrophalen Pleite eigentlich noch zu reden? Jeder Platz hat Augen, jede Wand hat Ohren. Das habe ich nicht vergessen. Wir müssen uns Gedanken über die nächsten Stunden und Tage machen. Das ist klar. Doch das Erlebte erst einmal zu verarbeiten, wird schwierig genug. Wir bemühen uns schließlich, vor den Kindern ein Gespräch zu führen, was für keinen von uns beiden einfach ist. Annette und René wissen zwar im Groben um die Sache, aber wir haben sie bewusst nicht in die einzelnen Details eingeweiht. Wenn alles vollkommen schief geht und unser Vorhaben von vorn bis hinten scheitert, ist es sowieso besser, wenn sie so gut wie nichts wissen. Am besten gar nichts, denke ich. Ob man das nun richtig findet oder nicht.

Das ist keine Paranoia

Da Johnny und ich also damit rechnen müssen, dass sämtliche westliche Botschaften auf das Peinlichste abgehört und fotografiert werden, können wir nun sicher sein, dass uns die Stasi längst im Visier hat. Der Mann, der mit uns am Tisch sitzt, kommt uns sympathisch vor, aber er kann genauso gut einer von ihnen sein. Das ist keine Paranoia. Das ist allgemeines Gedankengut in Diktaturen. Was reitet uns also, mit ihm ins Gespräch zu kommen? Jedenfalls kommen wir mit ihm ins Gespräch. In einer ausweglosen Situation beginnt wohl der Lauf mit dem Kopf durch die Wand. Es stellt sich heraus, dass Horst W. aus Westdeutschland stammt und beruflich in Ungarn zu tun hat. Er ist Verkaufsleiter einer Textilfirma und hält sich auch für die nächsten Tage noch in Budapest auf. Nach ein paar belanglosen Floskeln kommen wir, koste es was es wolle, auf unser Thema zu sprechen. Wir erzählen – jedoch ohne direkten Verweis darauf – dass wir die DDR verlassen wollen, über unseren Beruf, über die Unzufriedenheit gegenüber der Diktatur in der DDR und dass Ungarn für uns immer noch das pro-westlichste Land im Verbund der Warschauer Paktstaaten sei. Im Laufe des Abends erzählt uns dann Horst W., dass er am nächsten Tag in Szeged und einem weiteren Ort nahe Szeged zu tun hat. Wir fragen ihn daraufhin ohne Umschweife, ob er uns nicht mitnehmen würde. Wir wären ohne Auto unterwegs und deshalb in unserer Reisebeweglichkeit doch stark eingeschränkt. Wenn er uns aber in seinem Auto mitnähme, würden wir viel mehr im Land herumkommen. Horst W. zögerte etwas, schließlich kennt er uns gar nicht, dann willigt er schließlich ein, Gesagt getan. Am Morgen steigen wir zu Horst W. in den Wagen und begleiten ihn auf seiner Geschäftsreise mitten durch Ungarn. Diese Geschäftsreise wird schließlich zum Anfang vom Ende meiner Tätigkeit beim DDR-Fernsehen.

An der Grenze zu Jugoslawien

Szeged ist eine jahrhundertealte Stadt, damals unweit der Grenze zu *Jugoslawien*[16] gelegen. Wir haben nicht geplant, mit den Kindern diesen Grenzabschnitt zu überqueren. Mehr oder weniger ist es eine ziemlich spontane Entscheidung.

Es ist klar, dass die Ungarn im Fall des gescheiterten Fluchtversuches mit der DDR-Stasi zusammenarbeiten. Als Wolfgang W. seinen Geschäften nachgeht, besichtigen wir die Stadt, beschäftigen die Kinder und treffen uns wieder zum Essen. Es ist noch früher Nachmittag. Also beschließen wir, noch ein wenig die Umgebung von Szeged abzufahren. Nur müssen wir darauf achten, nicht zu nahe an die Grenze zu gelangen. Große Unannehmlichkeiten wären die unvermeidliche Folge. Bevor wir nach Budapest zurückfahren, muss W. noch einmal tanken. Nun ist es bereits Abend und die Dämmerung weit vorangeschritten. Von fern der Landstraße kommen Lichter und schließlich die Lichtreklame einer Tankstelle auf uns zu. Als wir nahe genug an der Tankstelle sind, sehen wir sogleich das Schild mit dem Hinweis, dass sich in wenigen hundert Metern die Grenze zu Jugoslawien befindet. Da wir jegliche Konfrontation mit den

---

16 Jugoslawien (serbokroatisch Jyrocnaa11ja/Jugoslavija, slowenisch Jugoslavija, mazedonisch Југославија, albanisch Jugosllavia, ungarisch Jugoszlavia; wörtlich übersetzt Südslawien) war von 1918/1929 bis 1992 bzw. 1992 bis 2003 die Kurzform eines Staatsnamens, der mehrere Staaten in Mittel- und Südosteuropa bezeichnete, die in verschiedener territorialer und politischer Form existierten. Zu unterscheiden sind das königliche, heute sogenannte erste Jugoslawien (1918-1941), das sozialistische zweite Jugoslawien (1943/45-1991/92) und die aus Serbien und Montenegro bestehende Bundesrepublik Jugoslawien (1992-2003). Von 2003 bis 2006 bildeten die verbliebenen Teilrepubliken Serbien und Montenegro den Staatenbund Serbien und Montenegro, der sich im territorialen und völkerrechtlichen Umfang nicht von der Bundesrepublik Jugoslawien unterschied. Quelle: http://de.wikipedia.org/wiki/Jugoslawien (Zugriff 22.04.2012).

ungarischen Genossen verhindern wollen, entschließt sich W. umzukehren und eine andere Tankmöglichkeit weiter im Inneren des Landes zu finden. Das Wendemanöver ist vollbracht. Gerade will W. Gas geben und zurückfahren, als sich mitten auf der Fahrbahn ein ungarischer Soldat postiert. Er zwingt W. mit unmissverständlichen Gesten zum Anhalten. Ich höre nur das Wort „Passport". Ich ahne das Schlimmste. W. reicht dem Soldaten seinen Pass. Alles in Ordnung. Doch nun will er auch unsere Pässe sehen.

Wir reichen dem Soldaten unsere blauen Pässe. Der Soldat nimmt die Pässe an sich und bedeutet W., an die rechte Seite zu fahren. Der Soldat geht mit den Pässen weg. Bevor er geht, hebt er unsere Pässe ein wenig in die Höhe und sagt nur zwei Worte: „Kommandant entscheidet". Wer mit der schwierigen Zeit des Kalten Krieges und seinen Fronten vertraut ist, weiß, welche Folgen diese beiden Worte für die Betroffenen nach sich ziehen können. Sie können der Beginn einer an den Kräften zehrenden Odyssee sein. Auch wir machen da keine Ausnahme. Wir werden in ein abseitiges Gebäude gebracht und in einem der Innenräume zwei Tage rund um die Uhr abgesondert voneinander verhört. „Was taten sie dort?" „Warum haben Sie sich so nahe an der Grenze aufgehalten?" „Mit wem haben Sie versucht, Kontakt aufzunehmen?" „Wie oft haben Sie bereits das Grenzgebiet aufgesucht?" „Haben Sie Anschläge auf die Grenze geplant?" „Haben Sie bereits Anschläge auf die Grenze ausgeübt?" „Gehört zu ihrem Plan die Eliminierung ungarischer Grenzsoldaten?" „Seit wann haben Sie die Sabotage der ungarischen Grenze geplant?" „Mit welchem westlichen Geheimdienst arbeiten Sie zusammen?" Am Mittag des zweiten Tages bin ich völlig erledigt. Die Kinder befinden sich noch immer im Auto! Sie haben kaum geschlafen. Schließlich schreit mich der Vernehmer an, ob ich beabsichtige, „meine Kinder beim Grenzdurchbruch zu opfern", Jetzt reicht es mir. Im ersten Moment weiß ich gar nicht, was er von mir will, da der Dolmetscher nicht sofort übersetzt, Als ich verstehe, auf welche Karte gesetzt wird, stelle ich die Gegenfrage, mit welchen Mitteln er hier noch irgendwelche Ergebnisse einheimsen will, um sich eine Beförderung zu garantieren. „Ich kann und werde derartige aus der Luft gegriffene Vermutungen nicht länger akzeptieren. Ich lasse weiterhin übersetzen, dass ich immer noch Gast des Landes sei und auch so behandelt werden möchte. Seltsamerweise sitzt das! Weiter verweise ich darauf, dass es unzumutbar sei, die Kinder einen so langen Zeitraum hindurch in einem Auto einzupferchen. Das sei absolut nicht hinnehmbar. Der Oberst, ich nenne ihn Oberst, scheint sich zu besinnen. Er kratzt sich am Kopf und veranlasst, mich und die Kinder in einem Hotel einzuquartieren. Allerdings bleiben mein Freund Johnny und auch Horst W. weiterhin im Haus des Grenzregiments arretiert. Die Kinder und ich essen erst einmal etwas Vernünftiges und versuchen zu schlafen. Ein guter Versuch, aber an Schlaf ist natürlich in dieser Situation nicht zu denken. Die Gedanken kreisen um das, was geschehen ist. Die kurze Verhaftung lässt mich nicht zur Ruhe kommen! Hat die Stasi uns also doch bereits seit den Botschaftsbesuchen im Visier? Wenn ja, sind aber doch unsere Botschaftsbesuche nicht strafbar. Der Staatsratsvorsitzende der DDR, Erich Honecker, steht schließlich in den Verhandlungen zur Vorbereitung der Helsinki-Verträge. Oder ist alles purer Zufall? Reine Routine? Wird der Oberst dem Ministerium für Staatssicherheit den Vorgang kabeln? Wie werden die nächsten Stunden und womöglich Tage unter der Aufsicht des Obersts verlaufen? Steht am Ende an Ort und Stelle Knast und schließlich die Übergabe an die DDR-Überwachungsbehörden? Aber wofür? Der mir später zugewiesene Stasi-Vernehmer wird dazu sarkastisch formulieren, ich müsse mich nicht bemühen, ihn „in irgendeiner Weise zu hintergehen", von Anfang hätten sie den Verlauf unserer Ausflüge in Bild und Ton dokumentiert! Nun, von Teleobjektiven habe selbst ich schon gehört, doch an

Richtmikrofone, die aus weiter Distanz jedes Gespräch auffangen können, hätte ich wirklich zuallerletzt gedacht. Die Überwachung der Botschaften ist klar. Wie halten eigentlich die Botschafts-Angestellten diese Situation Tag und Nacht aus? Im Hotel vor mich hin grübelnd, kann ich das alles irgendwie noch einordnen. Die Gedanken kreisen um den Punkt des Geschehenen. Das ist etwas anderes, als auf den Punkt zu kommen. Aber ist das in dieser Situation überhaupt möglich? Am späten Nachmittag werde ich mit den Kindern in das Gebäude der ungarischen Stasi-Zentrale zurückgebracht. Und ich sehe Johnny und Horst W, wieder.

Nach einigem Hin und Her werden uns unsere Reisepässe ausgehändigt. Der Oberst teilt uns Folgendes mit: „Aus humanitären Gründen haben wir davon abgesehen, den Staatsorganen der DDR Mitteilung zu machen. Sie können weiterhin im Lande bleiben oder ausreisen." Erst glaube ich, meinen Ohren nicht zu trauen. Johnny sieht das genauso. Horst W. zeigt sich verständlicherweise gelassener. Zieht der Zwischenfall kein Nachspiel hinsichtlich seiner Geschäftsbeziehungen mit Ungarn nach sich? Macht er keine Geschäfte mit der DDR? Es sind Fragen, die kurz auftauchen und wieder verschwinden. Erst einmal sind

Er wollte helfen: 9 Jahre Haft!

Um. Berlin, 24. April
Neues Terror-Urteil der SED-Justiz: Ein Ostberliner Gericht hat einen jungen Mann zu neun Jahren Gefängnis verurteilt, weil er der „DDR"-Fernsehansagerin Edda Schönherz in die Freiheit verhelfen wollte. Die Staransagerin war wegen ihres Fluchtversuches kürzlich zu 42 Monaten Gefängnis verurteilt worden. Die Ost-Presse hatte das Urteil verschwiegen.

wir erleichtert. Wir glauben, noch einmal glimpflich davon zu kommen und fahren zurück nach Budapest. Wir bedanken uns bei W. für seine Hilfe und entschuldigen uns für die Unannehmlichkeiten, Trotz alledem was geschehen ist, verspricht er uns weiterhin Hilfe und will mit uns in Kontakt bleiben. Dann werden wir ihn nicht mehr sehen und nie wieder etwas von ihm hören. Bis Budapest sind wir aber noch alle zusammen. Was wir nicht wissen können ist, dass Horst W. noch in Budapest erneut verhaftet und den DDR-Behörden übergeben wird. Sie bringen ihn mit der Interflug der DDR nach Ost-Berlin, wo er monatelang von der Stasi verhört und durch ein DDR-Gericht wegen „Fluchthilfe" zu 9 Jahren Haft verurteilt wird. Horst W. wird schließlich von der Bundesrepublik freigekauft.

„Was ist denn los?"

Als wir bei unserer Wirtin Bartös ankommen, ruft sie ganz aufgeregt: „Frau Schönherz! Heute Nacht um halb drei in der Frühe kamen Männer her und haben ihr ganzes Gepäck durchwühlt, sie haben auch Einiges mitgenommen. Oh Gott, haben Sie etwas angestellt?" Wir betreten unser Zimmer und sehen unsere Koffer und Taschen offen und sichtbar durchwühlt. Und es fehlen wirklich Dinge. Sicher sammeln sie nun Beweismaterial, denke ich. Zu diesem Zeitpunkt stelle ich mich auf die kommende Konfrontation mit der Stasi ein. Was geschehen ist, bedeutet das Ende meiner Karriere, das ist mir klar. Mit Sicherheit Gefängnis, geht es mir durch den Kopf. Auch Johnny wird es mulmig zumute, Hat er sich etwas zu viel zugetraut? Manche Männer, aber natürlich auch manche Frauen, verlässt ja der Mut, wenn es brenzlig wird. Wir erzählen unserer Wirtin unser Vorhaben. Wir weihen sie quasi in unsere geplanten Aktivitäten ein und schildern ihr die vergangenen Nächte. Sie zeigt aufrichtiges Mitleid und kann es wohl nicht begreifen, dass sogar ihre eigenen Landsleute Jagd auf Menschen machen. Von der DDR und ihrem Grenzgebaren ist man auch hier informiert. Aber die eigenen Leute? Ungarn? „Was haben Sie schon getan? Erkundungen für eine Ausreise, dafür darf man doch niemanden quälen?", sagt Frau Bartös. Wir danken Frau Bartös für ihr ehrliches Mitgefühl, Dennoch packen wir den Rest unserer Sachen zusammen und fahren schnurstracks zum Flughafen.

Die Kinder sind zunächst beunruhigt. Schließlich kann ich sie aber besänftigen. Ich sage einfach, es wird bestimmt alles gut. Ich weiß selber, es ist eine Notlüge. Aber das bringt manche Situation eben so mit sich,

Am Airport angekommen, läuft zunächst wirklich alles gut. Wir haben noch nicht das Gefühl, verfolgt zu werden. Dass dies ein Trugschluss ist, erweist sich bald. Als wir übers Rollfeld zur Maschine gehen, steht bereits an der Gangway einer der unauffällig auffälligen Herren, die scheinbar vollkommen unverbindlich die Leute beobachten und sich die Zeit vertreiben wollen. Wen dieser Herr erwartet, ist mir im selben Moment klar und ich zögere nicht, meine Kinder sofort einzuweihen. Irgendwann ist man soweit geprägt und man erkennt seinen Feind schon von weiten. „schaut mal, Kinder", sage ich also, „wir haben Begleitung. Ich glaube, ab jetzt sind wir nicht mehr allein." Meine Vermutung wird in einem betreffenden Dokument, das sich unter anderen in der von der Stasi über mich angelegten Akte befindet, bestätigt.

Die Solistin

Klar ist schon mal, dass der Oberst uns zwar auf freien Fuß gesetzt hat, dennoch hat er uns unsere freie Beweglichkeit in Ungarn betreffend, gründlich belogen. Das Kabel aus Ungarn hat mit großer Wahrscheinlichkeit unmittelbar nach unserer Festnahme bei der Stasi-Hauptabteilung in Ost-Berlin auf dem Tisch gelegen. Sie haben immer in ihrem Sinne gut und harmonisch zusammengearbeitet. Zwischen den Verhören und der Freilassung hat die Stasi genügend Zeit, sich ihrerseits in Szene zu setzen. Als wir wieder in unserem Haus in Berlin-Mahlsdorf eintreffen, ist bereits vis-A-vis eine „konspirative Wohnung"[17] eingerichtet. Wir werden von jetzt an rund um die Uhr bewacht. Linientreue DDR-Genossen stellen dem gegen das eigene Volk gerichteten Geheimdienst Zimmer, Wohnungen, ja sogar Häuser für die Personen-Überwachung zur Verfügung. Was ist das für ein Leben rund um die Uhr im Visier? Nun sehen sie, wann meine Kinder zur Schule gehen, wann ich mit dem Hund Gassi, zur Post oder in die Bank gehe. Wohin und wann ich außer Haus gehe oder gemeinsam mit Johnny in das Berliner Zentrum fahre, Alles in Bild und Ton. Was wir sprechen oder auch nur flüstern, Was ist dagegen zu tun? Ich habe noch nie so laut Musik gehört. Ich habe noch nie so lange die Wasscrhähne laufen lassen, Außer Haus bin ich ständig von Männern mit Einkaufsnetzen umgeben, die Windjacken, Rundstrickhosen oder fürchterliche Schlips- und Hemdkombinationen tragen. Mich gedanklich abreagierend, denke ich manchmal schnippisch, früher hattet ihr wenigstens noch Ledermäntel an oder geheimnisvolle Hüte auf. Um sicher zu gehen, dass ich nicht an Verfolgungswahn leide, stelle ich die Probe aufs Exempel. Meine

---

17 Konspirative Wohnung= Die geheimen Trefforte von hauptamtlichen Mitarbeitern der Staatssicherheit mit Inoffiziellen Mitarbeitern (IM).

Vize-Mutter lebt noch immer in Friedrichsfelde, und noch immer in der Schloßstraße. Am 5. September, an ihrem Geburtstag, trifft sich die Familie, um zu gratulieren. Ich fahre mit dem Bus nach Friedrichsfelde und – bums! – sitzt im Bus wieder einer der Typen mit seinem Einkaufsnetz. Ich versuche, ihn zu ignorieren. Am Zielort angelangt, renne ich los. Ich laufe um eine Häuserecke und warte. Der Schnüffler ist völlig verwirrt. Er versucht, meine Spur wieder aufzunehmen. Er keucht richtig hinter mir her und steht schließlich in Armeslänge entfernt vor dem Hauseingang, in dem ich stehe. Ratlosigkeit im Gesicht. Schließlich trete ich zurück auf die Straße und sehe ihn wie die Unschuld vom Lande an. Auf meiner Stirn aber groß geschrieben: „Du kleines mieses Schwein". Dann wende ich mich ab und gehe langsam zum richtigen Hauseingang, der mich zu meiner Vize-Mutter führt.

Dort sind bereits alle Gäste eingetroffen. Auch das wird von der Stasi registriert. Auch das kann ich in ferner Zukunft in meiner Stasi-Akte lesen, Alle Anwesenden bekommen von der Stasi originelle Tarnnamen. Könnte man das erfinden? Gertrud als Geige. Hans als Bass. Das Schwesterchen als Bratsche. Und Johnny, besser geht es wohl kaum, heißt Dirigent, und mich nennt man – wie gnadenvoll Solistin.

Auf der Feier erwähne ich nichts von der Verfolgung, es soll die ungetrübte Stimmung bleiben. Wir verstanden immer unbeschwert zu feiern. Nichts solle sich daran ändern. Außerdem, ja, außerdem, weiß man nicht, Familienspitzel rekrutierte bereits das Dritte Reich. Die DDR tut es ihm gleich. Verdächtigungen solcherart durchziehen die Betriebe, Jugendklubs, Freundschaften und eben auch Familien. Von Bad Brambach bis nach Rügen lauter Lügen. Von Jahr zu Jahr verhält sich jeder vorsichtiger.

MINISTERRAT
DER DEUTSCHEN DEMOKRATISCHEN REPUBLIK
Ministerium für Staatssicherheit

BSiU
030158

Hauptabteilung/Abteilung VIII/IU
Bezirksverwaltung
Sachbearbeiter Hptm. Brunner
Zimmer   Telefon 75/245

Hauptabteilung/Abteilung XX/7
Bezirksverwaltung Gen. Hptm. Hüther
Kreisdienststelle
des Ministeriums für Staatssicherheit

Berlin, 12. 09. 1974
Bru/Hü
Tgb.-Nr.: 78/74

Beobachtungsbericht

Betr. Schönherz, geb. Staack, Edda, geb. 03. 05. 1944
Wohnhaft 115 Berlin, Hultschiner Damm 53
Decknamen "Solistin"   Reg.-Nr. des Auftrages 714/74
Für die Zeit vom 05. 09. 1974 bis 09. 09. 1974

Für den 05. 09. 1974 von 18.45 Uhr bis 24.00 Uhr

18.45 Uhr   In der Zeit von
bis
24.00 Uhr   trat "Solistin" nicht in Erscheinung.

Für den 06. 09. 1974 von 00.00 Uhr bis 24.00 Uhr

10.15 Uhr   verließ "Solistin" mit einem Klappfahrrad ihr Wohngrundstück. Auf dem Gepäckträger war ein gelber Plasteeimer befestigt.
"Solistin" fuhr mit dem Fahrrad über Hultschiner Damm, Mahlsdorfer Straße zur Bahnhofstraße (Köpenick).
Am Lenker hing eine Beuteltasche.

10.35 Uhr   hielt "Solistin" an der Sparkasse der Stadt Berlin, Zweigstelle 165, Bahnhofstraße 35, stellte das Fahrrad an die Hauswand und betrat die Schalterhalle der o.g. Sparkasse.
"Solistin" begab sich an die Kasse für sonstige Einzahlungen. Es konnte gesehen werden, daß "Solistin" vor sich einen Postabholerausweis mit der Kto-Nr.:

6752-40-54318,

mehrere Kontoauszüge und Kontokarten liegen hatte.

Die Kontokarten trugen ebenfalls die genannte Kontonummer und den Namen

Jonny Seidel

Ferner zahlte "Solistin" an der gleichen Kasse 70,- M (ein 50,- und ein 20,- Markschein) ein. Auf den Kontokarten wurden von der Bankangestellten Umschreibungen vorgenommen.
Gehört wurde, wie "Solistin" zu der Bankangestellten sagte: "Es müßte doch schon da sein, es ist doch sonst immer schon um diese Zeit da."

10.42 Uhr	verließ "Solistin" die Sparkasse, führte ihr Fahrrad über die Bahnhofstraße und betrat, nachdem sie das Rad an der Hauswand abgestellt hatte, die PGH-Schuhklinik, Bahnhofstraße/Ecke Parisiusstraße, für ca. 3 Minuten. Anschließend bestieg sie ihr Fahrrad und fuhr zurück zur Mahlsdorfer Straße, wo sie
10.50 Uhr	das Geschäft für Hundesportartikel, Mahlsdorfer Str. 8 betrat. Nach dem Verlassen des Geschäftes tat "Solistin" etwas in den Plasteeimer.
10.55 Uhr	betrat sie die Sofortreinigung, Mahlsdorfer Str. 9-11 für ca. 2 Minuten. Anschließend bestieg sie ihr Fahrrad und fuhr über die Mahlsdorfer Straße und Hultschiner Damm zurück in ihr Wohngebiet.
11.10 Uhr	betrat sie ihr Wohngrundstück.
12.35 Uhr	verließ "Solistin" ihr Wohngrundstück, überquerte den Hultschiner Damm und betrat die Sonnen-Apotheke, Hultschiner Damm 62. Nach etwa 3 Minuten verließ sie die Apotheke, ging zurück zu ihrem Wohngrundstück und sprach kurz mit einer älteren weiblichen Person, die zuvor ein Gemüsegeschäft verlassen hatte und an der Straßenbahnhaltestelle Ecke Roseggerstraße stand.
12.45 Uhr	betrat "Solistin" ihr Wohngrundstück.
15.10 Uhr	hielt vor dem Grundstück von "Solistin" ein Wartburg Tourist, polizeiliches Kennzeichen:

IU 65 - 64

Halter:

Ambulante medizinische Betreuung
113 Berlin, Möllendorffstraße 117

Das Fahrzeug wurde von einer männlichen Person gefahren, die auch im Wagen sitzen blieb.
Neben dem Fahrer saß eine weibliche Person, die nachdem der PKW gehalten hatte,

15.11 Uhr	das Haus von "Solistin" betrat.
15.25 Uhr	verließ die weibliche Person das Haus, bestieg den zuvor

BStU
030160

	genannten PKW und fuhr mit dem Fahrer in Richtung Köpenick weiter.
	Der PKW sowie die Insassen wurden nicht weiterbeobachtet, da der Wagen mit einem Schild "Arzt" versehen war.
17.35 Uhr	verließ "Solistin" mit ihrem Fahrrad ihr Grundstück und tätigte im Wultschiner Damm im Getränkekombinat Nr. 30 und im Fischgeschäft Nr. 43 Einkäufe.
	Danach fuhr sie zurück zu ihrem Wohnhaus, welches sie um
17.45 Uhr	betrat.
21.55 Uhr	erlosch im gesamten Wohnhaus das Licht.

Für den 07. 09. 1974 von 00.00 Uhr bis 24.00 Uhr

10.35 Uhr	verließ "Solistin" mit ihrem Hund und Fahrrad ihr Wohnhaus und fuhr zur Ulmenstraße 60, wo sie die dort befindliche Gärtnerei aufsuchte und Einkäufe tätigte. Auf dem Wege dorthin und zurück zum Wohnhaus, welches sie
11.07 Uhr	wieder betrat, blieb sie öfters stehen oder lief ein Stück zu Fuß.
15.50 Uhr	verließ "Solistin" ihr Wohnhaus und führte eine gelbe Umhängetasche, einen Plastebeutel und einen Blumenstrauß bei sich. Sie lief zur Bushaltestelle in der Masienstraße an der Ecke Wultschiner Damm und bestieg
15.55 Uhr	einen Bus der Linie 8 in Richtung U-Bahnhof Friedrichsfelde. An der Ecke Alt-Friedrichsfelde/Straße Am Tierpark entstieg "Solistin" dem Bus. Sie lief zur Straße Am Tierpark und auf dieser weiter in Richtung Karlshorst bis zur Ecke Massower Straße. Hier kehrte sie um und lief wieder zurück.
16.20 Uhr	betrat "Solistin" das Wohnhaus Am Tierpark 7.
	In der ersten Etage links klingelte sie. Eine ältere weibliche Person öffnete und sagte: "DU bist die Erste!" Anschließend betrat "Solistin" die Wohnung.
	An der Wohnungstür stand der Name:

G. Staack

In der Wohnung sind folgende Personen gemeldet:

S t a a c k , geb. Zuch, Gertrud
geb. am 05. 09. 1924 in Herzfelde

S t a a c k , Norbert
geb. am 25. 03. 1952 in Berlin

S t a a c k , Gudrun
geb. am 27. 03. 1955 in Berlin

- 4 -

In der nächsten Zeit betraten folgende Personen das o.g. Wohnhaus:

16.35 Uhr eine männliche Person, eine weibliche Person und ein männlicher Jugendlicher.
Die männliche Person erhält den Decknamen:

"Baß"

und ist identisch mit:

W i t t i g , Hans
geb. am 25. 07. 1921
wohnhaft: Berlin C 2,
Ifflandstraße 4

Die weibliche Person erhält den Decknamen:

"Geige"

und ist identisch mit:

W i t t i g , geb. Schubring,
Elisabeth
geb. am 02. 10. 1923
wohnhaft: Berlin C 2,
Ifflandstraße 4

Beim Betreten des Hauses hatte "Geige" einen Blumenstrauß bei sich.
Nach Verlassen des Wohnhauses wurden "Baß" und "Geige" weiterbeobachtet.

17.18 Uhr betraten eine weibliche Person und ein Mädchen (ca. 10 - 12 Jahre) ebenfalls das Haus.
Sie kamen aus Richtung Massower Straße.
Die weibliche Person erhält den Decknamen:

"Note"

- 5 -

und ist identisch mit:

S c h m i t t , geb. Staack,
Sieglinde
geb. am 01. 02. 1938
wohnhaft: Berlin-Pankow,
Harzburger Str. 3

	"Note" wurde beim Verlassen des Hauses weiterbeobachtet.
21.20 Uhr	kam "Solistin" in Begleitung einer älteren weiblichen Person aus dem Wohnhaus Am Tierpark 7. Beide standen dann etwa 5 Minuten vor der Haustür und unterhielten sich. Anschließend begaben sich beide Personen zur Bushaltestelle Am Tierpark/Ecke Alt-Friedrichsfelde.
21.30 Uhr	stieg "Solistin" in einen Bus der Linie 8 (Richtung Waldesruh) und fuhr ab. Die ältere weibliche Person lief nach der Trennung wieder zum Wohnhaus zurück und betrat es.
21.42 Uhr	entstieg "Solistin" an der Bushaltestelle Hultschiner Damm/Ruhlsdorfer Straße dem Bus und lief zu ihrem Wohnhaus, das sie
21.45 Uhr	betrat. Auf dem Rückweg führte sie die gelbe Umhängetasche wieder bei sich. Kurz nach dem Betreten des Hauses durch "Solistin" wurde in der 1. Etage Licht eingeschaltet.
22.35 Uhr	erlosch das Licht im Haus.

Für den 08. 09. 1974 von 00.00 Uhr bis 24.00 Uhr

08.45 Uhr	verließen "Solistin" und "Solist" ihr Grundstück und gingen zur Straßenbahnhaltestelle Hultschiner Damm/ Ecke Roseggerstraße. Hier bestiegen sie die Straßenbahn der Linie 83 und fuhren in Richtung Köpenick ab.
08.55 Uhr	verließen sie am S-Bahnhof Köpenick die Straßenbahn und gingen zum S-Bahnhof, wo sie
09.00 Uhr	die S-Bahn in Richtung Friedrichstraße bestiegen.
09.30 Uhr	verließen sie auf dem S-Bahnhof Friedrichstraße die S-Bahn und gingen über folgende Straßen weiter: Georgenstraße, Charlottstraße, Mittelstraße, Rosmarienstraße, Charlottenstraße, Behrenstraße, Hinter der Katholischen Kirche.
09.50 Uhr	betraten sie hier die St. Hedwig Kathedrale und nahmen am Gottesdienst teil, ohne zu anderen Personen Kontakt gehabt zu haben.

BSiU
090163

- 6 -

10.55 Uhr	verließen sie die Kathedrale wieder und gingen über folgende Straßen zum S- Bahnhof Friedrichstraße zurück: Französische Straße, Glinkastraße, Neustädtische Kirchstraße.
11.22 Uhr	bestiegen "Solistin" und "Solist" auf dem S- Bahnhof Friedrichstraße die S- Bahn in Richtung Erkner, die sie
11.50 Uhr	auf dem Bahnhof Köpenick verließen und zur Straßenbahnhaltestelle gingen, wo sie
11.55 Uhr	die Straßenbahn der Linie 83 in Richtung Mahlsdorf bestiegen.
12.05 Uhr	verließen sie die Straßenbahn auf dem Hultschiner Damm (Nähe des Wohnhauses) und gingen zum Wohnhaus, das sie kurz darauf betraten.
13.20 Uhr	verließ "Solistin" das Wohnhaus und ging zur Bushaltestelle der Linie 8. Hier sah sie in einen aus Richtung Alt-Friedrichsfelde ankommenden Bus und ging dann auf dem Hultschiner Damm weiter bis zur Kohlisstraße. Als erneut ein Bus ankam, rannte sie zur Bushaltestelle zurück und begrüßte hier ein Mädchen ca. 10 bis 12 Jahre, das dem Bus entstiegen war, mit Kuß. Danach gingen beide zum Wohnhaus zurück, das sie
13.55 Uhr	betraten. Auf dem Wege dorthin hatte "Solistin" ihren Arm auf die Schulter des Mädchens gelegt und sich unterhalten.
14.20 Uhr	verließen "Solistin" und "Solist" das Wohnhaus wieder. Sie führten einen Hund bei sich und gingen folgende Straßen entlang: Bergedorfer Straße, Mechthildstraße, Roseggerstraße.
14.30 Uhr	betraten sie wieder das Wohnhaus.
16.55 Uhr	verließen "Solistin", "Solist" und die beiden Kinder mit dem Hund das Wohnhaus. Sie machten einen ausgedehnten Spaziergang zum Kaulsdorfer See.
19.25 Uhr	betraten sie wieder alle das Wohnhaus.
22.25 Uhr	wurde in der Wohnung das Licht gelöscht.

Für den 09. 09. 1974 von 00.00 Uhr bis 08.30 Uhr

07.30 Uhr	betraten die Genossen der Festnahmegruppe das Wohnhaus.
08.22 Uhr	verließen sie mit "Solist" und
08.25 Uhr	mit "Solistin" das Wohnhaus. Sie stiegen mit diesen in PKW's und fuhren davon.
08.30 Uhr	wurde die Beobachtung beendet.

- 7 -

BStU
090166

Personenbeschreibung von "Solistin":

Geschlecht:	weiblich
Scheinb. Alter:	29 - 34 Jahre
Scheinb. Größe:	163 - 168 cm
Gestalt:	schlank
Kopfform:	oval
Haare:	dunkelblond bis schwarz, schulterlang mit Außenrolle, Seitenscheitel links, wellig
Stirn:	hohe, schmale
Stirn-und Nasenprofil:	gebrochen
Kinn:	gespalten
Bekleidung:	roter ärmelloser Pullover, braune verwaschene Manchesterhose, gelber Pulli, weiße Hose (lang mit ausgestellten Hosenbeinen), breiter brauner Gürtel, Schmuck an beiden Händen.

Personenbeschreibung von "Solist":

Geschlecht:	männlich
Scheinb. Alter:	32 - 36 Jahre
Scheinb. Größe:	168 - 173 cm
Gestalt:	schlank
Haare:	blond mit leichten Rotstich, leicht wellig
Stirn:	hohe
Stirn-und Nasenprofil:	gebrochen
Bekleidung:	grauer Anzug, gelbes Hemd, gemusterte Krawatte.

Leiter der Abteilung
i.V. Zacke
Major

Brunner
Hauptmann

Anlage: 3 Blatt
11 Fotos

Männer im Blaumann

Die Eltern von Johnny, die von Grimma in Sachsen zu uns ins Haus nach Berlin-Mahlsdorf gezogen sind, weisen wir auch dahingehend an, in unserer Abwesenheit nie einen Fremden in unser Haus zu lassen. Prompt kommen eines Tages, als wir nicht da sind, Männer im Blaumann vorbei und wollen „nur mal" die Telefonleitungen überprüfen. Aufgrund unserer Anweisungen gelangen sie aber nicht ins Haus und müssen unverrichteter Dinge wieder abziehen. Auch das ist uns Beweis genug, dass wir observiert werden. Eine Freundin von mir, die schräg gegenüber in der Roseggerstraße wohnt, beobachtet einmal, als wir nicht da sind, wie fremde Leute ums Haus schleichen und versuchen, sich Zutritt in das Haus zu verschaffen. Also haben sie das Haus verwanzt, denke ich. Das Telefon ist jetzt so geschaltet, dass sie jedes Telefonat mithören können.

Was ist angesichts einer totalen Überwachung deiner Person zu tun? Wir lassen uns einfach nichts anmerken und versuchen, unseren Alltag wie einen normalen zu leben. John und ich gehen zum Sender, melden uns zurück aus dem Urlaub und fragen nach den anfallenden Diensten. Ich setze mich mit den Redaktionen in Verbindung, um die Texte abzusprechen beziehungsweise um die Texte nach Wunsch aus und umzuarbeiten. Bei allem beherrscht mich natürlich das eigenartige Gefühl, dass „die Jungens von der Stasi" selbst im Sendehaus hier mit Bild und Ton an mir dran bleiben. Direkt bekomme ich nichts von ihnen mit. Soll ich mich, zumindest was diesen Ort angeht, getäuscht haben? Der Bereichsleiter tut, als sei alles beim alten. Sagt sein Verhalten aber nicht etwas ganz anderes? Ich werde sehr freundlich von meinem Chef begrüßt. Er fragt nach meinem Befinden und wie der Urlaub verlaufen ist. So bemüht ist er doch nie, denke ich. Der hat doch sonst keinen Ton gesagt, wenn ich mal ein paar Tage nicht da gewesen bin. „Die

Ungarnreise war ausgezeichnet, erholsam und abwechslungsreich. Und ich habe genug Elan mitgebracht, um mich wieder in meine Arbeit stürzen zu können, und das ist ja am Samstag der Fall." Plötzlich kommt eine etwas verlegene Atmosphäre auf. Der Direktor kratzt sich am Kopf. „Ja, wissen Sie, das mit Ihren Diensten kann ich Ihnen noch nicht genau sagen. Ich habe nicht gewusst, wann genau Sie aus dem Urlaub zurückkommen. Daher haben wir Ihre Dienste, respektive ihre nächsten anstehenden einer anderen Kollegin übergeben. Aber das ist freilich nur über die nächsten Tage. Dann werden wir sehen. Haben Sie noch etwas?" Bevor ich antworte, klingelt das Telefon. Nach dem recht kurzen Telefonat muss er eilig einige andere Kollegen aufsuchen. Andere Kollegen. Ich rufe ein „Nein, danke" hinter ihm her. Danke auch für Ihr bereitwilliges Entgegenkommen und ihre Fürsorge." Völlig abwesend und mit den Gedanken bereits woanders, drehe ich mich um und gehe zur Tür. Plötzlich kommt der Direktor wieder zurück. Er tut sehr freundlich und irgendwie habe ich das Gefühl, er weiß ganz genau, was bald auf mich zukommen wird. Er begleitet mich ein Stück auf dem Flur und schließlich sagt er, beinahe mitfühlend: „Alles Gute, Frau Schönherz," Die Schwere des aufkommenden Gefühls ist kaum zu beschreiben. Ich gehe durch die Adlershofer Studios. Ich sehe die anderen, die anderen sehen mich. Was denken sie nun? Verräterin? Abtrünnige? Das hat sie nun davon? Soll der Staat mich doch lehren was es heißt ungehorsam zu sein? Sollen in ihren Augen Hammer und Zirkel[18] auf mich niederprasseln und mich zur Vernunft bringen? Als ich Johnny treffe, höre ich, dass es bei ihm in der Abteilung ganz ähnlich abgelaufen sei. Das MfS hat seine Klischees. Seine Vorgehensmuster. Seine Vorgaben, an die sich jeder zu halten hat. Wenn nicht, wird er dann in der Quintessenz seinen Job oder Posten nicht länger be-

---

18 Hammer und Zirkel = Hammer und Zirkel im Ährenkranz war das Staatssymbol der DDR, das auf der schwarz-rot-goldenen Staatsflagge prangte.

halten dürfen. Wir fahren beide wie in Trance nach Hause und besprechen alles. Jetzt fangen wir an, die Kinder doch mehr als vorher in den Status quo einzubeziehen. Dazu kommen Johns Eltern. Sie wohnen ja nun schon einmal mit im Haus. Im Fall unserer Verhaftung sagen sie zu, sich um die Kinder zu kümmern. Die Kinder wären also für das erste versorgt. Und diese Entscheidung ist richtig, wie sich glücklicherweise herausstellen soll. Annette und René gehen bereits wieder zur Schule, denn auch die Schulferien sind vorüber. In Erwartung der Dinge, die da kommen werden, ist die Stimmung im Haus dementsprechend gedrückt.

Die Rundum-Bewachung durch die Stasi läuft weiter und zwar auf Hochtouren! Das bestätigen die geheimen Fotoaufnahmen meiner Familie durch die Stasi.

Regimetreue Sympathisanten

Unserem Haus gegenüber am Hultschiner Damm stellen regimetreue Sympathisanten ein weiteres konspiratives Zimmer zur Verfügung. Rechts von unserem Haus befindet sich der Gemüseladen, in dem ich gern einkaufen gehe. Auch die Betreiberin des Ladens bietet der Stasi ihre Geschäfts- und Wohnräume als Beobachtungsposten an. Sie haben uns ständig im Visier. Wenn ich mit dem Fahrrad Hundefleisch für unseren Afghanen hole, zur Post, in die Bank, in die Stadt, in die Hedwigskathedrale gehe, auch dort, überall. Immer ist einer von „Mielkes Truppen"[19] hinter mir und meiner Familie her. Besonders in der

---

19 Erich Fritz Emil Mielke (* 28. Dezember 1907 in Berlin; † 21. Mai 2000 ebenda) war nach dem Rücktritt Ernst Wollwebers ab 1957 Minister für Staatssicherheit der DDR und somit einer der Hauptverantwortlichen für den Ausbau des flächendeckenden Überwachungssystems in der DDR. Quelle: http://de.wikipedia.org/wiki/Erich_Mielke (Zugriff 02.Mai 2012).

06.09.1974, 10.43 Uhr
"Solistin" nach dem
Verlassen der Sparkasse,
Zweigstelle 165,
Berlin-Köpenick,
Bahnhofstr. 35

Hedwigskathedrale fallen diese Typen auf. Sie sind einfach wie ein Fremdkörper in dieser kirchlichen Umgebung. Kann ich mir eine größere Bedrohung aus dem All vorstellen? Wer könnte noch so perfide sein? Ihr „Kampf" gilt dem eigenen Volk. Sie fotografieren und richten ihre Mikrofone nach uns aus. Wir machen gegen den Lauschangriff laute Musik, lassen Wasserhähne laufen. Wer hält so etwas über einen längeren Zeitraum aus? Haben wir etwas zu besprechen, dröhnt das Radio. Manchmal setzt sich Johnny an den Flügel und spielt eine Sonate. Manchmal gehen wir in den Garten. Manchmal machen wir einen Spaziergang. Oft gehen wir mit dem Hund in den nahe gelegenen Wald. Immer wieder und immer wieder.

Es ist ca. 7.30 Uhr

Montag, 09. September 1974. Eine Woche ist seit unserer Rückkehr aus Ungarn vergangen. Es ist ca. 7.30 Uhr. Ich liege noch im Bett. Johnnys Mutter hat für die Kinder Frühstück gemacht. Ich höre sie in der Küche werkeln. Annette verlässt gerade das Haus. Gleich fängt der Schultag an. Dann setzt das Kommando ein. Ohne zu klingeln dringen sie in das Haus. Ich höre sie die Treppe hoch stürmen. Ich sehe sie die Schlafzimmertür aufreißen. Zunächst denke ich aber, meine Kinder kommen zu mir herein, um sich vor der Schule noch einmal von mir zu verabschieden. Stattdessen stehen nun 12 Männer und eine Frau vor meinem Bett. Ihre Anweisungen sind knapp. „Kommen Sie mit zur Klärung eines Sachverhalts!" In diesem Moment habe ich das Gefühl, als befinde ich mich nicht mehr in meinem Körper. Ich stehe neben der Szene und beobachte alles genau, was nun geschieht. Dieses Gefühl soll mich fortan noch oft begleiten. Die ganzen nächsten drei Jahre.

Ich höre mich etwas sagen. „Moment bitte, ich muss noch meine Morgentoilette erledigen". Gefrühstückt hatte ich schließlich auch noch nicht. Bin ich trotz der Festnahme nicht noch immer ein freier Bürger? Ich sehe mich ins Bad gehen. Mit dem ersten Schritt aus dem Bett ist die anwesende fremde Frau wie ein Schatten hinter mir her. Ich dusche mich sehr ausgiebig. Ich sehe, dass ich mich nicht um die Anwesenheit der fremden Frau schere. Ob diese Stasi-Madame nun dabei nass wird oder nicht. Ich lasse noch einmal meine Gedanken Revue passieren, alles, was ich mit Johnny, Johnnys Eltern und mit den Kindern besprochen habe. Erwartet wurden sie ja von uns, wiewohl nicht wissend, wann und wo. Mit Johnny kann ich ab sofort kein Wort mehr wechseln. Das ist klar. Das haben wir in Ungarn erlebt. Ab sofort werden wir isoliert. Ich sehe mich duschen. Ich höre mich denken. Was wird uns jetzt alle erwarten?

🐘|🐘

Leute vom Geheimdienst

Nach dem Duschen überlege ich, welche Garderobe am zweckmäßigsten ist. Den Umständen entsprechend? Dann kann ich wohl gleich den Kulturbeutel packen und eine gestreifte Kleidung anziehen. Ich habe keine gestreifte Kleidung. Und wenn ich nachher in die Mangel genommen werde (das Wort Vernehmung kenne ich ja noch nicht), werde ich die Wahrheit sagen oder schweigen. Wie aber sich in Ruhe anziehen, wenn ständig die Leute vom Geheimdienst um einen herumwuseln? Einen Teil der ungebetenen Gäste hat sich inzwischen im Haus verteilt und stellt es auf den Kopf. Sie fangen sogar an, den Kokshaufen im Keller zu durchwühlen.

Dann werde ich die Treppe nach unten geführt und stehe schwer bewacht in der Küche. Johnnys Mutter und René frühstücken. Als René mich samt Stasi-Verhaftungs-Kommandos sieht, springt er auf und ruft ahnungsvoll verstört: „Mama, Mama, Mam", und klammert sich an mir fest. „Mama, was wollen die?' Mir zerreißt es das Herz, aber ich will auf keinen Fall dem Memphis[20] nicht noch irgendwelche Schwachpunkte verraten, die sie später gegen mich einsetzen können. Ich trage nichts nach draußen von den Gedanken und Gefühlen, die mich bemächtigen; vor allem soll in meinen Kindern keine Panik aufkommen. Alles, was während der Verhaftung geschieht, wie du dich gibst, was du sagst, gehört zum Rapport des Kommandos, Aus diesem Rapport wird die spätere Taktik ersichtlich, wie sie dich zermürben.

Ich streiche meinem Jungen über den Kopf und sage nur: „Mama kommt gleich wieder! Und wenn nicht, dann merke dir eins: was jetzt geschieht, durchgehe ich auch für euch, für dich und für Annette. Daran müsst ihr ganz fest glauben. Ich liebe euch über alles! Für immer nur euch!" Das sind die letzten Worte, die ich meinem Sohn René für die nächsten drei Jahre mit auf dem Weg geben kann. Annette hat ja bereits das Haus verlassen. Drei Jahre werde ich meine Kinder nicht mehr wiedersehen. Es ist gut, dass man nicht alles über seine Zukunft weiß. Womöglich wäre ich in den Studios in Adlershof alt und vergesslich geworden und hätte am Ende die Diktatur und ihre Widerwärtigkeiten für das Schönste der Welt gehalten. Warum eigentlich? Weil ich mich in diesem Fall mein Leben lang arrangiert und eingerichtet hätte. Wie viele schweigen und machen alles mit, nur um ihre „Privilegien" nicht zu verlieren? Hunderte? Tausende? Millionen? Ich werde meine Kinder in den kommenden drei Jahren nicht ein einziges Mal sehen. Die Begründung ist immer gleich. Sie sind noch keine 18 Jahre. Sie dürfen deshalb in keine Haftanstalt. Annette und René sind da-

---

20 Memphis= Volksmund für das in der Bevölkerung der DDR gefürchtete wie gehasste Ministerium für Staatssicherheit.

mals 11 beziehungsweise 12 Jahre alt. Die jüngsten Gefangenen der DDR sind 14 Jahre alt. Mit Vollendung des vierzehnten Lebensjahres bekommt jeder DDR-Bürger seinen Personalausweis. Mit der Aushändigung des Personalausweises beginnt die Strafmündigkeit. Es kann einem bange werden, wie Heinrich Böll[21] geschrieben hat.

Zu meinem Erstaunen stehen draußen vor dem Gartentor zwei BMW. Warum fuhr man anstatt mit einer Automarke aus dem Osten mit Modellen aus dem befeindeten Westen vor? Auf dem Weg zum Auto erkenne ich im Stasi-Tross einen, den ich irgendwo schon einmal gesehen habe. Aber klar, fällt mir wieder ein, natürlich, der wohnt doch hier in der Nachbarschaft. Seine Jeans sehen verlottert, ja dreckig aus. Das passt zu ihm, denke ich. Sieh an, auf diese Weise erfährt der Mensch also, was die liebe Nachbarschaft so tut und macht, und wo sie arbeitet. Alles Stasi außer Mutti – und die Mutti bin ich. Was geschieht noch? Mein afghanischer Windhund Faruk steht völlig unschlüssig am Weg und weiß wohl nicht, ob er auch nun verhaftet wird oder nicht. Was soll ich tun? Mich zu ihm hinabbeugen? Ihn kraulen? Ihm Mut zusprechen? Das sind alles Momentaufnahmen für den Rapport. Es ist nicht gut, wenn die Stasi-Leute wissen, wie es in mir aussieht. Also ein schönes freies „Sei schön lieb, Frauchen kommt gleich wieder" – und schon geht es ab im Auto nach Nirgendwo. Ich weiß wirklich nicht, wohin ich gebracht werde. Ich erhalte keine Auskunft. Es wird mir nicht gesagt. Und in meiner Erinnerung frage ich auch nicht. Ich bequeme mich auf den Rücksitz. Stasi-Bomber links von mir, Stasi-Bomber rechts von mir. Am Lenkrad vorne der Stasi-Chauffeur, da-

---

21 Heinrich Böll = * 21. 12. 1917 in Köln. Nach dem Abitur Lehrling im Buchhandel. Im 2. Weltkrieg sechs Jahre Soldat. Nach dem Krieg Studium der Germanistik. Seit 1949 Veröffentlichungen: Erzählungen, Romane, Hör- und Fernsehspiele, Theaterstücke. Übersetzer aus dem Englischen. 1972 Nobelpreis. Tod 16. Juli 1985 in Hürtgenwald.

neben Bomber vier. Es kann sein, dass ich frage, wohin es geht. Aber ich erhalte keine Antwort. Da ich durch die Frontscheibe nach draußen gucken kann, sehe ich, dass die Fahrt auf jeden Fall nach Lichtenberg und schließlich in die Magdalenenstraße geht. Der Sitz des Ministeriums für Staatssicherheit ist in der Hauptstadt gut bekannt. Der Minister des Ministeriums für Staatssicherheit, Erich Mielke, sitzt persönlich hier. Es ist ein Häuserkomplex, dessen Nähe der „Normalbürger" eher meidet. Der Chauffeur fährt an die Schranke. Die Schranke geht auf, Die Fahrt führt weiter in einen Innenhof. Wenn man nicht weiß, wo man ist, sieht das alles auf den ersten Blick ganz normal aus. Aber hinter den Glasscheiben der vielen, vielen Fenster regiert ein ganz anderer „Friede" als der Familienfrieden.

In der Magdalenenstraße

Schließlich werde ich aufgefordert auszusteigen und den Genossen zu folgen. Ich befinde mich seit der Verhaftung in einem Schockzustand. Das fällt mir erst jetzt auf. Ich bewege mich mechanisch. Ich bin wie gefroren. Ich nehme um mich herum alles wahr, irgendwie aber ist es so, als ob lediglich ein Überlebensmodus eingeschaltet und alles andere heruntergefahren ist. Jetzt geht es darum, dass du das hier durchstehst, meine Liebe. Jetzt geht es darum, das bevorstehende Prozedere durchzuhalten, Durchhalten, verstehst du! Überstehen. Überwinden. Überlegen. Nicht überdrehen. Nicht übergeben. Wo es mir gut geht, fühle ich mich zu Hause, Hier ist nicht dein Zuhause. Das Unterbewusstsein rotiert. Dann sehe ich Johnny, Er ist auch hier. Ich sehe mich aufstehen, Ich sehe, wie wir uns umarmen. Allem zum Trotz umarmen wir uns. Gehen wir? Gehen wir doch. Johnny und ich werden voneinander getrennt und in verschiedene Zimmer geführt. Mein Vernehmer lässt mich auf einem Hocker leicht seitlich vor seinem leicht schmierig aussehenden Schreibtisch Platz nehmen, Auf dem Schreibtisch befinden sich ein graues Telefon, eine Ablage für Schreibutensilien, ein Schreibblock, Schreibmaschinenpapier und eine graue Schreibmaschine. Mal sehen, wohin die Reise geht? Das Verhör beginnt mit lapidaren Fragen. Alles, was sie längst wissen, wollen sie von mir hören. Das Verhör dauert den Rest des Tages und die ganze Nacht. Schließlich wird auch nach dem Aufenthalt in Budapest, den Botschaftsbesuchen, der Weiterreise mit Horst W., nach dem Fluchtmotiv und der Planung der Flucht gefragt. Haben Johnny und ich das schon lange geplant? Wie lange zuvor haben Johnny und ich „den westdeutschen Geschäftsmann" gekannt? Apropos; westdeutscher Geschäftsmann, denke ich, wo ist der eigentlich abgeblieben, nachdem wir Ungarn verlassen haben? Ich frage ihn und prompt hagelt es die Zurechtweisung: „Wir stellen hier die Fragen!" Viel, viel später in meiner Stasi Akte entdecke ich in einen ausgeschnittenen Zeitungsausschnitt. Bild-Zeitung, 24, April 1975. Überschrift: „Er wollte helfen!" Darunter: „9 Jähre Haft!" Horst W. kommt also aus jenem Gebäude in Ungarn nicht frei, sondern erhält wegen angeblichen „Menschenhandels" 108 Monate Haft. Wozu hat man uns dann zunächst laufen lassen. Sie sind die Katze. Wir sind die Mäuse. Musste Horst W. etwa die ganze Strafe absitzen? Das Katz- und Maus-Spiel der DDR-Behörden mit politischen Gegnern ist zu perfide für eine einfache Antwort. Im Vernehmungszimmer hoffe ich, dass er längst wieder zu Hause bei seiner Familie ist. Wo eigentlich? Köln? Düsseldorf? Am schönen Rhein? Wir haben ihn nicht danach gefragt. Was aus Horst W. geworden ist, kann ich zu diesem Zeitpunkt nicht in Erfahrung bringen. Was werden sie mit ihm getan haben? Haben sie ihn vielleicht auch umgedreht? Ich will daran gar nicht denken. Zwischendurch höre ich dem Vernehmer zu. Nicht schön, nicht hässlich, könnte sogar attraktiv sein, wäre nicht dieses perverse Frage und Antwortspiel in einer Sache, die nicht der Rede wert ist und Millionen an Steuergeldern frisst. Die Vernehmung geht bis in die Morgenstunden. Ziemlich erschöpft und wie frisch durch die Mangel genommen, halte ich mich gerade noch auf dem Stuhl. In den Stunden des Verhörs bekomme ich Kaffee und kalte Getränke. Ich darf sogar eine Zigarette rauchen. Als ich mir eine zweite Zigarette anzünden will, wird das Rauchen nicht mehr erlaubt. Dazu fällt der Spruch: „Erst die Arbeit und dann das Vergnügen". Und ich denke „Aha". So läuft das. Erpressung mit einem Lächeln. Hinter dem Lächeln die Gardinen. Schwedische Gardinen. So läuft das. Da ich im Grunde Gelegenheitsraucher bin, zucke ich mit den Achseln und stelle ab sofort das Rauchen ein.

🐘|🐘

Vor dem Fenster Morgengrauen. Kurz vor Ende des Verhöres. Der Vernehmer lehnt sich zurück. Sein Mund bewegt sich: „Na, Frau Schönherz, wie geht es Ihnen?" Wer antwortet? „Danke, den Umständen entsprechend." Darauf der Vernehmer, etwas gereizt: „Sie haben zwei Möglichkeiten. Sie können da wieder durch die Tür in die Freiheit. So, wie sie hereingekommen sind, gehen sie einfach wieder hinaus. Sie sind wieder bei ihren Kindern. Durch diese Tür einfach wieder hinaus. Wenn Sie kooperativ sind. Wenn Sie nicht kooperativ sind, führt Sie ihr Weg durch diese andere Tür hinter Ihnen tief in das Innere dieses Hauses." Na endlich, denke ich, das wahre Gesicht. Die Einschüchterungsphase. Die psychischen Druckmittel. Ganz oben: die Kinder. Hervorragend, Genossen. Was euch alles einfällt! Dafür gibt's Prämien, Zusatzurlaub, vielleicht einen Farbfernseher! Privilegien, Privilegien, wie man sie liebt! Ich sehe den Vernehmer an und denke, nicht übergeben. Ich denke, für wie blöd hältst du mich eigentlich? Dann höre ich mich sagen: „Sie wissen doch bereits, welche Tür für mich bestimmt ist. Für die Alternative der anderen Tür haben Sie noch viel zu viele Fragen. Und da ich hier schon bei Ihnen auf diesem Stuhl sitze, beantrage ich für mich und meine Kinder sofort, hier und jetzt, die sofortige Ausreise in die Bundesrepublik Deutschland mit gleichzeitiger Aberkennung der Staatsbürgerschaft der DDR. Und sollte ich bisher irgendwelche Zweifel an der Richtigkeit meiner Aktivitäten gehabt haben, seit diesem Moment, seit dieser Minute habe ich diese nicht mehr, Nehmen Sie das bitte zur Kenntnis und vermerken es in dem Protokoll, das Sie die ganze Zeit schreiben, andernfalls unterschreibe ich das nicht." Nun ist es raus. Peng! Ich habe der Stasi den Kampf angesagt! Und das geht wohl nirgends besser, als in den Fängen der Stasi selbst. So ein Auftreten geht eben auch nirgendwo so glimpflich ab wie beim Ministerium der Staatssicherheit der DDR. Wie – glimpflich? Spinnst du? Es ist ein mieses Ministerium, Aber es gibt seit 1962 eine stille Abmachung zwischen der DDR und der Bundesrepublik Deutschland, die für die DDR ein luxuriöses Geschäft bedeutet. Der Verkauf von politischen Gefangenen in den Westen. Mit der festen Bekundung meines Antrages auf Ausreise bin ich sofort üppige einhunderttausend D-Mark wert. Dieser Handel hat seinen Preis. Natürlich soll es nicht so einfach aussehen. Auch der Blick in das Innere des Systems hat seinen Preis. Vernehmungen müssen eben wirklich Vernehmungen sein. Mit allen Angst einflößenden Schikanen. Und bist du nicht willig, so habe ich vielerlei Gestalt. Wieder zieht sich das Verhör bis spät in die Nacht, bis in die frühen Morgenstunden hin, Zwischendurch bekomme ich belegte Brote und Kaffee. Dann werde ich durch eine Stahltür hinter mir abgeführt, komme in einen nächsten Raum, einen ziemlich unaufgeräumten Büroraum, in dem sich außerdem eine Liege befindet. Hier soll ich nun übernachten. Eine Stasi-Frau weist mich an, alles, was ich in den Taschen habe, vor ihr auszubreiten. Sie kontrolliert jedes einzelne Stück. Dann schließt sie die Tür und kommt kurz darauf mit Bettzeug zurück. Ich soll mich für die Nacht vorbereiten. Ich lege mich wie in Trance nieder und will nach diesem fast vierundzwanzigstündigen Verhör wenigstens etwas die Augen schließen. Doch ich darf nicht. Im 10-Minuten-Takt wird die Tür aufgerissen, Licht angemacht, und nach mir gesehen. „Schlafen sie endlich!" befiehlt eine Stimme hinter mir. Müde und genervt sage ich: „Wie soll das gehen, wenn ich auch wollte? Sie reißen doch dauernd die Tür auf und machen dieses scheußliche Licht an! Sie lassen mich doch gar nicht zur Ruhe kommen." Mehr und mehr stelle ich mich auf eine harte Zeit ein. Wozu deine Vorstellungskraft aber nicht reicht, das verschafft dir das Leben!

🐘|🐘

Ich kann natürlich nicht einschlafen. Nach dieser ganzen Prozedur bin ich am Umkippen. Ich liege auf der Liege und mir ist so, als würde ich langsam über mir schweben. Als ob mich jemand an den Kleidern emporhebt, um mich wieder zurückplumpsen zu lassen, Irgendwann komme ich wieder zu mir. Ständig das Gefühl, angestarrt zu werden. Rundherum beobachtet. Ausweglos. Als ich an die Tür heran trete, entdecke ich auch den Spion. Gerade in dem Moment, schaut jemand von außen hindurch. Eine Klappe wird angehoben. Auge um Auge. Das andere Paar Augen entschwindet. Die Klappe außen fällt mit einem flappenden Geräusch nach unten. Ich höre das Geräusch. Spanner, Voyeure, denke ich. Da geht auch schon die Tür auf und mir wird ein Frühstück gereicht. Was ist auf dem Tablett drauf? Kaffee? Tee? Konfitüre? Frühstücksei? Anstatt Konfitüre ein Klecks Marmelade! Und natürlich keine Serviette! Der Kaffee tut mir jedenfalls gut. Nun will ich mich waschen, aber ich sehe kein Waschbecken. Einige Zeit später werde ich aus dem Zimmer geholt und dem Haftrichter vorgeführt, der kaum von der Akte aufsieht. Wie aus weiter Ferne höre ich seine Worte: „Sie werden laut Beschluss in Untersuchungshaft genommen. Es besteht der ausreichende Verdacht der Verdunklungs- sowie der Fluchtgefahr. Sie stehen im dringenden Tatverdacht des illegalen Verlassens der DDR. Bis zur vollständigen Klärung stehen Sie unter der Aufsicht der Vollzugsbehörde!" Ich verlange einen Rechtsanwalt und werde mit einem hämischen Lächeln abserviert. „Darüber befinden wir dann, wenn wir es für angemessen halten. Sie werden beschuldigt, in Tateinheit der staatsfeindlichen Verbindungsaufnahme, der Vorbereitung zum ungesetzlichen Grenzübertritt im schweren Fall der Gruppenbildung sowie des Verstoßes gegen das Devisengesetz, des Verbrechens gemäß $ 100 und der Vergehen gemäß $ 17 Abs.1 Ziff.3 des Devisenvergehens, sowie $213 Abs. 1 und 2, illegalem Vorbereiten zum Verlassen der DDR!" (Der besonders schwere Fall resultierte daraus, weil ich in der Gruppe war, meine Kinder waren ja mit dabei). Damit ist das Gespräch beendet. Im ersten Moment kann ich gar nicht folgen, was ich da alles aufgezählt bekomme. Gruppenbildung. Was ist das? Johnny! rauscht es durch meinen Kopf. Und plötzlich, hart: die Kinder! In diesem Augenblick bin ich fast vollständig paralysiert und starre den Haftrichter an. Was ist mit meinen Kindern? Wo sind meine Kinder? Zwei Fragen, aber kein Ton kommt aus mir heraus. Ich begreife nichts. Von diesen Paragrafen habe ich noch nie zuvor etwas gehört. Jetzt sollst du ein Verbrecher sein. Nachdem der Haftrichter seinen Sermon beendet hat, werde ich wieder abgeführt. Zurück in „mein" Zellenzimmer, denke ich, jetzt schreibst du an Honecker. Der steckt in den Verhandlungen mit der UNO in Helsinki, Die Zeit der Inhaftierung wird absehbar sein, Wir werden ja sehen! Meinen Trugschluss bekomme ich auf der Stelle zu spüren. Ohne Gnade. So geht das. Der Weg führt am Zellenzimmer vorbei. Treppe runter, bis zur Ausgangstür. Durch die Ausgangstür ins Freie, ins Freie?

Ankunft in Nirgendwo

Im Freien steht ein Kastenwagen. Ein Barkas 1000[22] „Einsteigen!" Auf den Außenwänden der Karosserie steht groß mit geschwungenen Buchstaben „Esst mehr Fisch! Fisch und Gemüse aus Rostock!" Also geht es jetzt nach Rostock? Einen schönen Fisch haben sie da an der Angel. Einen dicken Fisch. Einen Einhunderttausend-D-Mark-Goldfisch. So fahren sie mit ihrer wirklich fetten Ware durch Ost-Berlin. Irgendwann einmal wird das für die Stasi dumm laufen und sie werden die Aufschrift ändern müssen. Eine Anwohnerin aus der Umgebung von Hohenschönhausen wird wegen der Aufschrift beim Magistrat von Groß Berlin in Sachen Versorgungsfragen vorstellig, wo es denn den Fisch gäbe. Sie sehe in Hohenschönhausen immer dieses Auto die Straße entlangfahren, könne aber nirgendwo Fisch aus Rostock kaufen. Mangelwirtschaft DDR – deine Anekdoten liebe ich!

Dieser kleine Lieferwagen ist in seinem Innenraum mit fünf kleinen Zellen ausgestattet. Jede Zelle gerade so breit und so hoch, dass man gebückt hineinpasst. Du sitzt auf einem Brett und die Handschellen bleiben während der Fahrt dran. Ein Fenster gibt es nicht. Auch kein Licht, Die Tür auf, rein, Tür zu! Und schon weißt du nicht mehr, wo du bist. Ich habe keine Ahnung, wohin ich gefahren werde. Ich höre, dass noch jemand in den Wagen steigen muss. Schritte in eine zweite Zelle. Ein schwererer Körper als der meine nimmt in dieser Zelle Platz.

---

22 Barkas war der Name eines sächsischen Automobilherstellers und die Markenbezeichnung der von 1961 bis 1991 von ihm hergestellten Nutzfahrzeuge, die zur Fahrzeuggattung der Kleintransporter zählen. Die zahlreichen Aufbauvarianten wie Pritschen, Koffer, Planen, Kleinbus und Abschleppwagen machten das Fahrzeug sehr flexibel nutzbar. So gab es den Barkas unter anderem als Personentransporter, Polizeifahrzeug, Krankenwagen, Kleinlöschfahrzeug (Typ KLF), Pritschentransporter, Sattelschlepper und Militärfahrzeug. Quelle: http://de.wikipedia.org/wiki/Barkas (Zugriff 02. Mai 2012).

Setzt sich auf das Brett hin. Dann höre ich Johnnys Stimme! „Nehmen Sie doch wenigstens die Handschellen ab!" Du bist hier! Ich weiß jetzt, dass du hier bist. Dass du nicht eingeknickt bist!

Der Wagen fährt an. Die Handschellen bleiben dran. Die Türen werden zugeschlagen. Auch Johnnys Tür. Durch Räuspern und Husten versuche ich mich bemerkbar zu machen. Hörst Du mich Johnny? Ich bin's. Ich bin da. Auch hier. Bei dir. Sogleich folgen Befehle. „Ruhe!" „Keine Unterhaltung!" Eingepfercht in dieser Buchte sind wir endlos unterwegs. Wie lange ist endlos? Eine Stunde? Anderthalb Stunden? Ich habe völlig die Orientierung verloren. Hinzu kommt zunehmende Platzangst. Atemnot. In diesem dunklen, stickigen Loch kann von Sauerstoff keine Rede sein. Irgendeine Odyssee beginnt. Vielleicht fahren sie mit uns dauernd Kreise. Am Ende weiß man einfach nicht mehr, wo man ist. Sind wir noch in Berlin oder längst in Richtung Schwerin? Wo sind wir? Wo? Wo? Irgendwo.

Der Kleinbus fährt einen holprigen Weg entlang. Es ruckelt einen durch. Dann stoppt der Bus und hält bei laufendem Motor. Ein metallenes Tor wird geöffnet. Der Kleinbus fährt wieder an. Kurz darauf das gleiche Geräusch. Kommandorufe. Wieder das Geräusch. Zwei weitere schwere Eisentore werden in Bewegung gesetzt. Der Kleinbus stoppt erneut. Diesmal wird der Motor ausgeschaltet. Die Türen unseres Gefangenentransporters werden geöffnet. Dann zuerst Johnnys Zellentür. Dann meine. Durch den langen Aufenthalt im Dunkel der Zelle bekomme ich erst einmal einen Lichtschock. Wir befinden uns in einer Schleusengarage oder so was ähnlichem. An den Wänden sind unzählige Leuchtstoffröhren. Das reinste Flutlicht.

Was nun? Was folgt als nächstes? Falle ich nach dem Aussteigen in ein Loch? Fängt jetzt die Folter an? Plumps auf die Knie? Tüte über den Kopf? Ich versuche, mich zu orientieren, schaue mich um, schon fängt der unwirsche Ton an. „Kopf runter! Blick nach unten! Hören Sie mit dem Herumstarren auf! Runter mit dem Kopf! Der Kopf bleibt unten!". Willkommen beim neuen Umgangston, denke ich.

Durch diesen freundlichen Empfang kann man gut einschätzen, wie es von nun an weitergeht. Staatsverbrecher, Staatsverbrecher, erwarte nur kein Gold im Becher!

Jetzt erinnere ich mich an frühere Gerüchte. Die hatte ich völlig vergessen. Die physische Folter hat man doch Anfang der 1960er Jahre abgeschafft. Oder etwa nicht? Ist die DDR nicht darum bemüht, als ein das Völkerrecht achtender Staat anerkannt zu werden? Das heißt, der Gefangene hat das Recht über die an ihm angewandten Maßnahmen nach außen zu berichten. Das heißt auch, sichtbare Überreste von Gewalt zeigen zu können. Narben auf der Seele sieht man natürlich nicht. Das wissen die auch. Unser Bewachungstross setzt sich in Bewegung. Ich werde aufgefordert zu folgen. Wieder eine Tür. Dann ein Zellenhaus.

Von 2003 an werde ich als Zeitzeugin und Referentin für politische Bildung tätig sein und Führungen durch diese berühmteste Stasi-Untersuchungshaftanstalt in Berlin-Hohenschönhausen machen.

Auf der linken Seite befindet sich die U-Haft-Zentrale. In der Zentrale befinden sich Monitore und Schaltpulte, dort sind alle Zellen aufgeführt. Von dort werden auch die Verbindungen mit den Vernehmern hergestellt. Es werden die Zelle und die Nummer des Häftlings angefordert, für den jeweiligen Vernehmerraum. Ich kenne das Gebäude in und auswendig. In der Zentrale sitzen nicht etwa das Wachpersonal, sondern die Offiziere. Die Offiziere überwachen nicht die U-Häftlinge, sondern ihre eigenen Leute, die unteren Dienstgrade bis zum Unterleutnant. Die sogenannten Läufer, die die Untersuchungshäftlinge von den Verwahrräumen abholen und zu den Vernehmerräumen bringen. Vorschriftsmäßiges Verhalten? Der teilnahmslose Gesichtsausdruck? Vorschriftsmäßiges Gehen? Vorschriftsmäßiges Schritttempo? Falls ein nicht zugewiesener Vernehmer aus einem Vernehmerraum tritt, etwa vorschriftsmäßige Anweisung an den Untersuchungshäftling: „Gesicht zur Wand!"? Und so weiter; „Gehen'se!" „Stehn'se!", „Gesicht zur Wand!" „Hände auf den Rücken!" Sie sind sich zu eintausend Prozent sicher. Keiner kann uns finden. Die Stasi-U-Haftanstalt ist auf keinem Stadtplan und keiner Landkarte verzeichnet. Offiziell gibt es das Areal des Gefängniskomplexes nicht. An diesem Septembertag 1974 habe ich von all dem noch nicht die geringste Ahnung. Ich sehe Klingeldrähte an den Wänden lang gezogen. Eine simple wiewohl effektive Alarmanlage. Wenn einer von den Häftlingen durchdreht, zieht einer der „Läufer" an einem Draht, zwei Bananenstecker fliegen auseinander und schon ist der Alarm ausgelöst. Schreie von Gefangenen werde ich noch öfter zu hören bekommen. Ein schrilles Alarmgeräusch wie im amerikanischen Thriller gibt es nicht. Alles, was die Stasi tut, geht still und fast lautlos vor sich. Genossen huschen zu Hilfe, der Durchgedrehte wird ruhig gestellt mit einer Injektion oder mit Psychopharmaka, dann zurück in die Zelle und zur Besinnung kommen lassen. Sie beweisen dir, dass sie alle Zeit der Welt haben.

MINISTERRAT
DER DEUTSCHEN DEMOKRATISCHEN REPUBLIK
Ministerium für Staatssicherheit

BStU 000008

Berlin, den 10. 9. 19 74

Einlieferungsanzeige

Am 9. 9. 1974 wurde gegen 8.30 Uhr in Berlin-Mahlsdorf wegen des dringenden Tatverdachtes des versuchten ungesetzlichen Verlassens der DDR

a) auf der Grundlage eines richterlichen Haftbefehls
b) vorläufig festgenommen

und am 9. 9. 1974 in die UHA des MfS eingeliefert.

Name: SCHÖNHERZ, Vornamen: Edda
geb. am: 3. 5. 1944, in: Bad Landeck
Beruf: Handelskaufmann, zuletzt: Ansagerin
Anschrift der Arbeitsstelle: Fernsehen der DDR, II. Programm, Berlin-Adlershof, Rudower Chaussee

Familienstand: geschieden Staatsangehörigkeit: DDR Nation.: deutsch
Wohnanschrift: 115 Berlin, Hultschiner Damm 53

Letzter Aufenthalt: 115 Berlin, Hultschiner Damm 53

Name und Anschrift der nächsten Angehörigen: —

Nummer der Personaldokumente: PA XV 1 488 891

Die Vorführung erfolgte

am 10.9.1974, 12.00 Uhr
durch Wuitr Ltn.

Kopie BStU AR 8

Name und Dienstgrad des Einliefernden

0338 665 20.0 Form 42

Das Personal

In der Zelle wartet die Hausordnung. Darin steht, dass dein Aufenthalt bis zur Verhandlung die Dauer von zwei Jahren nicht überschreiten darf. Ich bin noch nicht in der für mich vorgesehenen Zelle angekommen. Eine weitere Metalltür mit einem Spion wird geöffnet. Diese Tür ist zu passieren, dann geht es gleich links in einen kleineren Raum. Ein Fenster gibt es nicht. Anstelle des Fensters gibt es Reihen von Glasziegeln, was sich im gesamten Zellenhaus fortsetzt. Im Raum befindet sich eine Art Theke. Dass es sich hierbei nicht um eine Hotel-Rezeption handelt, ist mir klar. Ein Uniformierter betritt den Raum und herrscht mich an. „Ausziehen!" Ich tue, was gesagt wird. Zögerlich zwar, aber ich gehorche. Die Unterhose lasse ich an. Der Uniformierte nimmt es zum Anlass, den Druck der Stimme zu erhöhen. „Alles, habe ich gesagt!" An der geschlossenen Tür wird der Metalllappen des Spions bewegt. Ich zögere weiterhin, auch meine Unterhose auszuziehen. Dazu kommt, dass ich meine Periode habe und vor Scham fast im Boden versinke. Der in Uniform braust auf. „Na, wird's bald!" Wieder höre ich alles wie durch eine Nebelwand. Das können die doch nicht machen, denke ich. Warum nicht? Du denkst ganz schön naiv und ziehst mechanisch wie eine Marionette deine Unterhosen aus. Der in Uniform triumphiert. „Weiter, weiter, auf den Tisch damit'. Man nimmt jedes Kleiderstück in die Finger, fühlt jede Naht ab, tastet die Gummizüge entlang, legt die Bekleidungsstücke auseinander, als baut man sich unsichtbar dazu einen neuen Menschen. Es wird alles auseinandergenommen und untersucht.

Als auch der Schlüpfer auf dem Tisch liegt, hebt derjenige den Kopf. Vollkommen teilnahmsloser Blick. Wie bei den Toten. Die Stimme ein harscher Ton: „Und was haben Sie da zwischen den Beinen?" Ich höre meine Stimme mechanisch sagen: „Das ist meine Vorlage. Ich habe meine Tage." Uniformträger, eine

Tonlage höher: „Gut. Nun her damit!" Ich traue meinen Ohren nicht. Voller Wut knalle ich die beschmutzte Binde auf den Tisch und sehe dabei knallhart in die Augen meines Gegenübers. Mit spitzen Fingern wird auch dieses Objekt der Begierde untersucht, und ich stehe nackt und nach ihrem Willen meiner Würde beraubt, vor ihnen, Man ist in Rage. „Beine grätschen!" „Kniebeuge!" „Bücken!" Schließlich zieht man sich Gummihandschuhe an und gleitet mit den Fingern in jede meiner Körperöffnungen. Wie heißt es im Grundgesetz der Bundesrepublik? Gleich der erste Satz? „Die Würde des Menschen ist unantastbar." Dorthin will ich. Dorthin wirst du gehen. Die Gummihandschuhe werden abgestreift. „So, nun können 'se sich wieder anziehen!"

🐘|🐘

Nachdem man von mir abgelassen hat, werde ich in einen nachfolgenden Zellentrakt geführt. Ich hatte bis dahin solche Einrichtungen noch nie von innen gesehen. So sieht das also aus. Mir verschlägt es noch immer den Atem. Es kommt einem wirklich so vor, als wären einem die Flügel abgeschnitten. Wüsste man doch nur, dass das Gegenteil der Fall ist. Dass es sich bei diesem nicht um eine Amputation sondern um Wachstumsschmerz handelt. Dass einem nämlich in der politischen Haft erst einmal Flügel wachsen. Die Ohnmacht, die man empfindet, ist keine Irreführung, sondern Selbstschutz. Ein innerer Mechanismus, der dich, egal wie dumm du dich anstellst, am Ende das Richtige tun lässt. Es sei denn ... du willigst am Ende doch ein, durch die von ihnen angebotene Tür zu gehen. Dann wendet sich dein Fall in die totale Katastrophe. Damit hört dein seelisches Wachstum schlagartig und für immer auf. Denn was sich für den Moment wieder frei und unbeschwert anfühlt, ist nur die Narkose, bevor die endgültige Amputation in Gang gesetzt wird, nämlich der Beginn deiner ausweglosen

Unterwerfung. Tja. Wenn ich das alles in diesen ersten Stunden in der U-Haft doch schon wüsste. Ich könnte mit meinen Flügeln schlagen, lächeln und warten. Und etwas durch die Zellen fliesen. Oder dem Läufer voraus zum Vernehmer. Ich könnte die Vernehmung über an der Decke verbringen. Und lächeln. Und warten.

Rechts und links des Ganges befinden sich Türen. An den Türen befindet sich jeweils eine Klappe. Oben und unten an den Türen sind riesige Eisenriegel angebracht, die laut knallen, sobald sie zurück geschoben werden. Außerdem dominieren übergroße Schlösser die Türen. Die Läufer" tragen die Schlüssel zu den Schlössern am Bund. Und mein Körper wehrt sich psychisch auf seine Art und Weise. Ich schalte völlig ab. Da ich noch nicht verurteilt bin, bestehe ich auf meine Privatsachen. Der Läufer prompt: „Wenn Sie die nicht mehr riechen können, werden Sie mit Freuden unsere schönen Sachen anziehen." Leider behält er damit Recht. Die Privatsachen der Untersuchungshäftlinge werden von der Anstalt nicht gereinigt. Das bedeutet, dass man nach einiger Zeit die Anstaltssachen doch anzieht. Nach vierzehn Tagen fällt die hämische Bemerkung: „Na, wolln'se nicht endlich die Kleidung wechseln? Wir haben schicke Ersatzbekleidung für Sie hier." Was soll es, denke ich. Natürlich kannst du nicht länger deine Privatsachen tragen. Inzwischen hatte ich selber das Gefühl meiner Geruchswolke hinterherzulaufen. Pro forma werde ich mit meinem „Einverständnis" in eine Kleiderkammer geführt. Säbelbein, eine Läuferin, dürr und krummbeinig, weshalb ich ihr sofort auch diesen Spitznamen verpasse, ist schon etwas älter, und wahrscheinlich in dieser Einrichtung tätig, seitdem die Pforten erstmals geöffnet wurden, schreitet vor mir her wie ein Geist. Kein Geräusch. Nichts. Das reinste Totenhaus. Puh. In der Kammer übernimmt eine andere Genossin. Dünnzopfig, Brille, lange schmale Nase, breiter Mund. Die traurige Heidi. Sie legt mir Sachen vor, die etliche Nummern zu groß sind. Und natürlich ist das alles kein Zufall. Zu große Unterwäsche. Viel zu großer Trainingsanzug. Bei diesen Sachen hätte meine Großmutter mit 80 noch gestreikt. Alles mindestens Kleidergröße 50. Aber das ist eine bewusste Zumutung, meine Liebe. Ich weiß und versuche dennoch einen leisen Widerspruch. Die Sachen sind zu groß. Basta! Die traurige Heidi schaut mich aus ebenso teilnahmslosen Augen wie auch Säbelbein an und sagt mit stillem Vorwurf: „Wir machen hier keinen Schönheitswettbewerb. Und Sie üben hier auch nicht den Beruf einer Fernsehmoderatorin aus." Ich betrachte die braunkarierten Kamelhaarhausschuhe und komme mir vor wie eine Vogelscheuche. Die traurige Heidi scheint sich weder darüber zu freuen noch zu ärgern. Die gleichbleibende Teilnahmslosigkeit, ohne Flimmern oder Zwinkern, ohne eine Veränderung. Vielleicht gereicht mein „Aufzug" ja der Erbauung des Vernehmers. Das Thema der psychologischen Zersetzung, der Widerstandskraft des Untersuchungshäftlings und seiner maximalem Gefügigmachung wird für so wichtig empfunden, dass das Ministerium für Staatssicherheit an seiner eigenen Hochschule, der Juristischen Hochschule in Potsdam/ Eiche, dafür Promotionen vergibt und diese mit heute größtenteils erhaltenen Gutachten bewertet.

In dem Wissen darum, daß einstellungskonträre Beeinflussung eines solcherart disponierten Beschuldigten die Gefahr des Bumerang-Effekts beinhaltet, wird der psychologisch gebildete Untersuchungsführer das Vorurteil zu unterlaufen und langfristig zu labilisieren versuchen. Die im Forschungsprozeß geführten empirischen Untersuchungen haben bestätigt, daß dies möglich ist, selbst bei extrem ausgeprägten Vorurteilen gegen das MfS und den Untersuchungsführer. Ebenso ist durch Negativbeispiele belegt, daß durch falsches vernehmungstaktisches Vorgehen, das vom Vernommenen als eine ständige Bekräftigung des Vorurteils verarbeitet wird, eine gegen die Wahrheitsfeststellung gerichtete destruktive Aussagetätigkeit ggf. nicht im positiven Sinne beeinflußbar ist.

Mit diesen Bemerkungen wird nochmals die universelle Anwendbarkeit und die Leistungsfähigkeit des von uns begründeten Herangehens zur wissenschaftlichen Fundierung der Vernehmungstaktik deutlich:

Es kommt darauf an, auf der Grundlage der sorgfältigen Analyse der Erkenntnisse und Versionen zum aufzuklärenden Sachverhalt und der Persönlichkeit des Vernommenen folgenkritische Überlegungen darüber anzustellen, wie der Vernommene was erkennen, erleben, bewerten wird, wonach er streben wird, wie er sich entscheiden wird usw. und davon ausgehend das vernehmungstaktische Vorgehen zu gestalten.

Der hier nochmals skizzierte und beispielhaft erläuterte Grundmechanismus der psychischen Orientierungen und Regulation von Aussagehandlungen wirkt übrigens auch in den Fällen, die in den Forschungsergebnissen (Abschnitt 3.3.4., S. 351 ff.)

bzw. in der Ergebniszusammenfassung (These 12, S. 33/34) unter dem Aspekt der Suggestion analysiert wurden. Allerdings treten bei der Suggestion die emotionale Seite der Widerspiegelung der Untersuchungssituationen, speziell Aspekte der affektiven Resonanz gegenüber den Einwirkungen des Untersuchungsführers, auf Kosten der rationalen Elemente der Widerspiegelung stark in den Vordergrund und können dadurch emotional starkt gefärbte Erkenntnisleistungen und Bewertungen bewirken, die den Beschuldigten zu der Entscheidung kommen lassen, ehrliche Aussagen zu tätigen. Wir haben von dieser Möglichkeit des Wirkens suggestiver Momente in der Aussageregulation die These abgeleitet, daß die Ausnutzung der Suggestion in Ausnahmefällen ein probates vernehmungstaktisches Mittel sein kann, allerdings nur unter der ausdrücklich formulierten Voraussetzung, daß dadurch nicht das Wissen des Aussagenden verfälscht wird. Aussageinhalte dürfen nicht suggeriert werden; diesbezüglichen Gefahren muß man bewußt und entschieden entgegen wirken.

Im Ergebnis von neuerlichen Diskussionen zu diesem Problemkreis, die in den letzten Tagen geführt wurden, müssen wir allerdings den Einwand der Untersuchungspraxis akzeptieren, daß mit dem Begriff der Suggestion die Kompliziertheit und Vielschichtigkeit der auch unter Mitwirkung suggestiver Elemente bei der Aussageregulation ablaufenden psychischen Prozesse und der beteiligten Wirkungsfaktoren nicht vollständig erfaßt wird und daß deshalb die Ausnutzung der Suggestion keine spezielle vernehmungstaktische Methode sein kann.

Wir berücksichtigen dabei auch, daß der Begriff der
Suggestion umgangssprachlich besetzt ist und seine
Verwendung schon allein deshalb in der Untersuchungspraxis
Verwirrung schaffen könnte, weil Suggestion eben von vielen
als Suggerieren von Aussageinhalten mißverstanden werden
kann. Bei der Umsetzung der Forschungsergebnisse wäre
also der Begriff Suggestion im Zusammenhang mit vernehmungstaktischen Empfehlungen zu vermeiden.

Die Ausführungen lassen erkennen, daß mit den vorgelegten
Forschungsergebnissen außerordentlich dynamische Prozesse
der Untersuchungsarbeit berührt werden und daß damit auch
noch nicht sämtliche die Vernehmungstaktik betreffenden
Details geklärt sind. Es wird aber auch deutlich, daß
das in der Arbeit begründete und hier zusätzlich erläuterte
prinzipielle Herangehen zur wissenschaftlichen Fundierung
der Vernehmungstaktik tatsächlich universell anwendbar
und leistungsfähig ist.

Wir sind sogar davon fest überzeugt, daß das in der
Arbeit begründete Prinzip nicht nur für die Gestaltung
der Vernehmungstaktik sondern darüber hinaus für alle
jene Bereiche der politisch-operativen Tätigkeit des
MfS anwendbar und leistungsfähig ist, in denen es um die
Beeinflussung des Verhaltens von Menschen geht. Beispielsweise werden in dem für die Gesprächsführung mit Übersiedlungsersuchenden bestimmten Schulungsmaterial zur Gestaltung schwieriger Gespräche "Miteinander reden - aber wie ..
Empfehlungen gegeben, die in allen wesentlichen Grundaus-

sagen mit denen in der Forschungsarbeit übereinstimmen.

Wir glauben, mit Berechtigung sagen zu können, daß die Beherrschung der Gesetzmäßigkeiten der psychischen Orientierung und Regulation der menschlichen Tätigkeit es den Gesprächsführenden bei Inneres gestatten würde, diese Empfehlungen noch besser zu verstehen und sie vor allem entsprechend den konkreten persönlichkeitsbedingten und situativen Gegebenheiten differenziert und schöpferisch zu handhaben. Dabei sind wir uns darüber klar, daß nicht alle Mitarbeiter von Inneres ebensowenig wie alle operativen Mitarbeiter des MfS ein Psychologie-Ausbildung haben. Das ist sicher auch in bezug auf viele Untersuchungsführer ein Mangel.

Aber der Weg kann u. E. nicht sein, für alle Mitarbeiter ein Psychologie-Studium zu fordern, sondern die Orientierungen des Genossen Minister zur optimalen Nutzung der Erkenntnisse der marxistisch-leninistischen Psychologie in der politisch-operativen Tätigkeit des MfS, die er erst am 6. 10. 1986 erneut und mit Nachdruck wiederholte, können wohl nur realisert werden, wenn es vor allem der tschekistischen Theorie gelingt, die psychologischen Erkenntnisse so aufzubereiten, daß sie für den operativen Mitarbeiter einsehbar und handhabbar sind. Wir möchten die von uns vorgelegten Forschungsergebnisse u. a. als einen Beitrag in dieser Richtung verstanden wissen.

Dabei sind wir uns bewußt, daß dieser Prozeß der psychologischen Fundierung der politisch-operativen Untersuchungsarbeit damit keineswegs abgeschlossen ist und daß vor allem in Umsetzung der Forschungsergebnisse noch viel zu tun bleibt, um die wissenschaftlichen Erkenntnisse so aufzubereiten, daß sie für jeden Untersuchungsführer verständlich und handhabbar sind. Die Autoren sind bereit, daran weiterhin aktiv mitzuwirken.

Als ich zur nächsten Vernehmung in anstaltseigener Bekleidung erscheine, empfängt mich der Vernehmer prompt mit einem Kompliment: „Na, Sie haben auch schon mal besser ausgesehen, nicht wahr? Nun, wie eine Fernsehansagerin sehen Sie ja nun gerade nicht mehr aus." „Das stört mich nicht", höre ich mich sagen. „Das wird sich eines Tages und irgendwann auch wieder ändern." Ich lege mir, was das Äußere betrifft, eine gewisse Gleichgültigkeit zu. Wichtig ist nur, dass ich meine innere Stärke und Identität behalte. Als ich merke, wie eiskalt ich auf die Attacke des Vernehmers reagiere, fühle ich mich der Herausforderung meines Kampfes mit diesem Ministerium gewappnet. „Du wirst diesen Kampf ausfechten!" Und du wirst nicht unterliegen!" Dies wird mein neues Mantra.

Wird aber auch Johnny genügend Stehvermögen besitzen? Wird auch er nicht von unserem eingeschlagenen Weg abweichen? Für mich gibt es kein Zurück mehr. Das spürt auch der stets adrett gekleidete Vernehmer, der mich nie mit meinem Namen anspricht. Aber auch das gehört zum anstaltseigenen Reglement. Unabhängig vom Tragen der Privatkleidung oder

der Anstaltskleidung wird jeder seines Namens entledigt. Auf der Außenseite einer jeden Zellentür steht eine Nummer. Sind zwei Gefangene in der Zelle ist einer die 1, der andere die 2. Für mich gilt die Nummer 2. Das ist mein neuer Name „Zwo". Nummer „Zwo" aus der Einzelzelle „Zwohundertzehn". So werde ich jetzt angesprochen, aufgefordert, verhört. „Zwo". Alles geschieht ohne Voranmeldung. So ist es auch nach den ersten neun Tagen der Isolation, allein in einer Zelle, Das Gefühl für die Zeit geht einem bereits nach einer Woche verloren. Man ist ohnmächtig den Genossen ausgeliefert und das wissen sie auch. Als ich dann in eine Zweimannzelle „verlegt" werde, weiß ich nicht, wohin ich gebracht werde. Es wird nichts gesagt, nur angeordnet. Gehe ich wieder zur Vernehmung? Oder zur ärztlichen Untersuchung? Oder zur sogenannten Freistunde?[23] Oder zur Hinrichtung? Auch davon träumt man dummerweise. Aber nichts dergleichen geschieht.

Läufer, Vernehmer, Läufer

Die Zellentür auf. Krach. „Zwo!" „Mitkommen!" Der Läufer bleibt neben der Zellentür stehen. Vor der Zelle werde ich wieder schroff angewiesen: „Hände auf den Rücken!" „Gesicht zur Wand!" Danke, denke ich, habe die Hausordnung gelesen.

Der Läufer geht voran. Er schließt weitere Türen auf und wieder zu. Dann ein zweimal drei Meter großer Raum. Hinter mir kracht die Zellentür zu. Der Schlüssel rasselt im Schloss. Vor

---

23 Freistunde = In der Hausordnung der MfS-U-Haftanstalten wurde jedem Untersuchungshäftling ein dreißigminütiger Aufenthalt außerhalb des Hafthauses in sogenannten Freigangzellen zugestanden. Diese Freigangzellen wurden aufgrund des oben auf den drei Meter hohen Zellenwänden aufliegenden Maschendrahtes, durch den der Himmel zu sehen war, auch „Tigerkäfige" genannt.

mir ein Fenster ebenfalls mit Glasziegelreihen, davor rechts eine Liege mit einer dreigeteilten Strohmatratze. Links eine zweite Liege mit blau karierter Bettwäsche. Ich bin also nicht mehr allein. Eine junge Frau erhebt sich vom Hocker. Anfang 20, blond. Sie wird mit „Eins" angesprochen. Ich bleibe die „Zwo". „Zwo", jetzt aus Zeile „Zweihundertsieben". Für das Wachpersonal wie für den Vernehmer ist dein Name während der Untersuchungshaft erloschen.

Unterhalb der Glasziegel steht ein kleiner Holztisch an der Wand. Zum Tisch gehören zwei Hocker. Links von der Zellentür befinden sich wieder die Toilette und ein kleines Handwaschbecken mit einem Wasserhahn für kaltes Wasser. Ich stehe zunächst da wie vor den Kopf geschlagen. Man hat seine Notdurft im Beisein des anderen zu verrichten. Wieder rasselt die Tür und ich werde aus meinen Gedanken gerissen. Ich bekomme ein Bündel mit Decken, Bettwäsche, Kernseife, Chlorodont-Zahncreme, Zahnputzbecher, Zahnbürste, Waschlappen, Handtücher, Nachtwäsche in die Hand gedrückt. Tür zu! Krach. Zuvor fällt die Anweisung: „Bett bauen!". In mir tobt ein Kampf aus Verachtung, Abscheu und Verzweiflung. Völlig erschöpft setze ich mich erst einmal auf die Pritsche und denke darüber nach, was mit den Kindern ist. Ob sie wissen, wo ihre Mama hingebracht worden ist. Hat man draußen für mich einen Anwalt konsultiert? Haben sie den richtigen Anwalt für den Fall gewinnen können? Wer ist der richtige Anwalt für meinen Fall? Solche Gedanken bekommt man so schnell nicht wieder los, denn die Antworten bleiben aus. Erst drei Monate nach der Einlieferung werden die Angehörigen informiert, Antworten auf diese Fragen dürfen sie auch dann nicht geben.

Während man sitzt, nachdenkt, weint und alles versucht zu ordnen, fliegt die Klappe in der Zellentür auf. Der Kopf eines Läufers. Er steckt den Kopf nicht durch die Luke, sondern bleibt davor, ruft: „Wir sind hier nicht im Sanatorium. Setzen Sie sich auf den Hocker, aber nicht an die Wand lehnen!". Dann reicht er eine Mappe durch, auf der steht wieder „Hausordnung". Die Hausordnung kenne ich bereits. Noch mal lesen? Der Tag hat nicht mehr als 24 Stunden. Von 22.00 Uhr bis 6.00 Uhr darfst du auf der Pritsche liegen. Die Restzeit des Tages verbringst du auf dem Hocker oder du läufst hin und her, wirst zur Vernehmung geholt oder zur halben Freistunde. Die Belüftung in der Zelle ist miserabel. Ein kleiner Schlitz unterhalb der Glasziegel kann man mit Hilfe eines Hebels hin und herbewegen. Unter den Glasziegeln am Wandsockel hinter einem Gitter befindet sich der Heizkörper, den man nicht regulieren kann. Aus dem Wasserhahn kommt kaltes Wasser. Benutzt du die Toilette, kann es passieren, dass du durch den Spion in der Tür dabei ausgiebig beobachtet wirst, Das gehört nicht zum Sadismus der Läufer. Das läuft genau nach dem Plan der Torturen, die deine psychische Stabilität ein für allemal brechen sollen. Das Licht geht um 22.00 Uhr aus. Na endlich! Morgens um 6.00 Uhr wieder an. Wieder ein nächster Tag in der Hölle. Denn so stelle ich mir die Teufel vor. Foltern, ohne je zu schwitzen, ohne innerliche Regung!

Alle drei bis fünf Minuten folgt der Blick durch den Spion. Flapp. Draußen geht dann eine helle Lampe über der Tür an. Tag und Nacht. Flapp. Rund um die Uhr. Flapp. Flapp. In der ersten Zeit, der Zeit der Eingewöhnung, bedeutet das permanente Schlafstörung. Irgendwo habe ich gelesen oder gehört, dass es eine asiatische Tötungsart sei, einen Menschen nicht mehr zur Ruhe kommen zu lassen. Ich unterhalte mich mit meiner Zellengenossin Sabine darüber. Auch sie leidet unter dem ständigen „unsichtbaren Blick von draußen" „Richtig töten will man uns nicht", sagt Sabine, „nur faktisch." Flapp macht es an der Tür, „Wir können es sogar programmieren," „Es?" „Na, das Ding da, was uns alle paar Minuten durch den Guckschlitz anstarrt." „Ah." „Was sieht aus wie ein Mensch, guckt aber nicht so?" „Eine Puppe." „Pass auf! Mach jetzt dein Bett!" Ich beziehe das Bett. Flapp. „Kippe den Hocker um!" Hocker. Flapp. „Siehst du?" Nach wenigen Minuten rasselt der Schlüssel im Schloss. „Eins. Sachen packen!" Wir haben keine Zeit, uns kennen zu lernen. Wir wünschen uns „Alles Gute". Sabine geht. Zellentür zu wie ein Ausrufezeichen. Krach. Aber ich bleibe nicht allein. Nach wenigen Minuten geht die Zellentür auf und eine andere junge Frau kommt herein. Sie trägt ein Paket vor sich her. Sie ist nicht sehr gesprächig. Kurze Begrüßung, dann setzt sie sich auf den Hocker. Sie öffnet das Paket und holt eine Zwiebel heraus. Sie häutet die Zwiebel und isst sie. Sie bietet mir auch eine Zwiebel an. Zunächst zögere ich. Schließlich nehme ich die Zwiebel und versuche sie ebenso beherzt zu essen, wie meine neue Zellengenossin, die ihren Namen noch nicht verraten hat oder den ich schon wieder vergessen habe. Zwiebeln sind vitaminreich und gesundheitsfördernd, denke ich. Man weiß nicht, was hier noch auf einen zukommt. Besonders bei dieser Ernährung hier. Ich verspeise die Zwiebel mit Appetit wie einen Apfel. Bald darauf stellen sich die unvermeidlichen Folgen ein. Die intensive Frucht entfaltet ihre Kräfte. Mein Mund bleibt mir offen stehen. Ich habe das Gefühl eines verunglückten Feuerschluckers. Hängen mir die Mundschleimhäute nicht wie Fetzen im Rachen?

Dieses Gefühl sollte Stunden andauern. Ich versuche es, als gegeben hinzunehmen. Schließlich hat es viel Gutes, wenn dein Körper mit genügend Vitaminen versorgt ist. Neben den Zwiebeln hat Ingrid (ich gab ihr, aus welchen Gründen auch immer, sofort diesen Namen) noch einige andere Sachen wie Gesichtscreme. Wie aber kam Ingrid zu derartigen Luxusartikeln? Man sehnt sich regelrecht danach. Hier gibt es für die Hygiene nur Seife und zwar die gute alte Kernseife. „Meine Angehörigen bringen es mir mit", erklärt Ingrid. Nach alledem, was sie von ihren Angehörigen bekommen darf, dürfte ihr Fall also abgeschlossen sein, denke ich. Schließlich frage ich sie, ob sie den Weg in die Bundesrepublik Deutschland weiter beschreiten wird. Darauf gibt Ingrid nur ausweichend Antwort. Was hat man mit dir gemacht, denke ich. Ingrid strahlt etwas aus, was mir nicht behagt. Unsere Gespräche sind zögerlich, abtastend, jeder hält etwas zurück. „Eigentlich muss man ja froh sein, jemanden zu treffen, der das gleiche Schicksal hat", sage ich einmal nach einer längeren Pause voll angespannten Schweigens. Die Stasi verfügt natürlich über Zellenspione. In der Gedenkstätte in Magdeburg kann eine Urlaubs-Zelle für derartige Zuträger besichtigt werden. Kaffeemaschine. Stereoradio. Es ist zum Himmelschreien für wie wenig manche Menschen bereit sind, andere Menschen zu zerstören. Etwas sagt mir, „sei vorsichtig!" Trotzdem reizt es mich, Ingrid zu testen. Nach und nach komme ich wieder mit ihr ins Gespräch. Seltsamerweise will Ingrid viel von mir wissen. Wenn es um mich geht, ist Ingrid sehr gesprächig. Nur über sich will sie am liebsten gar nichts erzählen, Es ist ein Freitag. Das Wochenende steht wieder bevor. Ingrid liegt auf der Pritsche und liest. Hinlegen darf man sich nur mit Liegeerlaubnis. Diese muss von der medizinischen Versorgung oder vom Vernehmer gebilligt sein. Auch ich beantrage eine Liegeerlaubnis. Ich habe Kreislaufprobleme und leide unter Kreuzschmerzen. Zu meinem Erstaunen erhalte ich positiven Bescheid. Eine Leseerlaubnis für Bücher und Zeitungen muss einem ebenfalls erst erteilt werden. Brillen sind abends beim Läufer abzugeben. Ingrid hatte das alles bereits am Laufen. Nur solange meine Befürwortungen noch nicht vorliegen, bekommt auch sie keine Bücher oder Zeitungen in die Zelle gereicht. Endlich ist es soweit. Ich hatte einige Titel der Weltliteratur in der Bibliotheksliste bestellt, doch was bekommen wir in die Zelle. Russische Schriftsteller. Kommunistische Literatur. Bücher über die Widerstandsbewegungen in der Sowjetunion. Sogar das Manifest von Marx und Engels wird gereicht. Ein Gespenst geht um im Zellenhaus. Flapp. Die tägliche Ausgabe des Parteiorgans „Neues Deutschland" sieht hin und wieder aus wie ein Schweizer Käse. Dann hat die Zensurabteilung im Haus wieder die Scherenhände fliegen lassen. Meist auf Seite zwei, linke Spalte, wird über verhängte Strafen über sogenannte „Menschenhändler" aus dem Westen berichtet. Deren Autos werden mit der Festnahme konfisziert. Mit denen fährt dann die Stasi in Ost-Berlin. Teils behalten sie sogar die Nummernschilder. Mit einem Westnummernschild und dem eingezogenen Ausweisdokumenten der Eingebuchteten ist auch besser im Ausland zu spionieren. Oder diese Autos werden an verdiente DDR Bürger weitergereicht, zum Beispiel auch an Katharina Witt. Mein Vaterland, mein Mafialand. Manchmal steht etwas über innerdeutsche Beziehungen im „Neuen Deutschland". Republikflüchtlinge werden geschnappt. Der Agentenaustausch findet noch immer statt. Wieder wird ein „Schleuser" festgenommen. Den haben die Scherenhände übersehen. Und wieder hat der Fluchtversuch eines Staatsfeindes stattgefunden. Hier im „Neuen Deutschland" sind die Worte zu lesen, wer wir in ihren Augen sind, die das Land verlassen wollen: das Schlimmste, was es auf dieser Welt gibt. Ich jedenfalls habe so intensiv noch nie dieses Parteiorgan gelesen. Zurück zu Ingrid. Ist sie eine ZI? Eine Zelleninformantin? Nun, mein Test ist der, das ich ihr eine völlig andere Version erzähle, warum ich hier in diesem Haus bin. Ich erfinde Namen, Orte, Begleitumstände. Dann warte ich ein paar Tage. Tat ich ihr Unrecht, können wir beide darüber lachen. Treffe ich ins Schwarze, machen diese neuen „Informationen" sowieso erst einmal die Runde. Auch erfundene Geschichten werden ja bewertet und schließlich werden die Bewertungen ausgewertet. Zunächst würde sie alles ihrem Vernehmer erzählen. Der Vernehmer leitet alles an den

Anstaltsleiter weiter. Der Anstaltsleiter beordert eine Sitzung ein. Dass Ingrid zum Vernehmer aus der Zelle geschlossen wird, ist klar. Dass sie bei ihrer Rückkehr nach Zigarettenrauch riecht ist auch kein Zeichen des Verrats. Am Tag nach meinem „Märchen" werde ich zur Vernehmung geholt. Flapp. Krach. Tür auf. „Zwo! Raustreten!" „Gesicht zur Wand!" „Hände auf den Rücken!" Na klar. Die Zellentür wird abgeschlossen. Und wieder erschallt das krude Sächsisch: „Komm'se!" „Gehn'se!"

Der Läufer sächselt mich eine Etage höher. Es ist ein langer Korridor, auf dem sich rechts und links Türen befinden. Tür an Tür, nur Türen. Der Gang will gar nicht enden. Auf der rechten Seite bleibt der Läufer schließlich stehen. Klopft an die Tür, öffnet sie, macht jemandem Meldung, danach habe ich einzutreten. Es ist eine Doppeltür, jeweils innen mit Schallschutz versehen und gepolstert. Drinnen ein Schreibtisch vor einem Fenster. Ein kleinerer Tisch vor dem Schreibtisch. Vor dem kleineren Tisch ein Stuhl. In der Ecke ein Hocker. An der Wand rechts, befinden sich Schrank und Panzerschrank. Hinter dem Schreibtisch sitzt wieder der gut aussehende Vernehmer. Adrett gekleidet. Er fordert mich auf: „Nehmen Sie Platz!" Wie selbstverständlich will ich mich auf den Stuhl setzen. Der gut aussehende Mann verneint. „Nein, wir wollen es heute erst einmal auf dem Hocker versuchen. Hinsetzen, die Hände unter die Oberschenkel, mit den Handflächen nach unten. Das stärkt die Erinnerungskraft", Wie lange wird dieses Verhör dauern? Wie lange werde ich in dieser unbequemen Haltung sitzen müssen? Beim Sprechen darf ich die Hände nicht unter den Oberschenkeln hervorziehen. Es ist eine neue Stufe der Tortur. Für die Stasi ist das Routine. Sie erhalten auf die Weise deine ganz persönliche Geruchsprobe. Der Hocker ist natürlich präpariert. Unter dem Sitz befindet sich ein Material, das deine Absonderungen aufsaugt wie ein Schwamm. Und Schnüffelnase freut sich darüber. Aber es hat noch eine andere Bedeutung. Wenn ich angeklagt werde irgendetwas gemacht zu haben, was ich nicht gemacht habe, will ich mich im wahrsten Sinne des Wortes, mit Händen und Füßen dagegen wehren, ich will meine Körpersprache mit einbringen. Kann ich aber nicht, ich sitze nämlich auf meinen Händen und das nicht nur eine halbe Stunde. Ich soll endlich anfangen zu erzählen. „Nichts weiter wollen wir von Ihnen", sagt der gut aussehende Stasi-Vernehmer hinter dem Schreibtisch. Ich sage nichts, Kommt jetzt wie in amerikanischen Filmen der böse Bulle rein und „schreit" „Gleich haue ich Ihnen die Rübe runter". Pardon, alles für den Aufbau des Sozialismus? Aber sie haben auch andere bewährte Mittel, wenn es um die Aufklärung von Verbrechen gegen „unseren" sozialistischen Staat geht. Einen „schönen Gruß von Ihrem Lebensgefährten, er hat sich von Ihnen getrennt", gehört dazu. Und gleich darauf das Schmeicheln. „Wissen Sie, im Vertrauen, wir haben ihm nichts anderes zugetraut. Bei unseren Ermittlungen mussten wir feststellen, dass er seit einiger Zeit schon eine andere Freundin hat." „Ja, und nun ist er von seinem Vorhaben, die DDR zu verlassen, wieder abgekommen?" frage ich erstaunt. „Er hat zurückgezogen". Oder sogar noch intimer: „Johnny hat zurückgezogen." Ich muss gestehen, so eine Mitteilung sitzt. Dass das „Spiel" im umgekehrten Fall auch mit Johnny gemacht wird, bin ich gleich darauf gekommen? Kann ich nach den ersten Wochen der Isolation und Konfrontation schon nicht mehr zwischen Dichtung und Wahrheit unterscheiden? Derartige Mitteilungen haben zum Ziel, deine Angst, deine Zweifel, dein Misstrauen, deine Unsicherheit, deine Depressionen, deinen Zorn und deinen Hass, deine womöglich gut geordneten Gedanken ins Chaos zu stürzen und deine Gefühlswelt in einen Mahlstrom zu verwandeln. All das, worauf du aufgebaut hast, soll mit einem Mal weg sein. Peng! In diesem Mix der Gefühle, im Paternoster zwischen Angst und Enttäuschung darfst Du nicht glauben, was du von dieser Seite hörst. Du darfst nicht damit anfangen zu retten, was sowieso nicht (mehr) zu retten ist. Und schließlich höre ich mich knapp sagen: „Kann gar nicht sein, habe mit meinem Partner etwas ganz anderes abgesprochen!" Pause. Der schöne Herr: „Ach! Was haben Sie denn abgesprochen? Das ist ja interessant." Auf alle Fälle weiß ich jetzt, dass ich in eine Falle getappt wäre. Jetzt allerdings werden sie tiefer in den „Fall bohren. Meine Güte, von A nach B zu gehen, ist überall auf diesem Planeten normal, nur nicht „in der größten DDR der Welt." Lieb Vaterland, magst traurig sein. Der schöne Herr versucht, doch noch etwas Brauchbares für seine Beförderungsakte herauszulocken. Er redet auf mich ein. Seine Stimme bekommt mehr Druck. Ich höre dagegen seine Stimme immer leiser. Und dann kann ich „Es" sehen, Genau, wie die kurze Sabine (weil sie nur so kurz in der Zelle war) gesagt hat. „Es" – hätte viel Zeit! Seine Entscheidung läge bei mir. Wann käme ich endlich zur Besinnung? Auf den Gedanken, dass dieses Verhör durch „Es" gerade auf dem „Märchen" basiert, das ich der in eigener Sache verschwiegenen Zellengenossin Ingrid aufgetischt habe, um sie zu testen, wird bald klar. Bingo! „Fragen sie mich nur!" reize ich das „Es". Längst war der schöne Herr von dem „Es" absorbiert. So ein Verfremdungseffekt hilft einem. Bis zu welchen Details „Es" vorzudringen gedenkt, ahnst du aber nicht. Plötzlich interessiert „Es", wann der letzte Geschlechtsverkehr vollzogen wurde. Wie? Wann? Mit wem? Und warum? Ich könnte „Es" Folgendes antworten: „Meine Tage bleiben seit meiner Inhaftierung aus." Was wären die Folgen?" Ich würde sofort medizinisch untersucht. Wenn der Arzt nun überarbeitet ist oder einfach nur auf höheren Befehl, nehmen wir an, eine Schwangerschaft feststellt (obwohl ich nicht schwanger bin!), muss ich sofort entlassen werden und kehre in mein Haus in Berlin-Mahlsdorf zurück. Was wären die Folgen, kehrte ich über diese Brücke in mein Haus in Berlin-Mahlsdorf zurück. „Es" würde eine Fotodokumentation erstellen. Und die kann Johnny dann mit der Unschuldsmiene der Wahrheit vorgelegt werden. Natürlich kann man auch mit der Wahrheit lügen. Das wäre dann der Fall. Aber erzählen Sie das dann mal einem. Ich beantworte weder die geschmacklose Frage noch hege ich die Absicht, meine Gegenfrage zu stellen. Dann greift „Es" in den Schrank, holt ein Tonbandgerät hervor und stellt es auf den kleineren Tisch. „Unser Gespräch ist vollkommen mitgeschnitten. Sehen Sie. Jetzt sind wir doch unter vier Augen, Ich will Ihnen nur helfen. Haben Sie mir nicht noch etwas zu sagen?" das Tonband war ausgeschaltet. Mich bemächtigt aber das Gefühl, dass irgendwo noch ein zweites Tonband weiterhin aufnimmt, Die Vorrichtungen mit den Tonband und Abhörgeräten wurden später im Jahr 1989 in gestürmten Stasi-Zentralen gefunden.

🐘|🐘

Ich beginne mit dem Vernehmer, mit „Es", ein sehr konträres Gespräch. „Dies war meine Haltung. Mein Standpunkt. Ich weiß gar nicht, was Sie von mir wollen. Ich will nichts von Ihnen. Sie haben mich hierher geholt und mich hier erst zu Ihrem Feind gemacht. Sie sitzen hier in Ihrer sozialistischen Errungenschaft. Sie haben einen für Sie schönen Beruf. Sie verdienen sicher auch ein sehr gutes Geld. Sie sind einverstanden mit Herrn Honecker und Herrn Mielke. Was wollen Sie mehr? Sie haben doch Ihr sozialistisches Glück gefunden! Seien Sie froh! Ich bin noch auf der Suche! Und deswegen klagen Sie mich der staatsfeindlichen Verbindungsaufnahme an? Steht Honecker nicht in den Verhandlungen wegen der Helsinki-Verträge? Also kann jeder DDR-Bürger in eine Bundesdeutsche Botschaft gehen, wann und wo er will. Sie klagen mich weiter der illegalen Vorbereitung zum Verlassen der DDR an. Dazu im besonders schweren Fall, weil ich Mitglied einer Gruppe war. Ja, was ist denn eine Mutter, die ihre Kinder dabei hat? Was ist da illegal? Ist eine Botschaft etwas Illegales? Und dann das vermeintliche Devisenvergehen? Ich weiß nicht, wie andere Urlaub machen, aber ich nehme immer Geld mit in den Urlaub". Zunächst scheint „Es" etwas zu überlegen. Als sei „Es" etwas unschlüssig. Will er, die weitere Verhörtaktik erst einmal in seiner Stasi-Gruppe besprechen? „Es" beendet das Verhör. „Es" greift zum Telefonhörer. Prompt erscheint der Läufer. Der Läufer bringt mich in meine Zelle zurück. „Komm'se!" Ich weiß.

Etwas ist allerdings schneller als der Läufer. Bevor der Läufer die schalldichte Tür öffnet, klingelt das Telefon. „Es" hebt den Hörer ab, hört, nickt, sagt, „ja, hallo Genosse, nein darüber wurde ich noch nicht informiert, einen Unfall ... schwer, gut ich weiß Bescheid, danke." „Es" gibt mir wieder einen Zweifel mit auf den Weg. Das Verhör wird von der Zentrale aus beobachtet. Dann wird eine Schwierigkeitsstufe höher geschaltet. Das mit dem Freund klappte nicht. Jetzt die Kinder. Der schwere Autounfall. Auto. Schulbus. Irgendwas.

Der Telefonanruf hat gesessen. Ich versuche, mir nichts anmerken zu lassen. Es fällt mir schwer. Die Gedanken rasen, Ich bringe die Gedanken nicht unter Kontrolle. Ich folge dem Läufer. Mir wird schwer. Die Gedanken oder soll ich sagen, die von „Es" übertragenen Gedanken, die „Es"-Gedanken in mir, spielen verrückt, erobern das neue Territorium, in mir, „Es" hat nicht von meinen Kindern gesprochen. Irgendein Unfall, irgendeiner. Irgendeiner. Ich hätte „Es" nie danach gefragt, ob es sich um meine Kinder handelt. Die Folgen dieser Frage wären nicht mehr auszurechnen. Du bist nur unfreiwilliger Zeuge eines Gesprächs gewesen, weiter nichts. Weiter nichts! Aber die „Es"Gedanken toben sich aus. Du wirst keine Ruhe finden. Keine Ruhe. Keine Ruhe. Und dann Ingrid. Kann ich Ingrid vertrauen. Kann ich ihr meine Ängste erzählen? Ist sie eine „Es"-Vertraute? Eine Informantin? Meine Gedanken toben sich in mir aus. Der Vergleich in mir kommt auf, wie Genie und Wahnsinn. Das Genie wird wahnsinnig, weil es einen bestimmten Gedanken nicht mehr abstellen kann. Aber ich, die kein Genie ist, fühle mich geradewegs so, als ob in diesem Augenblick mein Kopf im Zellenhaus in alle Einzelteile zerspringt. Vielen ist es in der Stasi-U-Haftanstalt ähnlich ergangen. Das „Es" erhält zu keiner Zeit einen überraschenden „echten" Anruf. „Es" wird ab einem bestimmten Zeitpunkt des Verhörs angerufen (ok, das sagte ich schon, aber ich will es gern noch einmal deutlich machen). Das Haus, das dich gefangen hält, kennt tausend Tricks mit großer Wirkung, um dich am Ende in ihrem Sinn vollständig zu zersetzen, bis du nur noch ein Schatten deiner selbst bist. „Rotlackierte Faschisten" hat Kurt Schumacher die SED-Regierung und seine Ministerien genannt.

Auf dem Rückweg zur Zelle will ich mir gern Einzelheiten merken. Doch außer den vielen Korridoren geleitet mich der Läufer nun durch allerlei verwinkelte Wege. Treppen rauf. Treppen runter. Zwischen den Etagen Treppenaufgänge. Milchglas. Drahtglas. Keiner kann hinaus oder heruntersehen. Keine Möglichkeit zu sehen, was sich eventuell auf einer unteren Etage abspielt. Der Boden unter den Füßen ist mit Linoleum ausgelegt. Auf dem Linoleum sind lauter rote Striche. An jeder Ecke, sollte unverhofft ein Mitarbeiter des Ministeriums um die Ecke biegen, die alten bekannten Anweisungen. „Gesicht zur Wand!" „Hände auf den Rücken!" Na klar. Warten. Niemand kommt. Weiter. Schließlich wieder Einschluss in die Zelle. Das war's für den Tag. Das Gefühl für die Zeit ist endgültig weg. Wie lange bin ich nun schon hier? So vergehen Tage, Wochen. „Es" hat Zeit. Zeit spielt keine Rolle. Maximal zwei Jahre können es in der Untersuchungshaft werden. „Es" hat Zeit. Die Stasi hat Zeit. Ein FDJ-Lied heißt „Wir sind überall". Komponiert für die Weltfestspiele? Für welche Weltfestspiele eigentlich. „Wir sind überall". Das behauptet auch die Stasi von sich. Und Ingrid? Ich werde nun fast jeden Tag zum Verhör geholt. Am Vormittag. Mittag zurück in die Zelte. Das Mittagessen aus der Plasteschüssel. Messer und Gabel gibt es nicht. Nur Plasteschüssel und Löffel. Am Nachmittag wieder Verhör. Klappe, die zweite. Ingrid ist am Tage auch immer öfter nicht in der Zelle. Na ja, vielleicht auch abgeholt zur Vernehmung. Oder? Allein in der Zelle, liege ich auf der Pritsche und gehe im Gedächtnis das letzte Verhör durch. Wie lässt nun „Es" verlauten? „Wenn Sie kooperativ sind, könnten wir ihnen einige Erleichterungen zubilligen. Zum Beispiel eine Liegeerlaubnis." Was soll das? Die habe ich bereits. Soll das heißen, man zieht die Genehmigung wieder zurück, wenn ich nicht „Kooperativ" bin? Das würde sich bestimmt nicht gut auf meine Haft auswirken, meint „Es". Außerdem, was meinen die mit „kooperieren"? Was steckt alles hinter diesem einen Wort, an diesem Ort? Um auf andere Gedanken zu kommen, fange ich wieder mit Yogaübungen an. Ich betreibe schon seit Jahren diese faszinierende Sportart. Die Übungen tun mir augenblicklich gut. Von Minute zu Minute kehrt meine Konzentration zurück. Das Erinnerungsvermögen wird klarer. Ich befinde mich zurück in meiner Mitte. Ich stehe gerade auf dem Kopf, als sich draußen vor der Zellentür Unruhe breit macht. Ständig ist der Spion in Aktion. Flapp. Flapp. Dann wird die Klappe in der Tür aufgerissen und ein Läufer steckt den Kopf halb rein: „Zwo, was machen Sie da?" Meine Antwort, vom Kopfstand aus. „Na, Sport, das sehen Sie doch." Klappe zu. „Auf dem Kopf stehen", hätte ich auch antworten können. Das wäre schön ironisch. Trotzdem ist der Spion nun ständig in Bewegung. Flapp. Flapp. Wenig später kommt auch Ingrid in die Zelle zurück. Ich beende meine Yogaübung mit Atemtraining. Ingrid lächelt. Am Tag darauf werde ich beim Verhör auf meine „sportlichen Aktivitäten" in der Zelle angesprochen. Ich bestätige „Es", dass es Yogaübungen sind. Prompt: „Woher haben Sie dafür die Anleitung, die gibt es in der DDR doch nicht.

„Das ist richtig", sage ich. „Die Lektüre habe ich mir aus der Bundesrepublik mitbringen lassen." „Es": Von wem? Ich: „Ich weiß nicht mehr. Das ist lange her." Wie die Lektüre denn hieße? »Sport und Yoga« von Selvarajan Yesudian und Elisabeth Haich, schießt es mir durch den Kopf. „Es": „Wo befindet sich die Lektüre jetzt?" Schließlich sage ich, wo sie sein müsste und prompt am Tag darauf liegt das Buch im Vernehmerraum auf dem Schreibtisch. Saubere Arbeit, denke ich. Sie waren also in meinem Haus. Sie haben das Buch aus meinem Bücherschrank genommen.

Die weiteren Vernehmungen ziehen sich ungefähr noch ein viertel Jahr hin. Drei Monate. „Es" legt unterschiedliche Verfahrensweisen an den Tag. Hinter jedem simplen Willen zur Ausreise aus der DDR wird mehr vermutet, als in Wirklichkeit dran ist. Eine Verschwörung. Ein Putsch. Was weiß ich. Manchmal geht „Es" vor die Tür und tuschelt mit irgendjemandem, den ich natürlich nicht sehen darf. Manchmal Wortfetzen, die ich vermutlich hören soll. Stimmen die Aussagen der beiden überein? Johnny ist nicht umgekippt. Das weiß ich. Erst recht gibt es keine andere. Es kann nur eine geben: mich. Keine Verunsicherungen mehr bitte, denke ich. Natürlich soll ich verunsichert werden. Auch diese Falle wartet auf alle Untersuchungshäftlinge hier. Bei einem anderen Verhör kommt ein zweiter Vernehmer dazu. Er übernimmt die hässlich anmutende, zynische Fassade. Vor allem seine schlechten Zähne und der unmögliche Zahnstand sind mir in Erinnerung. Papa, du würdest die Hände über dem Kopf zusammenschlagen! Gleich ab in die Praxis, wo die wartenden Russen sind! Doswidania, towarisch! Sieht übel aus, Briderchen! Ich taufe ihn die „böse Zahnfee". Und „böse Zahnfee" faucht mich auch gleich an: „Sie glauben doch nicht, eine Renate Hubig geht illegal und eine Edda Schönherz lassen wir legal gehen! Das können Sie sich aus dem Kopf schlaaaagen!" Wie kommen die jetzt auf Renate? Renate Hubig ist eine ehemalige Kollegin beim DDF. Sie ist im Vorjahr mit einer ihrer Töchter in den Westen geflüchtet. Ich muss gestehen, dass Renate ins Spiel gebracht wird, hat eine gewisse Wirkung auf mich. Ich sitze auf meinem Hocker und flechte die Fransen an der Tischdecke vor mir. Ich flechte Zöpfe und versuche so ruhig wie möglich zu bleiben. Die „böse Zahnfee" ist in Rage und droht mit ausgestrecktem Zeigefinger: „Wir werden ja noch sehen, wer hier den längeren Arm hat!"

Nun sollst du auch noch für andere herhalten, denke ich. Für andere, die es glücklicherweise geschafft haben. Dazu gehörte auch mein ehemaliger Schwager, wissen Sie das nur noch nicht? Dr. Heinrich S. durfte offiziell seine in Westdeutschland lebende, aber kranke Mutter besuchen. Dass man seine Mutter erst unter diesen Umständen „offiziell" besuchen darf, dass dafür überhaupt eine behördliche Genehmigung vonnöten ist – lässt fassungslos erstarren. Es gibt kein Wort dafür, um diesen unmöglichen Zustand zu beschreiben! Dr. Heinrich S. kehrte nicht in die DDR zurück. Und wir sind schon so weit in der ideologischen Gedankenmühle, dass wir in diesem Fall wirklich sagen, er nutzte die Gelegenheit. Plötzlich rücken „Es" und die „böse Zahnfee" auch an diesem Punkt mit der Sprache heraus. „Wussten Sie eigentlich, dass sich Ihr Schwager, ein gewisser Dr. S., in den Westen abgesetzt und damit unsere Großzügigkeit, seine kranke Mutter besuchen zu können, ausgenutzt hat, dieser Verbrecher?" Ich sage, davon hatte und habe ich keine Ahnung. Ich wüsste nicht, dass mein Schwager Heinrich diese Möglichkeit „genutzt" habe. Ich darf zurück in die Zelle.

Ich erkundige mich bei Ingrid immer öfter, wie es ihr bei den Vernehmungen ergeht, aber Ingrids Auskünfte sind spärlich, kurz, keinerlei Emotionen. Meine Mitinsassin ist wirklich nett, aber zugleich eine sehr verschlossene Person. Wir unterhalten uns immer nach den Vernehmungen. Schließlich will man sich unter Gleichgesinnten ausquatschen. Ob ich mit meinen Vermutungen richtig liege, kriege ich im Augenblick nicht aus Ingrid heraus. Sie geht auch zu keinem Gegenangriff über. Sie ist raffinierter, als ich es mir vorgestellt habe. Dann mache ich die Probe aufs Exempel. Ich mache ihr gegenüber eine Bemerkung, die ich bei den Verhören nicht gemacht habe. Prompt spricht mich „Es" andertags beim Vernehmen darauf an. Vielleicht wollen sie jetzt auch, dass du es weißt, denke ich. Phase drei oder was? Nun kann der Zellenkrieg wohl beginnen oder wie? Nicht mit mir. Ich lasse mir nichts anmerken. Auch vor Ingrid nicht, die eigentlich Julia heißt oder sich nur so nennt. Wer weiß, welcher der wirkliche Name ist?

An kaum einem anderen Ort entpuppt sich die Vertrauensfrage als derart kompliziert, als zusammen mit einem anderen Menschen über Monate eingesperrt in einer Zelle zu sein. Ingrid alias Julia. Alias? Julia zeigt sich in allem von der unpolitischen Seite. Bei allen von ihr ablenkenden Aktivitäten ist sie äußerst kommunikativ, einfach einfallsreich. So lerne ich von ihr, Brotkrumen zu Dominosteinen zu verarbeiten. Gekaut im Mund, mit Speichel vermischt, kneten und Steine formen. Wenig später sind sie fest und man kann sich die Zeit vertreiben bis zur nächsten Vernehmung, bis zur nächsten „Freistunde". Während der „Freistunde" werden die Zellen durchsucht und die Dominosteine verschwinden im Stasi-Mülleimer.

Nach einer Zeit lasse ich die Situation, wie sie ist. Ich schränke unsere Gespräche auf Unwesentliches ein. Ingrid alias Julia alias wer weiß wie erhält weiterhin Pakete in die U-Haft geschickt. Sie darf Briefe an ihre Angehörigen schreiben. Sie darf auf der Pritsche liegen (ich auch und womöglich wegen ihr).

Es ist Mittag. Draußen beginnt das Dauerklappergeräusch der Essenswagen. Ich nehme meine Plastikschüssel und den Löffel und stelle mich vorschriftsmäßig neben die Klappe in der Zellentür. Das gleiche tut auch Ingrid alias Julia. Flapp. Krach. Die Klappe unserer Zellentür fliegt auf. Plasteschüssel raus, zack, sie wird mir weggenommen. Klappe zu.

Die Klappe geht auf und mir wird meine volle Schüssel durch die Klappe gereicht. Das Gleiche geschieht bei Julia (ich habe den Namen Ingrid aufgegeben und nenne sie so, wie sie heißt oder einfach nur heißen will). Mit dem Plastelöffel (Wortschatz der DDR) nehmen wir das Essen zu uns. Was wird es für ein Gericht gewesen sein? Das berühmte Linsengericht? Bei dieser Mahlzeit ist mir mein Löffelstiel abgebrochen. Auch der Löffel ist aus Plaste. „Plaste und Elaste aus Zschopau werde ich Jahre später auf der Transitstrecke nach West-Berlin an einem Brückenturm nahe der Abfahrt Dessau/Roßlau lesen. Von diesem Turm aus ist es bei vorschriftsmäßigen 100. km/h eine Stunde bis West-Berlin. Obwohl ich den Läufer öfter darauf hingewiesen habe, dass so ein Plastelöffel keine besondere Haltbarkeitsgarantie verspricht, muss ich ab sofort mit dem übrig gebliebenen Rest vom Löffel leben. Und das werden noch viele Wochen sein. All unser Geschirr, ist aus Plaste. Auch daran denke ich jedes Mal, sobald ich den Werbeschriftzug an jenem Turm zu lesen bekomme.

Das Essen in Hohenschönhausen ist zu ertragen, Nur vor dieser scheußlichen Margarine und der noch scheußlicheren, vor Fett triefenden Teewurst, will ich am liebsten wegrennen. Eines Tages wird sich meine Galle melden. Ich verliere täglich an Gewicht. Natürlich sucht in erster Linie die angespannte Psyche nach Kalorien und bekommt nicht genug. Also geht es an die körpereigenen Fettreserven.

Zwei Tage nach meiner Inhaftierung setzt mit einem Schlag meine Periode aus. Und meine Seele streikt noch immer. Als ich vom Haftarzt zur Untersuchung gerufen werde, erzähle ich, dass meine Menstruation schlagartig ausgesetzt hat, worauf nun prompt eine Untersuchung nach Schwangerschaft anberaumt wird. Meine Nachricht muss gesessen haben. Eine schwangere Edda Schönherz hätte der Stasi wohl nicht ins Konzept gepasst. Die Brücke zurück in mein Haus war nicht vorgesehen. Prompt werde ich einige Tage darauf durch das Zellenhaus zum Ausgang und erneut in einen Gefängniswagen geführt. Also wieder in eines der kleinen Kabäuschen, Tür zugeschlagen, rums, und los geht die Fahrt. Wie lange? Ich mutmaße dreißig Minuten. Wohin? Auch diesmal gibt es auf die Frage keine Antwort. Der Weg führt erneut in eine Garage. Aussteigen. Kopf nach unten. Tür auf. Warten. Meiner Nase nach sind wir jedenfalls in einem Krankenhaus. Und wie ich ahne, werde ich nun in die Gynäkologische Abteilung gebracht. Über den Befund der Untersuchung werde ich nie informiert.
Nach der Untersuchung werden mir Medikamente verabreicht und es wird strikt darauf geachtet, dass ich die Medikamente zu mir nehme. Aus meiner Stasi-Akte erfahre ich, dass ich Medikamente zur Anregung der Blutung verabreicht bekommen habe. Die Medikamente waren dafür da, die Periode wieder in Gang zu setzen. Doch meine Periode bleibt bis zu meiner Entlassung aus. Erst zwei Tage nach meiner Haftentlassung setzt die Monatsblutung wieder ein,

Ich habe mir trotzdem während der Zeit im Gefängnis, also auch später in Hoheneck, die Monatsbinden geben lassen. Es ist reine Vorsorge für all die Frauen, bei denen es genau umgekehrt ist. Bei manchen Frauen werden die Blutungen im Gegenteil zu mir, sehr stark, Doch sie bekommen ihre Hygieneartikel nur genau nach dem vorgeschriebenen Kontingent. Zusätzliches Material zur Hygiene gibt es nicht. Die ärztlichen Untersuchungen bei der Stasi wie im Gefängnis sind äußerst oberflächlich. Auch das ist wohl gewollt. Womöglich sollen die Untersuchungen uns gerade soweit wieder herstellen, dass wir vernehmungsfähig beziehungsweise haftfähig bleiben. Zudem quälen das ständige Sitzen auf dem Hocker und die unzureichende Bewegung. Das ständige Flapp-Flapp des Spions zermürbt.

Ein paar Wochen sind nun vergangen. Plötzlich spielt mein Körper verrückt. Sind das die Nachwirkungen der katastrophalen Umstellung in meinem Leben? Der Hormonspiegel steigt. In Hohenschönhausen gibt es keine Pille, Wohl nach dem Motto, „Na in der nächsten Zeit werden sie die nicht mehr brauchen", Ich bekomme Migräneanfälle. Ich erbreche mich und habe wahnsinnige Kopfschmerzen, Dazu geht mir das dauerhafte grelle Licht der Neonröhre an der Decke auf die Nerven. Auch nachts wird das Licht für den Kontrollblick ständig angemacht. Ich hocke ständig vor der Kloschüssel und halte meinen Kopf ins Klosett. Ich glaube, ich zerplatze. Meine Bitte nach Kopf oder Schmerztabletten werden ignoriert. Zwischen diesen Attacken bekomme ich auch noch Hämorrhoiden, die so stark bluten, dass ich Angst bekomme. Als ich darauf hinweise, wird nicht reagiert, so lasse ich all das Blut in der Kloschüssel stehen. Als ich zur Freistunde geführt werde, ist wohl auch für die Stasi das Maß voll. Da, wie gesagt, in Abwesenheit der U-Häftlinge die Zellen gründlich gefilzt werden, schicken sie wohl eine Probe des Unrats ins Labor. Prompt bekomme ich kurz darauf eine Schüssel mit Kamille für Sitzbäder gereicht. Als ich mich in die Schüssel setzte, stört mich nur noch der Spion. Julia kann sich nicht davor stellen, denn Julia ist nicht mehr mit von der Partie. Sie wurde in eine andere Zelle verlegt oder – wer weiß. Nun sind obendrein meine Sinne noch mehr geschärft. Ich rechne wieder einmal mit dem Äußersten. Ich bin froh, dass ich Julia gegenüber nie etwas von Johnny gesagt und meine Ängste um meine Kinder nicht preisgegeben habe. Eines Tages hatte ich mir vorgenommen, klar Schiff zu machen und beim nächsten Verhör durch „Es", die Katze aus dem Sack zu lassen. Ich will wissen, ob Julia wirklich eine Zelleninformantin ist – oder vielleicht auch nicht. In beiden Fällen wäre ich dem Schicksal dankbar. Ist sie eine Informantin, haben mich meine gesunden Sinne nicht verlassen. Ist sie keine Zellengenossin, bin ich dann noch lieber angenehm enttäuscht. Ich will es herausfinden.

Das was ich Julia vor einiger Zeit aufgetischt habe, betrifft meine Verhaftung in Ungarn. Ich habe ihr gesagt, dass die Inneneinrichtung des Gebäudes merkwürdigerweise völlig grau angestrichen gewesen sei, wie ein Leichenhaus, und wer in so einem Haus arbeiten könne. Die zweite bewusste Lüge betrifft eine imaginäre Person, den Oberst. Die Beschreibung dieser Person Julia gegenüber ist erfunden und stimmt nicht im Geringsten mit der Wirklichkeit überein. Bei der nächsten Vernehmung durch das „Es" wird gefragt, ob ich noch jemanden verschwiegen hätte? „Wen", frage ich, „und wie er darauf käme?" Ich erkläre, dass die Person, die hier genannt wurde, nur erfunden worden sein könne. Die Person, von der er gesprochen hat und die ich nur einmal in der Zelle erwähnt habe, hat nichts mit der Realität zu tun. Ja, und Irren sei schließlich menschlich. Für dieses eine Mal bleibt sein ansonsten triumphierender Blick aus. „Es" wirkt nachdenklich, sogar verhalten. Schließlich wird gefragt: „Verstehen Sie sich gut mit ihrer Zellenmitbewohnerin? Hat sie einen schönen Namen?" „Ingrid", gebe ich zur Antwort. „Ingrid", wiederholt das „Es". Und dann noch einmal, von mir abgewendet: „Ingrid".

Als ich zurück in meine Zelle gebracht werde, ist Julias Bett leer. War sie als Informantin „verbrannt" wie es im Stasi-Jargon heißt?

Allein in der Zelle gelassen, werde ich freilich nicht. Eine andere Frau liegt auf der Pritsche. Das ist vielleicht besser, als völlig allein. Aber erneut eine Untersuchungshaftgefangene mit entsprechender Liegeerlaubnis?

Rita

Gleich vorweg, meine neue Zellengenossin heißt Rita. Sie liegt bäuchlings auf der Pritsche, auf der vorher Julia gelegen hat. Ich begrüße sie mit: „Hallo". Zuerst erfolgt von Rita nur ein zögerlicher Gegengruß. O je, denke ich, nicht schon wieder ... Doch das Schlimmste, was zwischen zwei Menschen auf engem Raum entstehen kann, ist Schweigen. Also lass ich auch nicht locker: „Bist du schon lange hier?" Prompt kommt die Antwort: „Nein, noch nicht sehr lange, circa 6 Wochen". Das Eis scheint gebrochen. Ist das jetzt ironisch gemeint, denke ich, sechs Wochen sind eine Ewigkeit in dieser geschlossenen Umgebung? Zugleich denke ich, dass dies aber jetzt eine ziemlich abstrakte Feststellung gewesen ist. Ist das bereits ein Zeichen innerer Abwehr? Auf gar keinen Fall will ich Feindlichkeit aufkommen lassen. Das Raum- und Zeitempfinden an diesem ganz besonderen Ort der Absonderung bleibt nun einmal äußerst schemenhaft. Ich sage der Neuen, wie ich heiße. Nicht „Zwo", sondern Edda. „Rita", sagte also die Neue und steht von der Pritsche auf und erzählt, was ihr widerfahren ist.

Rita war verheiratet, hatte drei Kinder und wurde gemeinsam mit ihrem Mann inhaftiert. Vor wenigen Wochen fuhren sie beide mit ihren drei Kindern im Trabant nach Ost-Berlin, um für ihre Ausreise in die Bundesrepublik zu demonstrieren. Bereits mehrere Male wurde ihr Antrag abgelehnt. Mit dem selbstangefertigten Transparent forderten sie ihr Grundrecht auf Freiheit und damit verbunden auf die international freie Wahl des Wohnortes ein. Dazu gehörte für Rita und ihren Mann die Ausreise aus der DDR und Aberkennung der DDR-Staatsbürgerschaft. Das aufgerollte Transparent in ihrer Mitte, marschierten sie die Rathausstraße entlang und wurden nach kurzer Zeit von Observierern der Staatssicherheit gestellt. Das Transparent wurde ihnen aus den Händen gerissen. Dann wurde die Familie gezwungen, in ein bereitstehendes Auto einzusteigen. Die Verhaftung geschah in Windeseile. Denn es sollten ja keine Bürger auf der Straße Wind von solchen Verhaftungen bekommen. Und schon gar nicht die Presseleute aus dem Kapitalistischen Ausland oder aus West-Berlin. Die Journalisten der sogenannten imperialistischen Feindpresse scheuen sich ja sowieso nicht vor Negativschlagzeilen über die DDR. Die DDR setze dagegen auf ihr probates Mittel der Agitation und Propaganda.

Trotz meiner eigenen Misere, bin ich schockiert. „Sechs Wochen in Einzelhaft?" „Und deine Kinder?" „Was ist mit deinen Kindern?" „Meine Kinder wurden sofort in einem staatlichen Kinderheim untergebracht", antwortet Rita. Mir stockt der Atem. „Wie alt sind sie denn?" frage ich mitfühlend. „Der Junge ist 4 Jahre alt, die Mädchen 6 und 8. Meine Mutter kämpfte mit Erfolg darum, dass beide zumindest in dasselbe Heim gekommen sind." „Und dein Mann?" „Mein Mann leidet unter einer alten Kriegsverletzung, die er sich bei einem Manöver zugezogen hatte. Ein Bein musste amputiert werden."

Mehrmals hören wir Ritas Mann über den Gang gehen. Womöglich ist er auf dem Rückweg vom Sanitätsarzt. Rita lauscht an der Zellentür, bis seine Schritte nicht mehr zu hören sind. Einmal ruft Rita seinen Namen. Ich glaube zu hören, dass er ihr antwortet. Der Tritt ihres Mannes wird mit der Zeit auch für mich unverkennbar. Alles, was Rita mir erzählt, erscheint mir wahr und plausibel.

Ritas anfängliche Zurückhaltung liegt an mir, denke ich. Natürlich warst du anfangs misstrauisch. Andererseits kennt sie mich vom Fernsehen her und war sich doch nicht sicher. Schließlich gibt es Doppelgänger. Wer kann sich vorstellen, dass eine bekannte Moderatorin des DDR-Fernsehens in diesem Umfeld landet. Sicher denkt sie sich, na, wenn das mal die Echte ist?

Und wenn, warum ist sie dann tatsächlich hier? Vielleicht eine Recherche? Und doch, liebe Rita, behältst Du am Ende nicht recht? Basieren nicht alle unsere Berichte auf unserer ungewollten Recherche? Was hätten unsere Vernehmer geantwortet, wenn wir ihnen hätten sagen können, jetzt, wo sie im Futter der Staatsmacht stehen, geht es mit ihnen gut, aber was wird an dem Tag, an dem die Partei und damit ihre Berufe nicht mehr existieren?

Warum erhält auch Rita Liegeerlaubnis? Ist das eines Ihrer Zeichen, die sie so gerne setzen? Rita und ich setzen uns zum Quatschen auf die Liege und wir reden bis das Licht ausgeschaltet wird. Und als das Licht ausgeschaltet ist, reden wir einfach weiter. Das Kontrolllicht stört uns nicht. Die Läufer stören uns nicht. „Brillenschlange", wie wir sie nennen, oder „Säbelbein". „Säbelbein" fordert uns immer wieder auf, den Mund zu halten. Flapp macht der Spionklappe vor dem Spion. „Ruhe" ruft „Säbelbein". Flapp. „Ruhe jetzt!".

Der Tag hat seinen monotonen Ablauf. Während sich die eine wäscht, sitzt die andere auf dem Klo. So ist das. Das Bettzeug wird aufgeschüttelt und glatt auf die Liege gelegt. Sie reichen uns Eimer und Lappen. Für die Sauberkeit in der Zelle bist du selbst verantwortlich. Für diese Prozedur tauschen wir täglich die Rollen. Tisch, Hocker, Waschbecken, Klo, Fußboden. Nach dem Saubermachen gibt es Frühstück. Auch hier keine Variante. Tagtäglich die zwei Schnitten Brot, der Klecks Margarine, der Klecks Marmelade, der Becher mit aufgeschäumtem Muckefuck. Ich esse immer nur eine Schnitte. Mehr geht nicht rein. Die zweite Schnitte wird alsbald verwandelt in kleine flache Dominosteine. Wir spielen, „Ein Imperium kippt um". Manchmal auch Dame oder Schach. Als Brett dient das Geschirrtuch. Das Geschirrtuch hat ein Karomuster. Nach jeder „Freistunde" in den Betonkäfigen vor dem Zellenhaus sind die Figuren verschwunden und die Knetarbeit beginnt von vorn. Ermahnt werden wir deswegen nicht.

Liegt das an der Unruhe draußen im Zellenhaus, die ich seit Tagen vernehme? Alles ist so eingerichtet, dass keiner der Insassen etwas weiß und doch von allen begriffen wird. Oder beginne ich etwa an Halluzinationen zu leiden? Die Geräusche, mit denen die Unruhe einhergeht, strömen schließlich von draußen durch den Lüftungsschlitz in die Zelle. Ich beginne mich darauf zu konzentrieren, was es sein kann. Zuerst hört es sich so an, als würde ständig in einem flachen Behälter gebadet. Dann steigern sich die Geräusche, als würde jemand ständig in das Wasser des Badetrogs springen. Ich versuche, durch die Glasziegel etwas von den Vorgängen zu erspähen, aber ich kann nichts erkennen. Angesichts der Badegeräusche setze ich mich auf den Hocker und muss an meine Kinder Annette und René denken. Mir schießen Tränen in die Augen, aber genau das darf hinter diesen Mauern nicht sein. Denn ich würde so gern wissen, wie es ihnen geht, ob sie unbelastet leben können. Die Bilder unserer gewaltsamen Trennung kommen zurück. Was haben die mit ihnen gemacht? Sind sie wohlbehütet im Haus? Kümmern sich Johnnys Eltern weiterhin um sie? Werden diese inzwischen auch bearbeitet? Kann ich dieses Mal meiner Zellengenossin trauen? Ich habe bisher kaum ein Wort mit ihr gewechselt. Ich fühle, wie ich anfange, eine Mauer um mich zu ziehen. Ein Bollwerk gegen neue Verletzungen, gegen Dinge, die mich aus dem Gleichgewicht bringen, gegen neue Drohungen. Was wollen die, wenn sie mir vor Augen halten, ich würde nie wieder in meinem Beruf Fuß fassen? Sie sagen dir, dass du sobald hier nicht raus kommst und dass deine Kinder schon erwachsen sein werden, wenn du sie wieder siehst. Dann hilft meine undurchdringliche Mauer, auf diese Angriffe nicht zu reagieren. Doch haben die auch noch ein anderes probates Mittel als das permanente Verhör. Seit mehreren Tagen werde ich nicht zur Vernehmung geholt. Das „Es" schweigt. Ist das die Rache wegen „Ingrid"? Nein. Etwas in dir soll anfangen, sich nach deinem Peiniger zu sehnen. Du sollst beim Läufer nach ihm fragen. Du sollst dich über das Schweigen deines Peinigers beschweren, Du sollt schließlich darum bitten, „Es" endlich wieder zu sehen. Isolation ist tödlich.

Die Tage vergehen. Du bist in einer Zelle, die weniger als drei Meter lang und zwei Meter breit ist. Du kannst nicht hinaus. Es wird dunkel. Es wird hell. Tag und Nacht. Nichts passiert.

Du willst alles so schnell wie möglich hinter dich bringen. Aber das wissen auch sie und wissen es schon, bevor du es begreifst. Dieses ganze Kapitel könnte „Ausgeliefert" heißen.

Hin und wieder flackert diese unaufhörlich brummende Neonröhre. Das Flackern, das Brummen, alles Absicht. Ausschalten kann nur die Zentrale. Den Läufer darauf anzusprechen, kannst du dir sparen,

Dann wieder die bohrenden Fragen. Warum holen die dich nicht? Was geschieht? Laufen eventuell mit dem Westen bereits Verhandlungen? Warum holen sie dich nicht? Um nicht verrückt zu werden, musst du deinen Gedanken eine andere Richtung geben.

Ein Tagebuch führen wäre gut. Aber auch ein Tagebuch ist nicht gestattet. Deren Therapie heißt: Beschäftigung mit sich selbst. Du sollst in dir rotieren, bis du den Glauben an dich verlierst. Kein Tagebuch. Kein Stift. Kein Fetzen Papier.

Eine Übersicht im Kopf muss wenigstens her. Jeder Tag muss ein Datum erhalten. Wie lange bin ich jetzt hier drin? Wie lange in diesem Gebäude? Wie lange bereits in dieser Zelle? Nicht aus dem Takt geraten. Gerät man erst einmal aus dem Takt, ist es schwierig, wieder seinen Rhythmus zu finden. Du bist erschöpft. Du kannst nicht schlafen. Nicke ich kurz ein, kehren die Geräusche zurück, die es in Wahrheit gar nicht gibt. Sie treiben dich dazu, dass du halluzinierst.[24]

Du kommst nicht zur Ruhe. Während mancher Vernehmungen sehe ich den Stasi-Mann in einer Wolke. Er spricht von weit weg. Jedes seiner Worte wiederholt sich wie in einer Endlosschleife in meinem Ohr. Gedanke: Werden Chemikalien unter das tägliche Essen gemischt? Die weitere Lektüre der bereits erwähnten Forschungsarbeiten der JHS (Juristische Hochschule der Stasi) über das Vorgehen bei Verhören sei hier empfohlen.

Das Leben in jeder Zelle folgt einer von anderen festgelegten Dramaturgie. Aber bin ich denn wirklich ein Mensch, der ganz und gar nicht anders reagieren kann, als von irgendeiner blöden Macht vorausbestimmt?

🐘|🐘

Jede Halluzination hat ihre Dauer. Sie verliert sich an dem Punkt, wenn die Ruhe in dir zurückkehrt. Ich habe mein Yoga vernachlässigt. Ich konzentriere mich auf Atemübungen. Die Ruhe kehrt zurück. Die Badegeräusche verschwinden. Wieder einmal stehe ich auf dem Kopf, als die Klappe vor dem Spion flappt und die Zellentür mit dem gewohnt krachenden Ge-

---

[24] Akustische Halluzinationen = Halluzinationen können alle Sinne betreffen, einschließlich des Sehvermögens (visuelle Halluzinationen), das Hören von Stimmen (akustische Halluzinationen) oder andere Sinne (z. B. Geschmackshalluzinationen). Das Ursachenspektrum bei Halluzinationen ist breit und reicht von Halluzinationen bei hohem Fieber (besonders bei Kinder oder älteren Menschen), verschiedenen Formen von Drogen- bzw. Medikamentenkonsum oder -vergiftung.

räusch des zur Seite geschoben Riegels geöffnet wird. Ich sehe die ringüberladene Hand einer Läuferin, die mit dem großen Schlüsselbund die Zellentür aufschließt. „Brillanta", schießt es mir durch den Kopf. Ist „Brillanta" anders als die anderen? Wie die anderen Läufer weist auch „Brillanta'" mich zurecht. „Zwo. Komm'se." Ich trete aus der Zelle. „Hände auf dem Rücken!" „Gesicht zur Wand!" „komm'se!" Bis auf das Heer von Ringen an ihren Händen nicht die geringste Unterscheidung im Verhalten. Wie programmiert, denke ich. Aber natürlich. Sie sind programmiert. Haben ihre Schulungen eingebläut bekommen, was und wie sie es tun müssen. „Haben sie sie bearbeitet?" „Ja, ich habe sie bearbeitet." „Hat sie gestanden?" „Sie wird gestehen." „Sie muss gestehen. Auch du wirst sonst bearbeitet.' Eine Szene aus einem Albtraum. Ich folge „Brillanta" durch das Zellenhaus. Die Tür des Vernehmerzimmers erkenne ich mittlerweile von weitem. „Brillanta" öffnet die Tür. Bleibt seitlich von der Tür stehen. Ich sehe „Brillanta" in die Augen. Blicklos, nach nirgendwo sehend. Sie ist angekommen, wo sie ihr Leben lang bleiben wird. Kontrolliert. Nach kontrollierten Maßstäben kontrollierend. Anweisungen gebend. Und nie in ganzen Sätzen.

🐘 | 🐘

Zwei Vernehmer

Neben „Es" ist heute ein zweiter Vernehmer von der Partie. Diese Vernehmung folgt also einem anderen Plan als die vorangegangen, Der zweite Vernehmer wirkt auf dem ersten Blick äußerst unsympathisch. Aber auch dessen Zahnstand ist bedenklich und ähnelt damit gleich ein wenig der bösen Zahnfee. Und brüllt gleich auf mich ein. „Wenn sie glauben, eine Renate Hubig lassen wir illegal und eine Edda Schönherz legal gehen, dann haben sie sich gewaltig geirrt! Ihnen wird die Gelassenheit schon vergehen, dafür sorgen wir." Diese Tirade sollte mehrmals gelesen werden. Weil sie ein Beispiel ist für die Art und Weise, wie die Stasi Verhöre führt, zugleich aber eben auch ein Beispiel für die vollkommene Unlogik der Aussage. Wie ist es möglich, dass man jemanden illegal gehen lässt? Was wäre dann an diesem Weg von A nach B noch illegal, wenn am Ende eine Befürwortung vorliegt? „Wenn Sie glauben, eine Renate Hubig lassen wir illegal gehen." Richtig müsste es doch heißen. „Wenn Sie glauben, weil eine Renate Hubig uns austricksen konnte, drücken wir bei Ihnen die Augen zu, irren Sie sich aber gewaltig." Zunächst schaue ich aber wie versteinert auf diesen Mund mit seinen breit auseinander liegenden Zähnen. Eine Zahnspange hätte ihm als Kind gut getan, höre ich plötzlich Papa sagen. Mechanisch spielen meine Finger mit den Fransen des Tischtuches vor mir. Ich will „Zahnspange" gar nicht mehr zuhören. Soll er labern, brüllen, schreien. Ich mache kleine Zöpfchen und „Zahnspange" springt sofort an. „Das wird Ihnen auch noch vergehen! Wie wird er als kleiner Junge einmal gewesen sein?" „Ich werde Ihnen Ihre Flausen schon noch austreiben!" Hat er vielleicht nie eine Mutter gehabt? Vielleicht wurde er ja aus einem Heim heraus rekrutiert. Vielleicht hasst er seine Mutter, weil sie ihn im Stich gelassen hat. Vielleicht hasst er jetzt dafür alle Mütter. Dann denke ich: „Wie kommst Du eigentlich darauf, sein Verhalten zu entschuldigen?" „Ihre Flausen treibe ich Ihnen aus, das verspreche ich Ihnen!" Dann wendet sich „Zahnspange" an „Es", gibt ihm einen Wink und beide verlassen das Zimmer.

Ich sitze auf dem Hocker allein mit meinen Gedanken. Beobachtet von der Zentrale. Ich starre aus dem Fenster. Liegt draußen Schnee? Das einzige, was ich sehe, ist das längliche vergitterte Fenster. Einen Anhaltspunkt dafür, in welcher Untersuchungshaftanstalt ich mich befinde, gibt es nicht. Die Läufer sprechen sächsisch. Die Vernehmer eher hochdeutsch. Bin ich noch in Berlin? Bin ich in Leipzig? In Dresden? In Karl-Marx-Stadt?

Die Vernehmer kehren zurück. ‚Zahnspange' trägt eine Akte mit sich. Er setzt sich auf den Stuhl am Schreibtisch. Blättert in der Akte. „Es" links am Fenster in der Ecke stehend. ‚Zahnspange' schaut mich interessiert an. Das ist der Moment ihres Angebotes: „Wissen Sie, Schönherz, auf dem Bildschirm können Sie ja nun nicht mehr erscheinen. Das wird Ihnen ja einleuchten, Aber es gibt ja noch andere schöne Tätigkeiten. Da kommen Sie auch mit Menschen zusammen, mit sehr interessanten Menschen sogar. Sie dürfen reisen und können ein sehr lukratives Leben führen. Sie würden also keinen sozialen Abstieg erleben."

Zugegebenermaßen bin ich etwas verwirrt. Zuerst wird man angeschrien und im nächsten Moment in Watte eingepackt. Tränen stehen mir in den Augen. Es sind Tränen der Befreiung. Er hat dich mit deinem Namen angesprochen! Jetzt bist du nicht mehr „Zwo". Er hat dich mit deinem Namen angesprochen! Davon kann er nicht mehr zurück. Jetzt hat er die Katze aus dem Sack gelassen. Jetzt ist er aufgeflogen. Von einer Sekunde auf die andere habe ich meine Identität zurück. Zugleich bin ich über das Angebot entsetzt. Was glauben die, wie billig sie einen Menschen einsacken können, damit auch er andere Menschen anfängt zu bearbeiten? Andererseits wird mir noch klarer, welche Formeln den Kommunismus zusammenhalten. Lukrativ leben anstatt ehrlich leben. Und was bedeutet eigentlich die Angst, bloß nicht sozialer Abstieg? Verrät uns nicht Mephisto in Abwesenheit von Faust, ihm ein Leben voller Glanz vor Augen zu führen; „Dann hab' ich dich – unbedingt." Bevor „Zahnspange" weitersprechen kann, fahre ich klar und deutlich dazwischen.

„Sie brauchen nicht weiter zu reden. Ich arbeite weder für Sie, noch für eine andere Seite." „Zahnspange" schaut hoch. Sagt er jetzt etwas Gemeines? Etwas Niederträchtiges? Dieses Thema wird nie wieder angesprochen. „Brillanta" wird herbeibestellt. „Zwo" zurück in die Zelle! Ich sehe „210" nicht als Zelle. „210" ist meine Kartause.

Bei den nächsten Vernehmungen stellt „Es" wieder die alten Fragen auf. Warum? Weswegen? Weshalb? Wer alles hat geholfen? Wer alles ist in den Fluchtplan involviert? Was wissen die Angehörigen? Welche Kollegen wissen von der Flucht? Mit welchen Feind-Sendern wurde bereits Kontakt aufgenommen? Was wissen die anderen Ansagerinnen von dem Fall Renate Hubig? Wie wird der Fall Renate Hubig von den anderen Ansagerinnen kommentiert?

Immerhin hat sie vor nicht allzu langer Zeit und mit einer ihrer Töchter illegal nach West-Berlin fliehen können. Das soll wohl jetzt nicht auch noch anerkennend klingen, denke ich. Was ist Ihnen über das Leben Ihrer Kollegen und Kolleginnen im Sender Adlershof bekannt? Was wird untereinander im Sender Adlershof so geredet? Alles klar. Sie wollen dich so oder so zum Verrat bringen. „Da kann ich Ihnen nicht behilflich sein", sage ich und kann meinen aufkommenden Sarkasmus kaum verbergen, „Ich interessiere mich nicht für das Privatleben anderer." „Es" kontert. „Aber doch schon für das Privatleben ihrer Freunde im Ruhrpott. Oder etwa nicht? Schließlich haben Sie Besuch von ihren Westfreunden erhalten. Inwieweit haben ihre Freunde im Ruhrgebiet bei der Vorbereitung zum illegalem Verlassen der DDR unterstützend mitgewirkt? Wie sind Sie ausgerechnet auf diese gekommen?"

Ich spiele mit den Fransen der Tischdecke und schweige. Sie haben sich weiter in meinen Fall eingegraben. Was hast du erwartet? Natürlich recherchieren sie. Die sind besser mit den Einreiseunterlagen von Heidi und Bernd vertraut als du. All die Besuche. Viele Besuche. Weihnachten. Ostern. Etwas spricht in mir. Die Wahrheit. „Ja, sie haben sich angeboten, uns zu helfen, Wir sprachen einmal darüber. Zum Beispiel über Reisepässe der Bundesrepublik Deutschland. Es ist nie dazu gekommen. Bereits kurz bevor wir nach Budapest reisten, haben beide abgesagt. Sie haben uns mitteilen lassen, dass es ihnen nicht möglich sei, Ausweise oder Pässe zu besorgen. Gut möglich, ist Ihnen klar geworden, dass dies aus Sicht der DDR, eine Straftat gewesen wäre." Ist das richtig, was ich da sage? Falls Kosten entstehen, habe ich ihnen noch eine wertvolle Briefmarkensammlung meiner verstorbenen Tante mitgegeben. Vor allem aber dafür, dass wir in der Bundesrepublik Startgeld haben." War das wirklich notwendig, dass ich das sage? Auf jeden Fall fügt „Es" der Akte einen neuen Paragrafen hinzu.

Neben der Republikflucht wird nun auch Devisenvergehen angehängt. Wieder stattet die Stasi meinem Haus in Mahlsdorf einen Besuch ab und konfisziert die restlichen Briefmarkenalben. Das nenne ich kriminell. Nichts von diesen Dingen sehe ich wieder. Vielleicht haben ihre Kinder sich an Weihnachten an den Briefmarkenalben erfreuen können. Albträume wünsche ich auch diesen Kindern nicht. Eine Mutter ist eine Mutter.

Es gibt nichts zu verbergen

Die Tage werden inzwischen immer kürzer. Das Tageslicht hinter den Glasziegeln ist diffus. Die Verhöre drehen sich zum größten Teil im Kreis. Es geht ausschließlich um meinen Ausreiseentschluss. Da vor allem keine „Schleuser" oder westliche Geheimdienste einbezogen worden sind, sind allein Johnny und ich verantwortlich. Was mich betrifft, gibt es nichts zu verbergen. Ja, ich bin allein verantwortlich für mein Vorhaben, diesen Staat zu verlassen und deswegen von diesem Staat als

Verbrecherin hingestellt zu werden. Leider denke ich in diesem Moment meiner Selbstentäußerung nicht an den Geschäftsmann Horst W. Wie würde es mir ergehen und wie würde ich mich verhalten, wenn ich im selben Augenblick davon Kenntnis hätte, dass er für die Freundlichkeit, uns in seinem Auto mitzunehmen, neun Jahre Zuchthaus erhalten wird, Ich hätte es nicht fassen können! Ob er alles absitzen muss oder ob er ausgetauscht wird, werde ich nie erfahren. Ich werde nie wieder etwas von ihm hören. Ich hätte mich so gern bei ihm bedankt. Nun tue ich es an dieser Stelle hier. Danke, lieber Horst. Es tut mir leid, dass du wegen der kleinen Ausfahrt nach Szeged, wegen deiner Güte und Hilfsbereitschaft so viel Qualen durch ein Regime erdulden musstest, dessen gesamte perfide Art mir zu diesem Zeitpunkt nicht vor Augen gestanden hat. Ganz am Anfang, als ich in diese Untersuchungshaft eingeliefert wurde, habe ich auf einen Anwalt bestanden. Jetzt ist mir die genaue Antwort des Vernehmers in Erinnerung, er trägt ein breites Lachen zur Schau und sagt: „Wieso Anwalt! Sie haben doch uns!"

Knasttelefon

Klopfzeichen. Eines Abends sitzen wir wieder auf unseren Hockern. Wir nehmen gerade das Anstalts-Abendbrot zu uns, als ein rhythmisches Klopfen an der Wand zu hören ist. Ich habe dieses Klopfen schon des Öfteren wahrgenommen, jedoch an eine defekte Heizung oder so etwas gedacht. Jetzt glaube ich das nicht mehr. Dieses Klopfen folgt einem bestimmten Muster. Es wird immer langsam geklopft. Dann eine kurze Pause und zweimal ganz schnell. Dann habe ich eine Vermutung. „Ich glaube, das ist ein Knasttelefon", sage ich zu Rita, „das geht nach dem Alphabet". „A ist gleich einmal, B zweimal, C dreimal und so immer weiter." „o.k.", sagt Rita. Und wir beginnen sofort mit der Kommunikation. Wer will in seiner Isolation nicht wissen, wer in den Zellen rechts und links neben ihn ist? Ich lausche an der Wand, setze mich auf den Hocker, immer mit dem Rücken zur Wand, Gesicht zum Spion, und klopfe wie eine Verrückte. Meine Knöchel tun schließlich weh, aber das ist kein Hindernis. Endlich wieder Kontakt und mehr über dieses Haus und seine Insassen erfahren, die alle ein ähnliches Schicksal ereilt hat. Das ist in diesem Moment eine große Erfüllung. Es ist ganz so, als hättest Du schon einmal ein Ziel erreicht, nämlich tiefer als andere in das Herz dieser Finsternis gelangt zu sein.

Wie wir erfahren, sitzen in der Etage unter uns zwei „Schleuser" aus Bremen. Sie haben versucht, DDR-Bürgern zur Flucht in den Westen zu verhelfen. Sie haben bereits ihre Vernehmungen und sogar ihre Gerichtsverhandlungen hinter sich. 12 Jahre hat man jedem von ihnen aufgebrummt. Sie hofften auf einen Austausch gegen DDR-Spione, die im Westen enttarnt und in den Knast gekommen sind. Es wirkt auf mich wie eine Sensation. Ich bin im Kontakt mit zwei wirklichen Exemplaren all der Namenlosen, deren „ruchlose" Verbrechen auf Seite zwei im „Neuen Deutschland" angeprangert werden, Ich will in diesem Augenblick, dass dieser Kontakt nie wieder abreist und mittels Knastfunk halten wir täglich ständig Verbindung.

Wir sind teilweise sogar so in Rage, dass wir nicht mehr darauf achten, ob wir beobachtet werden oder nicht, „Hören Sie auf zu klopfen." Krach, die Klappe der Zellentür fliegt auf, „Na, dann zeigen sie mal ihre Hände". An den rot gefärbten Knöcheln an den Fingern werden wir überführt und kurz darauf jede zu „ihrem" Vernehmer gebracht. Auch dort erfolgt ein knapper Verweis, sich an die Hausordnung zu halten. „Gut", sage ich und denke: steht in der Hausordnung etwas von klopfenden Wänden? Nichts kann uns von unserer neuen Kommunikationsform trennen, An mögliche Folgen denke ich dabei nicht. Ganz im Gegenteil. Unsere neuen Bekannten fordern uns auf, nun das Wasser im Klo bis zum Knie abzuschöpfen. Auf diese Weise käme sogar eine mündliche Verständigung zustande. Gesagt, getan. Rita bezieht Wache an der Tür und ich schöpfte mit einem Lappen das Wasser aus dem Klosett. Jedes Mal, wenn Gefahr im Anzug ist, macht Rita sich bemerkbar und ich tue so, als verrichte ich gerade meine Notdurft. Flapp. Oder als wäre mir speiübel. Flapp. Das Theater, das wir veranstalten, lohnt sich. „Hallo? Hier ist Schopper? Hört ihr?" „Ja, Schopper. Hier sind Edda und Rita." „He, gute Stimme!" Die beiden Männer in der Zeile unter uns sind Ende zwanzig. Sie werden, im Gegensatz zu uns, gut behandelt und gut verpflegt. Schließlich sind es ja Bundesbürger, sagen wir uns. Man kann in der DDR noch so viel Schlimmes über den Westen verbreiten. Seine Devisen nehmen sie gern. Nach wenigen Tagen reger Unterhaltung macht mir Schopper einen Heiratsantrag. Die Hochzeit soll nach Knastmanie geschlossen werden. Ich sage „Egal, was das heißt, das muss nicht sein, denn ich habe schon einen." Nach ein paar Tagen funkt Schopper durch, dass ihre Vermutung richtig ist. Sie würden ausgetauscht. Damit ist unser reger Funkverkehr von einer Minute auf die andere unterbrochen. Ganze sechs Wochen waren sie gerade einmal im DDR Gewahrsam.

.

In der Zwischenzeit wird mir erlaubt, Kontakt zu den Eltern von John aufzunehmen. Ich darf kleine Wünsche äußern, was sie mitbringen sollen. Nach vier Monaten erst erfahren sie, wo sich ihr Sohn John befindet. Die Untersuchungshaftanstalt betreten dürfen sie nicht. John und ich werden zu diesem „Sprecher" mit dem präparierten Barkas 1000 zur Magdalenenstraße gefahren. Meine erste Frage gilt meinen Kindern. Man versichert mir, dass alles in Ordnung ist. Dass es den Kindern gut geht. Damit muss ich mich zufrieden geben. Meine Wünsche halten sich in Grenzen. Toilettenartikel, vor allem Gesichtscreme und Geld für Kaffee.

Professor Dr. F. K. Kaul
Rechtsanwalt und Notar
zugelassen auch bei den Gerichten
in Westberlin

Dr. Günter Ullmann
Rechtsanwalt

1054 Berlin, den 28. Nov. 1974
Wilhelm-Pieck-Str. 11
Telefon: 4 22 69 31   I/Sz
Telex: 011 29 27

Brief wird abgeholt !

Vertraulich

BStU
000338

Werter Genosse Filin !

Der Fernseh-Regisseur Jonny S e i d e l und die Fernseh-Ansagerin
Edda S c h ö n h e r z , die sich wegen versuchter Republikflucht
in Haft in der Magdalenenstraße befinden, haben uns mit der Verteidigung
beauftragt.

Genosse Dr. Ullmann hat gestern Sprecherlaubnis gehabt und mit beiden
gesprochen. Bei dieser Gelegenheit unterrichtete ihn der Regisseur Seidel
über folgenden Vorgang:

Er wurde von dem Vernehmer gefragt, was ihn veranlaßt habe, die Republik
verlassen zu wollen und gab als Grund die für ihn unerträglichen Unzu-
länglichkeiten der Verwaltung des Fernsehens an. Er sei daraufhin aufgefordert worden, dies im einzelnen schriftlich niederzulegen und habe dementsprechend ein vielseitiges Memorandum gefertigt, in dem er die internen
Verhältnisse im Fernsehen angeprangert hat.

Als Chefjustitiar des Fernsehens komme ich dadurch in eine etwas schwie-
rige Situation. An sich müßte ich Genossen Adameck davon in Kenntnis
setzen.

Ich bitte um einen Hinweis, ob das geschehen kann. Falls es in der Beziehung mit Genossen Adameck Schwierigkeiten gibt, bin ich nur durch
diesen Hinweis gedeckt, wenn ich ihn nicht davon in Kenntnis setze.

Mit sozialistischem Gruß

Prof. Dr. Kaul
Rechtsanwalt

Professor Dr. F. K. Kaul
Rechtsanwalt und Notar
zugelassen auch bei den Gerichten
in Westberlin

Dr. Günter Ullmann
Rechtsanwalt

1054 Berlin, den 9. Dezember 1974
Wilhelm-Pieck-Str. 11   VI/f
Telefon: 4 22 69 31
Telex: 011 29 27

Frau
Edda Schönherz
UHA Magdalenenstraße

113   B e r l i n

Werte Frau Schönherz!

Soeben hatte ich Einsicht in das umfangreiche Aktenmaterial.
Die gerichtliche Hauptverhandlung ist bereits am 20.12., 8.30 Uhr beim
Stadtbezirksgericht in Berlin-Lichtenberg.

Da die Durchsicht des Aktenmaterials im Vergleich zu dem Inhalt unseres
persönlichen Gesprächs keine neuen Aspekte brachte, werden wir uns
erst im Gerichtssaal wiedersehen. Wir haben dann Gelegenheit, jederzeit zu sprechen und Sie können mich konsultieren.
Ihren Schwiegervater habe ich vom anstehenden Termin informiert.

Hochachtungsvoll

Dr. Ullmann
Rechtsanwalt

Postscheckkonto: Berlin 78 12. Bankkonto: Berliner Volksbank, Filiale 66, 102 Berlin, Mollstraße 4, Konto-Nr. 6654-30-3010
Für Zahlungen aus der Bundesrepublik und Westberlin: Sperrkonto Berliner Bank AG., Depka 31, 1 Berlin 21, Turmstraße 26, Konto-Nr. 3196 248 300
Alle Konten nur unter Rechtsanwalt Prof. Dr. Kaul

Prof. Dr. Kaul

Wenige Tage vor Weihnachten wird mir mitgeteilt, dass ich mir nun einen Anwalt aussuchen darf. Da ich das für eine Farce halte, wird mir Prof. Dr. Kaul zugewiesen. Der Star-Anwalt des DDR-Fernsehens! Na danke. Ich kann mir von vornherein vorstellen, wie das Anwaltsgespräch ausgeht. Was soll's? Ich stimme zu. Ich kenne sowieso keinen anderen. Ich habe mit Anwälten noch nie etwas zu tun gehabt. Von der Existenz und den Aktivitäten eines Dr. Wolfgang Vogel habe ich zu diesem Zeitpunkt nicht den leisesten Schimmer, Ebenso wenig weiß ich von den Freikäufen politischer Häftlinge aus den DDR-Knästen durch die Bundesrepublik Deutschland.

33.775 Häftlinge kommen zwischen 1962 und 1989 auf diesem Weg frei. Dafür werden von der DDR etwa 3,4 Milliarden D-Mark kassiert. Unter die politischen Häftlinge mischt die DDR auch Kriminelle. Selbst an diesem Punkt ist die DDR kein fairer Geschäftspartner. Man will Schaden zufügen, wo man kann. Die kriminelle „Mitgift" hat geschadet. Auf der einen Seite muss die Bundesrepublik auch für diese „Ware" bezahlen. Auf der anderen Seite begeht ein Gutteil dieser Kriminellen in der Bundesrepublik fürchterliche Verbrechen. Auch mehrere Morde werden bekannt. Die große Mehrheit der wirklich aus politischen Gründen Inhaftierten und die freigekauft wurden, erleben diese letzten 10 Tage im Spezialtrakt auf dem Kaßberg in Chemnitz, damals Karl-Marx-Stadt wie ein Wunder. Und die Bundesrepublik im direkten Vergleich mit der DDR stellt sich wie Paradies und Fegefeuer dar. Die große Anna Seghers[25] sagte einmal ungefähr: „Warum verwelkt alles, wo wir auch hin-

---

25 Anna Seghers (* 19. November 1900 in Mainz; † 1. Juni 1983 in Berlin; bürgerlich Netty Radványi, gebürtig Reiling) war eine deutsche Schriftstellerin jüdischer Abstammung. Quelle: Wikipedia, 21. August 2012.

treten?" Warum, würde ich Anna Seghers gern fragen, fragst du so verzweifelt und machst trotzdem weiter mit? Hat selbst die große Anna Seghers am Ende schließlich einzig Angst um ihre Privilegien? Um ihren Status als Präsidentin des Schriftstellerverbandes der DDR? Wo sind eigentlich die Schriftsteller und Künstler, überhaupt unsere Intellektuellen angesichts der unerhörten Menschenrechtsverletzungen, die massiv von der Staatsmacht verübt werden. Woher kommt das große Schweigen über die Berliner Mauer? So groß ist sie ja dann doch nicht. Auf der Westseite gegenüber dem Brandenburger Tor ist eine Tribüne aufgebaut. Touristen, Schulklassen, wer auch immer, schaut mal rüber. Wirft einen Blick hinter die Mauer von Wachregiment Ferngläsern begleitet, wirft vielleicht den politisch Verfolgten einen Handkuss zu. Aus heutiger Sicht bedeutet das Schweigen der Intellektuellen zu den politischen Verfolgungen obendrein Schläge in das Gesicht der Verfolgten. Fritz J. Raddatz nennt vor allem, mit wenigen Ausnahmen, die bekanntesten Schriftsteller in seinem Tagebuch „Dekorateure des Systems"[26]. Ist dieser Verrat der DDR-Schriftsteller zu verzeihen?

Sind wir vergessen?

Wieder einmal ist Wochenende. Es ist ein Freitagnachmittag. Die gewohnten Geräusche. Flapp. Krach. Zellentür auf. Auftritt „Brillanta". Heute einen Zacken schroffer: „Zwo, raustreten!" Na gut, denke ich, ist doch wenigstens mal eine Abwechslung. Die vorangegangenen Tage sind ohne Vernehmung vergangen. Man kommt sich richtig vergessen vor. Dezember ist es. Drei Monate sind seit unserer Verhaftung vergangen. Als ich im Vernehmerzimmer ankomme, verkündet „Es", dass die Hauptver-

---

[26] Fritz J. Raddatz, Tagebücher, Rowohlt, S. 465.

nehmungen abgeschlossen seien. Dennoch werden die Untersuchungen weiterlaufen, Wann ich wieder zu einer Vernehmung geholt werde, könne er aber nicht sagen. „Machen Sie also das Beste aus der Zeit in unserem Gewahrsam!" Du Heuchler denke ich, auch so bekommt ihr mich nicht klein. Damit bin ich aber noch nicht „entlassen". Nun redet „Es" von der schönen Adventszeit, nimmt einen Apfel aus seiner Jackentasche, riecht am Apfel, den er mit schön gelernten Worten zu einem Bratapfel werden lässt, und leitet über zur schönen Zeit mit der Familie. Seine Worte sind Messer. Jeder Satz ein Schnitt in mein Herz. Der nächste Satz ein Stich in die Seele. Na, tut's weh? Wollen Sie vielleicht nicht doch mit uns kooperieren? Es gibt andere Räume als ihre schmutzige Zelle. Helle, saubere Räume mit Tafeln voller Kaffee und Kuchen. Mein Verwahrraum ist sauber! Und heller und schöner als jeder Raum, den du mir vormachst! Denkste! „Es" Traum von der schlussendlichen Kooperation zerplatzt. „Es" klingelt. „Zwo zurück in die Zelle!" Mit meinem Namen, Frau Schönherz", hat mich „Zahnspange" hier in diesem Zimmer angesprochen. Ich habe meinen Namen zurück, du Arsch! „Brillanta" schreitet vor mir her. Ich freue mich geradenwegs auf meine Zelle.

🐘|🐘

Eine Woche vergeht. Es ist Mitte Dezember. Ich liege auf der Pritsche und lese. Was lese ich? Lauter Fragen? „Meine Kinder, wie geht es euch?" „Geht ihr fleißig zur Schule." „Werdet ihr in der Schule wegen eurer Mutter von den Lehrern vor allen bloßgestellt?" „Lässt man euch in Ruhe lernen?" „Habt ihr alle eure Freunde noch?" „Denkt ihr gut von eurer Mama?" „Redet ihr manchmal von mir?" „Malt ihr euch manchmal aus, wie es mir geht?" „Versorgt ihr den Hund?" „Versteht ihr euch gut mit Johnnys Eltern?" „Seid bitte nicht traurig, ja!" „Drüben wird es euch um so Vieles besser gehen." „Wir werden frei sein!" „Ganz frei." Flapp. Krach. Brillanta erscheint in der Tür. Sie reicht mir meine frisch gewaschenen Privatsachen durch die Tür. Rita ist noch immer beim Vernehmer. Was soll das? Man weiß nie, was sie sich als nächstes gegen einen ausdenken. Eine gewisse Unruhe kommt auf, als ich meine Sachen sehe, die ich drei Monate zuvor aus Protest nicht ablegen wollte. Was heißt das jetzt? Es kann einfach alles bedeuten. Soll Rita denken, ich sei schließlich umgedreht worden? Wie sich herausstellt, werde ich zu meinem sogenannten Anwalt gefahren. Mein Fall ist also abgeschlossen? Die Zusammenkunft mit Prof. Dr. Kaul findet im Stasi-Hauptquartier in der Magdalenenstraße statt. Von Dr. Kaul erfahre ich vage, wo ich mich überhaupt die ganze Zeit in U-Haft befinde, wahrscheinlich im Hochsicherheitstrakt des MfS in Hohenschönhausen. Ferner erfahre ich, was ich für meine sogenannte Straftat zu erwarten habe. „Es werden wohl drei bis fünf Jahre Freiheitsentzug werden", sagt Dr. Kaul. „Ohne Bewährung." „Die habe ich auch nicht erwartet", entgegne ich. Weder erwartet, noch erhofft, noch gewollt. „Sie sind angeklagt des $213, 1 und 2, Strafgesetzbuch DDR. Kennen Sie sich mit dem Strafgesetzbuch der DDR aus? „Man hat es mir als Ansagerin nie für eine Moderation empfohlen", entgegne ich. Dr. Kaul huscht ein kurzes Lächeln über das Gesicht. Dann erläutert er den Paragrafendschungel.

„Vorbereitung zum illegalen Verlassen der DDR in besonders schwerem Fall. Sie haben den Grenzübertritt in einer Gruppe unternommen." „In einer Gruppe. Meinen Sie meine Kinder „Ich meine Ihren Lebensgefährten. Weiterhin wird Ihnen staatsfeindliche Verbindungsaufnahme in mehreren Fällen vorgeworfen." „Die Botschaften, mmh?" „Ja, die Botschaft der BRD sowie die Botschaft der USA. Weiter wird Ihnen Devisenvergehen vorgeworfen. Sie haben mit diesem hohen Urteil zu rechnen. Außerdem wird in Ihrem Fall kaum die Möglichkeit einer Ausreise bestehen." Ich wende mich ab. Dr. Kaul redet in meinen Augen nicht wie ein Anwalt, sondern wie ein Scharfschütze. Aus dem Reich der Finsternis. Eines wird mir superklar: Auch ein Anwalt ist im politischen Bereich am Ende nur ein Handlanger der Stasi. Zweitens spricht Kauls Deutlichkeit dafür, dass das Urteil bereits jetzt feststeht. Als hätte Dr. Kaul auf mein ablehnendes Verhalten nur gewartet, holt er mit einem noch schwereren Vorschlaghammer aus: „Der Vater Ihres Lebensgefährten John hat ausgesagt, dass sein Sohn ein bisher unbescholtener Bürger der DDR durch Sie erst kriminell geworden ist, Seit er Sie kennt, ist er in Situationen wie diese geraten. Außerdem schätzt der Vater Ihres Lebensgefährten Sie als ‚Luxusweibchen' ein, der das Beste gerade gut genug sei". „Na, das wird ja immer besser", denke ich. Wer verdient denn das Geld? Wem gehört denn das Haus, wo sie jetzt drin wohnen dürfen? Johnny nicht. Johnny hat sich stets finanziell abhängig von seinen Eltern gemacht. Wer hat einen Sohn als Genossen, der mit einer Staatsanwältin in Cottbus liiert war und ein Kind mit ihr hat? „Übrigens, ein verdienter Genosse", sagt Dr. Kaul. Dass John ein Genosse war, habe ich übrigens erst durch meinen Vernehmer erfahren. „Wie die Seidels über Sie reden, lässt Sie wahrscheinlich kalt. „Meine Kinder sind in ihrer Obhut", sage ich. „Das ist gut. Sie sind in ihrer gewohnten Umgebung. Sie behalten ihre Freunde. Ihre Schulkameraden. Sie müssen nicht ins Heim." „Ja, darauf können Sie sich verlassen." Erleichterung. Na bitte, hat sich der Weg doch noch gelohnt. Aber kann ich dieser Aussage trauen. Sie drehen es doch wie sie es wollen. Nun kann ich nur beten, dass die alten Eltern von John wenigstens loyal und korrekt meinen Kindern gegenüber sind. Gut, ich habe wenigstens erfahren, dass sich meine Kinder weiter im Haus befinden. Dass sie nicht in ein Heim gepfercht worden sind. Dass ihnen also kein Haar gekrümmt wurde. Nun kann ich alle Kraft für uns und unser Wiedersehen in der Freiheit einsetzen.

Eine große Hoffnung war mein Anwalt also nicht. Beistand und Trost sehen wohl anders aus. Längst ist mir klar, dass er ja auch als Sprachrohr der Stasi beim DDR-Fernsehen tätig ist. Hört die Zentrale des MfS auch hier in diesem kleinen Raum mit, was ich mit Kaul bespreche oder was wir uns sagen? Unsere teils belanglosen Gespräche, die trotzdem oft im Flüsterton ablaufen (gegen die Wanzen!). Manche Unterhaltung führe ich mit Kaul sogar in Zeichensprache. Oder wir schreiben uns Wörter mit unsichtbaren Buchstaben auf die Tischplatte. Richtige kleine Filmszenen, nur ohne Honorar. Es ist ganz gleich, ob mit oder ohne Anwalt. Der Leiter des MfS, General Erich Mielke sagte einmal auf einem Treffen der oberen Offiziere: „Wer nicht für uns ist, ist gegen uns und der muss beseitigt werden!" Zuerst graut es einen, wenn man so etwas hört! Doch dann fragt man sich, wie solche geheimen Äußerungen bekannt werden und unter das Volk kommen? Das ist wohl nur scheinbar ein Rätsel. Toben in den obersten Riegen nicht ständig heimliche Palastkämpfe. Vielleicht erzählt es ein Vertrauter des Generals seinem Sohn am Abendbrottisch, Vielleicht macht er sich sogar über den General lustig. Vielleicht gehört der Sohn des Offiziers zu den angenehmen Plaudertaschen und trägt diese Neuigkeit in seine Schulklasse hinein.

In der U-Haft bist du von der Außenwelt abgeschnitten und sowieso von sämtlichen anderen „Insassen" isoliert. Du bekommst gefälschte Aussagen vorgelegt, um dich gefügig zu machen und schließlich zu brechen. Die Vernehmer sind gut ausgebildet, vor allem gut ausgeruht. Du: musst ein monatelanges Verhör überstehen und das ohne Anwälte an deiner Seite, „Grüßen Sie bitte meine Kinder", sage ich am Ende des Anwaltstermins. „Sagen Sie ihnen, sie sollen tapfer sein!" „Wie Sie?" fragt Dr. Kaul, „Wenn Sie wollen, auch wie ich." Wird Dr. Kaul meinen Kindern jemals meine Grüße bestellen? Ich bezweifle das. Ich will zurück in meine Zelle. Dennoch gibt er mir einen zweiten Termin, zu dem ich ebenfalls im Barkas 1000 gefahren werde. Nun verkündet mir Dr. Kaul, dass „mein" Prozess noch vor Weihnachten, nämlich am 23. Dezember 1974, beim Stadtbezirksgericht in Berlin-Lichtenberg stattfinden wird. Das Weihnachtsgeschenk der Stasi.

Der Prozess

23. Dezember 1974. Ich werde wie John durch einen Hintereingang ins Gebäude des Stadtbezirksgerichts Berlin Lichtenberg geführt, eskortiert von zwei Stasi-Begleitern mitten durch den Publikumsverkehr. Sehen mir alle an, warum ich hier bin? Steht es mir groß und breit auf der Stirn geschrieben? Wohl eher nicht, Die Leute gehen achtlos an mir vorbei. Was werden sie denken? „Sicher irgendeine Kriminelle"? Als ich den großen Raum betrete, sitzt John zwischen zwei Bewachern auf „seinem" Anklage-Stuhl. Ohne auf meine beiden Begleiter zu achten, setze ich mich neben John. Wir drücken uns die Hände. Wir flüstern uns ein paar Worte zu — und werden immer wieder aufgefordert, zu schweigen. Rechts neben uns nimmt die Verteidigung Platz. Prof. Dr. Kaul ist nicht anwesend. Als Vertretung schickt er seinen Adlatus, Dr. Ullmann. Vor uns ein langer Tisch, an dem sich in der Mehrzahl Frauen niederlassen — finster um sich schauende Matronen, flankiert von zwei Männern — blass wie Halbschattengewächse. Sie fungieren als Schöffen.

Die Staatsanwältin beginnt sofort mit ihrem Plädoyer. Der Adlatus von Dr. Kaul bleibt stumm und hält nichts von großer Verteidigungsgeste. Er hält gar keine Rede zur Verteidigung. Er bleibt bei den Verfolgern. Und schon hat die Richterin das Urteil parat. Rums. Drei Jahre. Dann die großen Verbrechen. Rums. Rums. In den Ohren soll es nur so krachen. „IM NAMEN DES

VOLKES!" Drei Jahre. Freiheitsentzug! Ohne Bewährung! Aber das war ja klar. Ich will aber dennoch etwas sagen. Was willst du sagen? Dass du so schlecht angezogene Leute wie hier noch nie gesehen hast? Oder wo denn das Volk sei? Die Öffentlichkeit ist doch von der Verhandlung ausgeschlossen. So was? Ja, irgend sowas. Ich sage aber doch etwas. „Ich werde dieses ‚Urteil' nicht unterschreiben! Ich erkläre mich mit diesem Prozedere für mich nicht einverstanden! Sie werden mich also weiterhin ohne mein Einverständnis in das Gefängnis bringen müssen!"

Und John? Ich nehme John in diesem Augenblick gar nicht richtig wahr. John richtet an das Gericht kein einziges Wort. Dr. Ullmann mahnt, das Urteil zu unterschreiben. „Vielleicht geht dann doch alles schneller, als gedacht." Ich unterschreibe schließlich ein Papier, das auf reinen Lügen und menschenverachtenden Grundlagen basiert. Wie verachte ich in diesem Moment das verlogene, verbrecherische System und seine zuarbeitenden Genossen, Frauen wie Männer.

🐻|🐾

Drei Jahre also. Seitdem das Urteil gesprochen ist, empfinde ich Erleichterung. Seltsamerweise aber werden nach der Urteilsverkündung meine Haftbedingungen gelockert. Ich kann mir von meinem Eigengeld ein Kännchen Bohnenkaffee am Tag kaufen (das ich mir mit Rita teile) Sie hat diese „Vergünstigung' noch nicht. Wie erhaben ist dieser Augenblick, wenn „Brillanta" geräuschvoll die Klappe in der Zellentür aufschließt und das Kännchen in die Zelle reicht. Das ist stets ein wahrhaft festlicher Augenblick. Nach dem Frühstück werden wir zur gewohnten „Freistunde" in den ebenfalls schon gewohnten Betonkäfig mit Maschendraht oben drüber geschlossen. Über uns das Wachpersonal mit Maschinengewehr, sie laufen hin und her, hin und her. Die Order von oben nach unten: „Hände auf den Rücken!" „Im Kreis laufen!" „Einen Schritt weg von der Wand!" „Und das alles ohne Geräusche". „Keine Geräusche!" So geht das die gewohnte halbe Stunde. Man beobachtet, ob wir versuchen, etwas für andere Insassen der U-Haft in die Wände zu ritzen. Einen Namen, eine Nachricht. „Keine Geräusche"! Keine Verbindungsaufnahme mit anderen Gefangenen, die zur gleichen Zeit eingebuchtet sind.

Während des Rundgangs in dem Freigangkäfig denke ich daran, dass wieder die Zelle während unserer Abwesenheit durchsucht wird, denn ich habe mit einer angefeuchteten Streichholzkuppe, die ich als Schreibgegenstand benutze auf einen Zettel „Gut geschnüffelt!" geschrieben. Ich verstecke den Zettel in einer Falte der Strohmatratze. Ich will prüfen, wie gründlich die Zelle geratzt wird. Werden sie diese Notiz finden und was wird geschehen? Es ist Weihnachten. Im Betonkäfig kreisen meine Gedanken immer wieder um meine Kinder. Es ist vielleicht gut, dass wenigstens Rita da ist. Allein könnte man den Zustand nur schwer ertragen. An den Zettel denke ich nun nicht mehr.

Weihnachtsengel

Weihnachten 1974. Das erste Weihnachten ohne die Kinder. Rita und ich verbringen nun bereits einige Wochen gemeinsam in Zelle „210". Anstatt Dominosteine formen wir aus dem Brot Weihnachtsengel. Noch jedenfalls werden auch in der DDR Weihnachtsengel – Weihnachtsengel genannt, bevor der Staatsrat eine Umbenennung der alteingesessenen Begriffe seines Volkes vornehmen wird. In wenigen Jahren werden Weihnachtsengel geflügelte Jahresendfiguren genannt wie man Kühe als Kleinfutter verwertendes Nutzvieh auf Wiesen benennt. Durch den Luftschlitz des Glasziegelschachts dringt der Geruch von Schnee. Wir malen uns Weihnachtsgeschenke aus. Bereits zu Nikolaus haben wir uns ausgemalt, was für Geschenke in den Stiefeln stecken würden, die vor den Zellentüren stehen. Wir machen uns fröhliche Gedanken. Das Unrealistische oder Irrationale wird das Reale. Wo gibt es das, dass man eingebuchtet wird, weil man gern in einem anderen Land leben will? Das darf doch nicht wahr sein? Es ist Weihnachten. Wir lassen einen imaginären Weihnachtsbaum entstehen, den hat die Welt noch nicht gesehen. Und unsere Kinder erhalten die schönsten Geschenke für die tapfersten Kinder der Welt. Wir denken auch an „unser" Personal. Wie werden „Brillanta" oder die anderen Läufer Weihnachten feiern. Wie wird „Säbelbein" beschert werden? Was wird bei der „traurigen Heidi" aus der Backröhre duften? Welchen Weihnachtsbaum bevorzugt „Es"? Tanne? Fichte? Kiefer? Lärche? O Tannenbaum... Flapp. „Ruhe!" Na klar, Dienst ist Dienst. Der „bösen Zahnfee" wünsche ich einen besseren Kieferchirurgen und eine „Zahnspange". Bedauert uns eigentlich irgendjemand, unter welchen Umständen wir hier leben? Nichts in der Zelle ist wirklich. In der Natur entwickelt sich alles aus sich selbst heraus. Hier wollen sie dich in der Hand haben. Sie wollen Zeichen setzen. Alles ist realistisch und unrealistisch zugleich. Eines Tages, wenn ich wieder von einem Verhör zurückkomme, wird vielleicht Rita wie ihre Vorgängerinnen einfach nicht mehr da sein. In dieser Zeit des Zusammenseins in der Zelle ist so viel Vertrauen zwischen uns entstanden. Wieder reden wir bis in die Nacht hinein. Wie man so sagt, über Gott und die Welt, Manchmal denke ich, haben wir sogar vergessen, wo wir uns befinden.

Ein Zettel und die Folgen

Der Zettel. Wie lange ist es her, dass ich den Zettel in der Falte der Matratze versteckt habe? Natürlich ist der Zettel gefunden worden, doch habe ich meinen Scherz in den vergangenen Tagen schlichtweg vergessen. Die Zentrale in der U-Haft vergisst nichts. Die Zurechtweisung erfolgt durch den Vernehmer. „Es" macht es knapp. Ich brauche mich nicht einmal zu setzen. Sie würden noch einmal mit Großmut darüber hinwegsehen. Und bei Wiederholung? Keine Antwort. Zurück in die Zelle.

Zurück in der Zelle wartet Rita schon auf mich. Man hatte ihr bei der Vernehmung gesagt, ich werde nie mehr auf einem Bildschirm zu sehen sein. Ihre Wut trifft mich. Wir unterhalten uns noch lange. Über alles. Zuerst bin ich natürlich deprimiert. Wie lange werde ich obendrein meine Kinder nicht mehr sehen dürfen? Rita aber spricht mir Mut zu. Sie redet auf mich ein, dass ich mein Ziel erreichen und auch wieder in meinem Beruf tätig sein werde und einen Zuschauer hätte ich ja schon mal auf alle Fälle, und das wäre sie. Man kann sich nicht vorstellen, welche Streicheleinheiten für die Seele solche Worte in so einer Situation bedeuten. Ritas positive Einstellung für die Zukunft und das in dieser fürchterlichen Umgebung! Für die Seele ist das Balsam. Überhaupt bauen wir uns beide immer wieder gegenseitig auf. Wir machen uns Mut in diesem Menschen zerstörenden Haus. Ich sage ihr, dass sie später einen ganz anderen Weg einschlagen, einen anderen Beruf ausüben wird, nicht mehr Horterzieherin, vielleicht Kosmetikerin. Dieses gegenseitige Mutmachen ist auch bitter nötig.

Eines Abends, es ist wahrscheinlich ein Haftzugang, beginnt eins Frau in ihrer Zelle zu schreien. „Gebt mir meine Kinder wieder!" „Gebt mir meine Kinder wieder!" Schritte. „Ruhe!"

„Ihr Schweine!" „Ruhe!" „Ihr Schweine!" „Beruhigen Sie sich!" „Ihr gottverdammten Schweine!" Mehrere Schritte. Krach. Rums. Zellentür auf. „Schweine!" Stille, Das Wort „Sanitäter" hallt durch das Treppenhaus. Wie viele Menschen drehen in diesem Haus am Ende durch und verlieren den Verstand? Rita und ich versuchen – so gut es geht – an unsere Kinder und an eine bessere Zukunft zu denken. Da mir nun nach der Verurteilung ein Einkauf vom eigenen Geld gestattet ist, leisteten wir uns Kaffee, Lebkuchenherzen und eine Kerze. Wir reden von unseren Kindern und lachen und weinen dabei zugleich. Wir machen Pläne für die Zukunft und vergessen für Augenblicke unsere Umgebung, so dass ich Rita sogar auffordere, auf unserer Couch Platz zu nehmen. Diese schreckliche Holzpritsche! Rita stößt einen lauten Lacher aus! Normalerweise hätte längst ein Läufer, „Brillanta" oder „Säbelbein" durch den Spion geblafft. Aber es bleibt still. Vor der Tür sogar keine Schritte mehr. Es ist fast unheimlich still. Stille Nacht, heilige Nacht. Was haben sie mit der schreienden Frau gemacht? Wird sie mit Medikamenten zur Ruhe gebracht? Rita und ich setzen uns auf die „Couch". So geht Weihnachten 1974 in meiner Erinnerung vorüber. Dann nähert sich schon Sylvester und damit das Jahr 1975. Vom „Es" erfahre ich, dass er mit seinen Kindern und vielen anderen Kollegen auf dem Weihnachtsmarkt gewesen sei, aber natürlich nicht aus Spaß, „wie die anderen". „Wir haben ja immer präsent zu sein. Der Feind schläft nicht," Was für eine arme Sau, denke ich. Gibt es nicht irgendetwas, das er wie die Pest meidet? Oder über alles in der Welt liebt? Wahrscheinlich seinen Dienst, denke ich.

🐘|🐘

08, Januar 1975. „Es" lässt mich aus der Zelle holen. Er teilt mir mit, dass ich ab sofort eine Sonderverpflegung bekommen werde. „Was ist los?" entfährt es mir. „Das bedeutet, dass Sie nach dieser langen Zeit morgens und abends sowie am Nachmittag Bohnenkaffee, Brötchen und überhaupt ein besseres Essen bekommen." Während „Es" spricht, mache ich mir so meine Gedanken, was dieser Aufwand zu bedeuten hat. Ah, sie wollen mich wieder aufpäppeln, geht es mir durch den Kopf. Natürlich werde ich alles mit Rita teilen. So geht alles vielleicht ein wenig besser. Mit dieser Überraschung auf den Lippen, gehe ich. sogar innerlich beschwingt hinter dem Läufer zurück in die Zelle. Noch auf der Schwelle bleibe ich wie erstarrt stehen. Die Zelle ist leer. Rita ist weg. Die Hoffnung, dass ein Mensch bald wieder in die Zelle zurückkommt, ist vollkommen abstrus und auf der anderen Seite wiederum nicht. Zuerst denke ich, vielleicht ist sie zur Gerichtsverhandlung, irgendwann muss die Tür ja wieder aufgehen, dann ist sie wieder da. Es sind ja, wie ich bald gesehen habe, auch noch einige Sachen von ihr in der Zelle. Aber Rita wird nicht wieder in diese Zelle zurückkehren. Dass sie in meiner Abwesenheit nach Cottbus gebracht worden ist, soll ich dennoch schon bald von ihr selbst erfahren.

Nur nicht verrückt werden!

08. Februar 1975. 06.00 Uhr. Der Knastalltag geht weiter. Ich bleibe weiter in Einzelhaft. Auf meine Fragen, wozu die Einzelhaft notwendig sei, erhalte ich die lapidare Auskunft, man fände keinen geeigneten U-Häftling für mich. Geht es darum wirklich? Viele Stunden der Isolation werden zur Qual. Mit Lesen und dem Auswendiglernen von Texten versuche ich die Zeit zu überbrücken. Nur nicht verrückt werden! Nur nicht quälen lassen!

Mitte Februar 1975. „Brillanta" öffnet die Zellentür. „Sachen packen!" der große Aufbruch, denke ich. „Brillanta" führt mich zur Kleiderkammer. Die „traurige Heidi" schielt mich an. Ihr Blick verrät eine gewisse Enttäuschung. „Na, endlich mal eine Regung", denke ich. Die Kleider schlottern etwas an mir. Vielleicht wieder in die Stasi-Minna, die noch immer für Fisch und Gemüse aus Rostock wirbt, Jetzt aber bekomme ich zum ersten Mal einige andere Gesichter zu sehen. Verurteilte wie ich. Damit ist jedenfalls das Eis der Isolation gebrochen. Wir tauschen uns aus. Nicht laut. Auch hier wird „Ruhe!" gebrüllt. Wir werden nun überstellt in die U-Haft des Ministeriums des Inneren, Berlin, Keibelstraße, nahe Alexanderplatz. Ich höre, dass wir nun mit den Kriminellen in einen Topf geworfen werden. „Es" tritt in meine Gedanken. Er wiederholt, was er mir bei unserem letzten Zusammentreffen gesagt hat. Ich hatte es wohl vergessen. „Sie werden sich noch einmal hierher zurücksehnen". Ich sehe mich, wie ich daraufhin gelächelt habe. Sollte ich also auf dem besten Weg sein, das kennen zu lernen, was womöglich selbst monströse Gestalten wie „Es" wie die Pest meiden? Ich sollte den dreckigsten und übelsten Ort erleben, der mir jemals begegnet ist.

🐘|🐘

Wir sind sechs Frauen. Nach einer etwa halbstündigen Fahrt in der Stasi-Minna werden wir in der Keibelstraße abgeliefert und in eine Zelle verfrachtet. Als erstes wird jeder von uns ein Stück Kernseife in die Hand gedrückt, dazu ein abgewetztes Handtuch und ab geht es zum Duschen.

Auf dem Weg zum Duschraum gehen mir bereits die Augen über. So etwas habe ich noch nicht gesehen. Mädchen, Frauen, die man wahrscheinlich in der verbotenen Prostituiertenszene aufgegriffen hat, Schwangere in superkurzen Röcken. Die reinste Freakshow. Kraftausdrücke fliegen durch die Luft, die ich auch noch nie gehört habe. Doch irgendwie kapiere ich, jetzt beginnt ein richtiger Kampf ums Überleben. Der sogenannte Existenzkampf im Knast. Es gibt ein altes Gesetz in den Gefängnissen und ich lerne es jetzt kennen. Entweder du setzt dich durch oder du bist für den Rest der Zeit verloren. Ich bevorzuge das Erstere. Die Dusche, ein weiß gefliester Raum mit Duschköpfen und Zementfußboden. Ich wage zunächst nicht, meine Schuhe auszuziehen, so sehr ekelt mich der Anblick dieses Waschraumes. Es liegen Binden und Watte herum, schleimartige Pfützen sehen aus wie Ausfluss, Schöne Scheiße, denke ich. Hoffentlich überstehst du diese Zeit, Hier gibt es auf jeden Fall alle möglichen Krankheiten gratis. Ich suche einen halbwegs sauberen Platz und dusche mit halbgeschlossenen Augen. Nach dem Duschen geht es zurück in die Zelle. Ein viereckiger Raum, in dem sich sechs Eisenbettgestelle befinden, mittig im Raum ein Holztisch, unter dem Tisch sechs Hocker, Metallspinde, ein Waschbecken und ein Klo, Der Gedanke, mich für die nächsten zweieinhalb Jahre hier zu Hause fühlen zu müssen, ist ein Grauen. Hier ist es genau so dreckig und höchstwahrscheinlich ist das in diesem ganzen Haus so. Dann kommt mir eine Idee. Mein Überlebenstraining beginnt.

"Hört mal her", sage ich zu den Anderen, "Ihr seht ja, wie schmutzig hier alles ist. Wer weiß. welche Nutten vorher in diesen Betten gelegen haben, der Gedanke daran lässt mich schon erschauern, aber ich mache einen Vorschlag. Mit unserer Kernseife schrubben wir erst einmal den ganzen Raum. Ich erkläre mich bereit, das Klo und das Waschbecken zu übernehmen, und ihr anderen teilt den Rest auf. Ist das in Ordnung?" Der Vorschlag ist angenommen. Nachher können wir uns an den sauberen Tisch setzen, Uns gegenseitig vorstellen. Da ich den unappetitlichsten Part beim Saubermachen übernommen habe, folgte die Bereitschaft der anderen auf den Fuß. Keiner muss also die „Arschkarte" ziehen und dastehen wie unterste Schublade. Den Rest des Tages verbuchen wir unter Großreinemachen. Von der Matratze bis zum Fenster wird alles sauber geschrubbt und sauber gewischt.

Die anderen fünf Frauen sind ebenfalls aus politischen Gründen eingesperrt. Unsere Fälle liegen in etwa gleich. Wir erfahren durch den Knastfunk, dass die Adresse in der Keibelstraße die Sammelstelle ist, von der aus der Transport in die jeweilige Strafvollzugseinrichtung geht. Hier also werden die Transporte in die einzelnen Zuchthäuser zusammengestellt, denke ich. Und tiefer geht die Reise bis ins Mark des Systems. Dennoch: ich bin verurteilt und weiß nun genau, zu wem ich gehöre. Jetzt kann ich endlich den Mund auftun und meine neuen Mitstreiter mit Frohsinn" begrüßen". Warum fällt mir jetzt Johann Wolfgang ein? Wäre Goethe heute ein Verurteilter oder ein Vernehmer? Wie würde er seine Italienische Reise[27] in der DDR antreten? Wieder als Minister oder über den Knast? Ich höre erste Gerüchte, dass die Bundesrepublik politische Gefangene freikauft.

In der Keibelstraße sind auch verurteilte Männer eingesperrt. Einige Verständigungspraktiken hatte ich ja schon in meiner Zelle in der Untersuchungshaftanstalt Hohenschönhausen gelernt. Hier kommen noch ein paar dazu. Aus der Klosettschüs-

---

27 Goethe, Italienische Reise ... „meine Freunde mit Frohsinn begrüßen". Brief aus Rom., 1. November 1786.

sel röhrt nun beständig ein Männerchor wie aus der Unterwelt und auf deren Seite klingen wir womöglich wie ein Häufchen eifriger Elfen. Vom Wachpersonal beobachtet werden wir hier ebenfalls, aber nicht so häufig wie bei der Stasi. Außerdem sind wir hier mehrere in der Zelle und die Zelle ist wesentlich größer als meine Zelle in der U-Haft. Die Blicke durch den Spion beschränken sich auf wenige Male am Tag. Das flappende Geräusch der Spionklappe ist nicht gänzlich verschwunden, aber es können sogar ungeschehen Kassiber aus der Zelle in eine andere Zelle geschmuggelt werden. Zettel werden an Fäden gebunden, die Fäden mit den Zetteln dran von Zelle zu Zelle gependelt, bis sie an der richtigen Zelle angekommen sind. Es gibt traurige, lustige, obszöne, klarsichtige Nachrichten von beiden Seiten. Heiratsanträge werden gemacht. Sogenannte Knastehen geschlossen, obwohl man sich noch nie gesehen hat. Man sollte es kaum glauben, aber es sollen sogar bereits Schwangerschaften per Kassiber eingeleitet worden sein. Wie? Sperma in Plastiktüten und ab zur Gefängnisbraut. Viele haben vor uns unter solchen Umständen die meiste Zeit ihres Lebens verbracht: Wer will es ihnen verübeln? Jede eigene Welt entwickelt ihre Gesetze. Der Knast ist eine eigene Welt. Der Knast entwickelt seine eigenen Gesetze. Nun, ich lerne in kurzer Zeit viel hinzu. All das gibt es in einem Staat. Es gibt Parallelwelten, die man nicht erfinden kann. Wirst du mit solchen Gepflogenheiten vertraut, siehst du kaum mehr etwas als „unverrückbar" an, dafür vieles als scheinbar. Die Uhren ticken hier drinnen anders. Fast kann man sagen, sie laufen gerade entgegengesetzt der Zeit. Was habe ich andererseits mit der Ist-Zeit der DDR zu tun? Die Moderationen laufen weiter. Meine Kolleginnen sprechen weiter den vorgegebenen Text. Aber hier mitten im Herzen von Berlin am Alexanderplatz herrschen eben andere Gesetze, meine lieben Kollegen! „Nebelkrähe" und wie ihr alle heißt! Hier bekommst du einen Vorgeschmack auf das bevorstehende Knastleben: unter Kriminellen aller Couleur! Vorhang auf, voilà!

Ihr, die ihr zimperlich und empfindlich seid, habt es besonders schwer! Meine Maxime, auch hier musst du durch. Egal, was passiert. So wenig Schaden wie möglich nehmen. Dann wird es schon gehen. Meine unsichtbare Mauer, die ich für Rita gelockert hatte, muss ich hier wieder verschließen, um so wenig wie möglich an mich herankommen zu lassen. Ärger gibt es umsonst, Aufregung ebenfalls. Von den nervlichen Belastungen und den gesundheitsschädigenden Folgen will ich gar nicht erst reden. Ich werde vielen Frauen begegnen, die aufgrund der Strapazen körperlichen und nervlichen Schaden genommen haben und bis heute darunter leiden. Ich will nicht psychisch gebrochen werden durch die Zersetzungsmaßnahmen dieses sich selbst „abschaffenden"' Systems. Man redet in der DDR währenddessen, freilich nach altem stalinistischem Muster, immer weiter vom „Neuen Menschen". Das ist das große Thema, die Erschaffung des „Neuen Menschen". Aber was soll das sein, der „Neue Mensch'? Ich gebe zu, ich weiß nicht, was das ist, Unsere Regierung, der sogenannte Staatsrat, ist ein Zusammenschluss alter Säcke, von denen etliche bereits als Mitglieder der NSDAP in „Ehren" ergrauten. All das weiß man in der DDR und über all das schweigt man.

Abtransport

Zuerst der Hofgang. Der Hofgang findet ganz im Gegensatz zu seinem Begriff auf dem Dach des Gebäudes statt. Hier stößt man auf Leute, denen man freiwillig nie im Leben begegnen würde. Hochschwangere Frauen über dem nahen Abgrund sehen wie waschechte Nutten aus. Sie sind völlig von einem Milieu gezeichnet, in dem jeder Zahnarzt verhungern würde. Dann ihre glasigen Blicke: verängstigt, herausfordernd, abschätzend, lauernd. Hier beginnt etwas, das heißt, sei wachsam, nicht unterkriegen und schon gar nicht einschüchtern lassen! Weil sie schwach sind, wirst du fertig gemacht! Sobald du Schwäche zeigst und das ist so sicher wie das Amen in der Kirche- beherrschen sie dich stärker! Wir in unserer Gruppe, alles Gleichgesinnte, kommen aus Berlin oder stammen aus dem Norden. Aber was kommt da noch auf uns zu? Irgendwann bekommen wir zu erfahren, dass wir in den nächsten Tagen auf die Zuchthäuser verteilt werden. Keiner weiß, ob wir zusammen bleiben oder auf alle möglichen „Verwahrhäuser" von Rügen bis nach Karl-Marx-Stadt (heute Chemnitz) verteilt werden. Sobald die Zellentür aufgeschlossen wird, macht die Zellenälteste Meldung. „Sechs Strafgefangene vom Verwahrraum 12 vollzählig angetreten. Es meldet Strafgefangene Scholz". Am zweiten Tag werden wir in militärischer Formation zum Anstaltsarzt geführt. Der Untersuchungsraum sieht aus, als befände er sich in einem Schlachthof. Auch hier hätte mein Papa die Hände über dem Kopf zusammengeschlagen. Hygiene ist hier ein Fremdwort. Der sogenannte „Arzt", anders kann ich ihn nicht nennen, entpuppt sich, salopp gesagt, als „Allroundgenie". Er begutachtet eine nach der anderen von den Zähnen bis zum Unterleib. Und die Nächste bitte! Die Nächste! Und die Nächste bitte! Alles mit denselben Gummihandschuhen.

Endlich ist es nach 14 Tagen am Morgen soweit. Es ist noch ziemlich früh, als die Zellentür aufgerissen wird und der Befehl erklingt: „Fertigmachen zum Abtransport!" Hastig, müde und doch etwas aufgeschreckt packen wir unsere Habseligkeiten. Wir stehen da in zivil und doch gibt es für uns schon längst keinen Privatbesitz mehr. Als wir auf dem Gefangenenhof ankommen, tuckern bereits die Gefangenentransporter, im Volksmund „Grüne Minna" genannt. Es scheint hier alles ein wenig durcheinander zu gehen, vielleicht sieht es aber auch nur so aus. Gemeinsam mit den anderen werde ich nun in eine „Grüne Minna" verladen, die im Inneren aus mehreren Buchten besteht, die durch Gitter voneinander abgetrennt sind. So fahren wir unseren Knästen entgegen, wie Affen in Käfigen. In einer der Buchten sitzt ein 40-jähriger Mann. Er macht einen sympathischen Eindruck auf mich. Wir kommen mühelos ins Gespräch und mir verschlägt es seit Monaten das erste Mal wieder die Sprache. Wegen Steuerhinterziehung wurde er zu 12 Jahren verurteilt. Lange und ausführlich können wir zwar nicht sprechen, da auch hier das Wachpersonal immer wieder „Ruhe" dazwischen brüllt. Doch das Gespräch ist auch wegen der langen Zeit in der Isolation unheimlich spannend und interessant.

Leider befinden sich neben diesem sympathischen Gefangenen auch schwere Jungs, wirklich schweren Kalibers, in den Buchten der Grünen Minna. Das merkt man schon an den Bemerkungen, die sie vom Stapel lassen. Schockierend für mich in erster Linie ist die Fäkalsprache und die sexistische Anmache dieser Männer. Die Fahrt aber vergeht aufgrund der vielen neuen Eindrücke wie im Flug. Wir landen am Ostbahnhof, dem Hauptbahnhof der Hauptstadt der DDR. Sobald wir aus dem Wagen aussteigen, werden uns Handschellen angelegt. Ich habe vergessen, wer neben mir geht. Wir sind jedenfalls aneinander gekettet. In dieser Formation werden wir über den Bahnhof geführt und zu einem abgelegenen Gleis gebracht. Die Bahnsteige sind voller Leute. Sie gucken, sie gaffen, habe ich das Gefühl. Begreifen sie denn gar nicht, was sich hier abspielt? Am liebsten würde ich schreien: „Seht ihr nicht, wir sind politische Gefangene! Wir haben uns gegen dieses Regime aufgelehnt! Tut ihr auch etwas"! Aber dann fällt mir ein, dass wir ja nicht nur politische Gefangene sind, die auf dem Transport in den Knast sind. Ich würde höchstwahrscheinlich einen peinlichen Lacher kassieren. „Es" würde sich über einen derartigen Ausrutscher die Hände reiben. Wieder würde es Vernehmungen geben und am Ende würden zu meiner Verurteilung zu drei Jahren noch einmal zwei, vielleicht sogar vier Jahre Knast wegen „Staatsfeindlicher Hetze"[28] hinzukommen. Unsere angekettete Menschenreihe muss gespenstig aussehen: Männer und Frauen wie früher bei den Deportationen. Wir sind hilflos ausgeliefert!

Ich sehe am Ende des Bahnhofs einen Eisenbahnwaggon mit vergitterten Milchglasscheiben. Der schwere Junge hinter mir raunt etwas vom Grotewohl-Express. Benannt nach dem ersten Ministerpräsidenten der DDR, in dessen Zeit der Gefangenenwaggon[29] eingeführt wurde. Gleichzeitig hört sich Grotewohl, sächsisch ausgesprochen wie „Grotewohl" an, was wiederum ins Hochdeutsche zurückübersetzt „aufs gerade wohl" bedeutet. Von meiner Warte her gesehen, stimmt der Begriff mit unserer Situation völlig überein. Keiner von uns weiß nämlich, in welchen Knast er kommt. Fragst du einen Wachhabenden, wohin die Reise geht, kommt auch von dort zur Antwort „aufs Geratewohl", an irgendeinen Ort.

---

28 § 106 StGB DDR = „Staatsfeindliche Hetze" war in der Deutschen Demokratischen Republik nach § 106 des Strafgesetzbuchs ein Straftatbestand. Unter dem Vorwurf der „staatsfeindlichen Hetze" wurden viele Oppositionelle der DDR verhaftet, insbesondere weil die Formulierungen des § 106 StGB (DDR) so offen gestaltet waren, dass beinahe jede kritische Äußerung unter Bezug auf diesen Artikel geahndet werden konnte. Es drohten ein bis zehn Jahre Haft. Quelle: http://wiki.kepler-gymnasium.de/index.php?title=Lexikon:Staatsfeindliche_Hetze (Zugriff 02. Mai 2012).

29 Grotewohl-Express = Der Gefangenensammeltransportwagen der Deutschen Reichsbahn der DDR war ein spezieller Waggon zur Verlegung von bis zu 90 Gefangenen zwischen den Haftanstalten. Neben regulären Häftlingen transportierten sie häufig auch politische Gefangene. Quelle: http://de.wikipedia.org/wiki/Gefangenensammeltransportwagen_der_Deutschen_Reichsbahn (Zugriff 02. Mai 2012).

Die Fahrt im Grotewohl-Express

Der Grotewohl-Express besteht aus einem speziellen Waggon nur für Gefangene. Man kann in den Waggon weder hinein noch hinaussehen. Es gibt schmale mit Milchglas versehene Lüftungsklappen. Der Waggon besteht aus einer Reihe von Zellen und einem Mittelgang, in dem sich die Wachen aufhalten. Wir werden in Gruppen aufgeteilt, dann werden den Gruppen die Gefangenen-Abteile zugewiesen. Wie es mit Getränken aussieht, erfahren wir ebenso wenig, wie den persönlichen Zielort. Ein Beutel mit zwei Broten und einem Apfel ist die Verpflegung für den langen ungewissen Weg. Wie lange die Fahrt für jeden einzelnen dauern wird, ist also völlig ungeklärt. Der Waggon befindet sich zwischen der Lok und den sich nahtlos anschließenden normalen Reisewaggons der Deutsche Reichsbahn. Wir sitzen zu dritt auf einer Bank, auf der gegenüberliegenden Seite das gleiche. Nebenan in der Zelle geht es lauthals zu, womöglich machen die Jungs diese Fahrt nicht zum ersten Mal mit. Nach einer Weile zischt es hinter mir durch die Wand. Ich wende mich um und entdecke ein kleines Loch. Nebenan sitzt einer der „schweren Jungs", aber gar nicht dumm und sogar etwas witzig. Durch das Rattern der Räder verstehe ich ihn teils nur bruchstückweise. Zwischenzeitlich unterhalten wir uns aber ganz gut. Man muss immer wieder auf das Wachpersonal achten. In meiner Erinnerung ist es spät in der Nacht, als sich der Zug in Bewegung setzt. Der Zug bewegt sich aus dem Ostbahnhof fort. Die ungewisse Reise beginnt. Zu diesem Zeitpunkt wissen meine Kinder und Angehörigen weder etwas vom Urteil noch wo ich mich derzeit befinde. Auch durch das lange Warten, die Aufregung und die Ungewissheit macht sich Durst bemerkbar und das scheint nicht nur bei mir der Fall zu sein. Andere Stimmen aus anderen Zellen werden laut. Überall beginnt es zu klopfen. Eingepferchte Menschen, die wiederholt „Durst!" rufen. Andere müssen ihre Notdurft verrichten. Eine

Umgebung und Situation, die von keinem der verdienten DDR-Künstler und Schriftsteller je aufgegriffen worden ist. Nur nicht auch noch darüber nachdenken. Alles braucht seine Worte, damit es vorstellbar wird.

Der Zug fährt noch paar Stunden so weiter, dann erst wird auf dem Mittelgang das Metallgeklapper von Tassen und Teekübel laut. Das Wachpersonal fährt die Kübel von Abteil zu Abteil. Einer ruft „Party!" und wird vom Wachpersonal zurechtgewiesen. Nach der „Tee Party" geht es um unsere leeren Mägen. Die Blase füllt sich. Es gibt aus fast jeder Zelle Toilettenanmeldungen. Wieder vergehen ein paar Stunden, bevor die Gefangen nacheinander die einzige Toilette im Waggon benutzen dürfen. Es befinden sich etwa 70 Gefangene in dem Waggon. Etwa 10 Wärter begleiten den Gefangenentransport – und die haben das gleiche Bedürfnis, die Toilette aufzusuchen. Wird man auf die Toilette geführt, werden die anderen Zellen verschlossen. Es ist noch einmal ganz ähnlich wie in der Zeit der Stasi-Untersuchungshaft. Keiner soll andere Gefangene sehen, wenn nicht unbedingt notwendig. Wie die Fahrt weiterging, habe ich ausgeblendet. Irgendwann ist die Monotonie so groß, dass der Wachzustand dem Schlafzustand gleichkommt. Es sollen gefühlte endlose drei Tage gewesen sein. Zweiundsiebzig Stunden verbringen wir also in diesen engen, stickigen Abteilen. Es fährt im ganzen Land immer nur ein Gefangenenzug zu den Zubringerbahnhöfen der einzelnen Zuchthäuser. Ich bemerke noch, dass der Waggon immer wieder abgekoppelt, umrangiert und an eine andere Lok angekoppelt wird. Und wir fahren nur nachts. Am Tage steht der Waggon auf einem Abstellgleis. Und nichts passiert. So werden wir durch die ganze DDR kutschiert. Von Norden nach Süden. Von Westen nach Osten. Durch die ganze Deutsche Demokratische Republik. Wenn wir wieder auf einem Abstellgleis stehen, hören wir auch ab und zu Gleisbauarbeiter oder Bahnbeamte miteinander reden. Nach dem gesprochenen Dialekt können wir etwa abschätzen, wo wir uns gerade befinden. Das Vernünftigste bei so einer Reise heißt die Ruhe bewahren und mit der Energie haushalten! Die Klappschlitze dürfen aus „Sicherheitsgründen" nicht geöffnet werden. Die Luft ist zum Schneiden. Der Zug fährt sämtliche Zuchthäuser in der DDR ab, davon gibt es 70. Völlig erschöpft, übermüdet, hungrig und durstig werde ich nach drei Tagen aus dem Zug kommandiert.

Als ich den „Geisterwaggon" – wie ihn ein Gefangener beim Aussteigen tituliert verlasse, müssen sich meine Augen erst an das normale Tageslicht gewöhnen. Was man sieht, ist dann auch nicht das Erbaulichste, aber das ist ja auch gar nicht zu erwarten. Das „Empfangskomitee" besteht aus Uniformierten mit scharfen Hunden und Maschinenpistolen. Die Weiterfahrt in den grünen Minnas kann beginnen. War damit die Irrfahrt zu Ende? Jedenfalls bin ich erst einmal froh, aus diesen Waggons raus zu sein. Endlich weiß jeder bald, wo er den Rest der verhängten Strafe abzusitzen hat. Na, wenn das kein Fortschritt ist?

Kilometer für Kilometer komme ich meinem Knast näher. Der Verwahrungsanstalt, wie man es in der DDR nannte. Wo wird das sein? Ich weiß zu diesem Zeitpunkt rein gar nichts. Wohin geht es jetzt? Was wird mich Neues erwarten? Was wird mir noch alles bevorstehen? Unser kleiner Trupp ist angekommen. Es wird uns „befohlen", einen vorgeschriebenen Weg zu gehen. Es ist ein rein weibliches Wachpersonal. Richtige Flintenweiber, denke ich. Langsam kann ich mir vorstellen, dass wahrlich keine rosigen Zeiten bevorstehen. Die Gruppe wird noch einmal in Minnas verladen. Es geht eine Anhöhe hinauf. Eine alte Burg wird sichtbar. In dieser Burg werde ich wohl hoffentlich nicht die ganzen kommenden 2½ Jahre verbringen müssen, denke ich bei mir. Wir steigen aus. Die Dächer und der Burghof sind weiß, als hätte jemand Backpulver gestreut. Ich habe plötzlich riesigen Appetit auf Kuchen. Während uns die Wärterinnen scheuchen, rufe ich mir meinen Lieblingskuchen ins Gedächtnis. Apfelkuchen. Käsekuchen. „Ruhe"! „Runter!" „In einer Reihe aufstellen!" Napfkuchen.

Das Zuchthaus Hoheneck

Der Burg und Festung geht folgende Sage voraus. Im 12. Jahrhundert so wird mir nach wenigen Tagen im Zuchthaus erzählt – bewohnte dieses Anwesen ein Raubritter, der eine wunderschöne Tochter hatte. Dieses Mädchen verliebte sich in einen jungen Mann. Es war nicht nur ein einfacher junger Mann, sondern ein Mönch. Tiefe Liebe wurde von beiden Seiten gleich stark empfunden. Unmöglichkeit und Verbot der Liebe waren vorherbestimmt, denn Mönche durften weder körperlich lieben noch einen anderen begehren. Außerdem hatte der Vater des Mädchens, zumal als Raubritter, ganz andere Pläne mit seiner schönen Tochter. Die Liebe zwischen Tochter und Mönch standen wahrlich unter keinem guten Zeichen. Also trafen sich die Verliebten heimlich. Ausritte und Spaziergänge außerhalb des Burggeländes ohne Begleitung waren dem Ritterfräulein verboten. Wie war dieses Verbot zu umgehen? Da wahre Liebe immer einen Weg findet, wurde ein unterirdischer Gang gegraben, der den kleinen Pavillon, in dem sich die beiden Verliebten immer trafen, mit der Burg verband. Natürlich blieb das heimliche Treffen nicht unentdeckt. So kam es, wie es in einer ordentlichen Sage kommen muss, zum Desaster. Der Raubrittervater kam hinter das Geheimnis und seine Strafe war fürchterlich. Die Liebenden wurden auf Geheiß des Raubrittervaters bei lebendigem Leibe im Kellerverlies der Burg eingemauert. Seither soll in manchen Nächten das Raubritterfräulein als „weiße Gestalt" durch die Burg ruhelos auf der Suche nach ihrem Geliebten umherstreifen. Man hatte nämlich beide abgesondert voneinander eingemauert.

Manche Gefangene im Zuchthaus Hoheneck, die wegen eines „Vergehens" in Absonderung gesperrt werden oder gar in eine der Dunkelzellen, will Besuch von der ruhelosen Raubrittertochter erhalten haben. Es schwebe dann ein weißes Gewand durch die Räume und verbreite ein fahles Licht. Als die Sage an einem der ersten Abende in der Sammelzelle erzählt wird, bin ich zugegebenermaßen beeindruckt.

Bereits im Gefängniswagen hören wir schwere Eisentore auf und zugehen. Mehrere Schleusen müssen durchfahren werden, um in den Innenhof des Zuchthauses zu gelangen. Es dringen Rufe, Befehle, und Anordnungen an mein Ohr, noch bevor sich die Tür des Transporters öffnet. Dann geht es los. „Runter!" „Ruhe!" „Aufstellen in einer Linie!". Und ich denke an Apfelkuchen. Viele steigen völlig erschöpft aus der Minna aus. Trotz der Strapazen durch die endlose Fahrt sind wir Neuankömmlinge hellwach. Wir stehen quasi mit geschärften Sinnen auf dem Innenhof des Gefängnisses. Zunächst werden formale Dinge erledigt. Die Namen der neu angekommenen Strafgefangenen werden aufgerufen. Aus der Nr. 2 in Zelle 210 wird nun die Strafgefangene Schönherz. Sobald ich von einer Aufseherin angesprochen werde, habe ich mich in dieser Anredeform zu melden. Nachdem die Namensliste mit dem Neuzugang übereinstimmt, werden wir wieder in Gruppen aufgeteilt und jeweils einer „Erzieherin" zugeteilt, Diese „Erzieherin" führt uns in der Haftanstalt zur Effektenkammer. Bei mir fängt wieder alles wie in Trance abzulaufen. Ein Albtraum! Aber doch keineswegs real. Oder doch? „Passe doch auf! Du trittst mir in die Hacken!" Meine Mauer zog sich immer schützender um mich. Es soll die richtige Abwehr sein, um keinen psychischen Schaden davon zu tragen. Ich maure mich für eine Zeit selbst ein – oder soll ich besser sagen, ich schotte mich innerlich ab? um nicht seelisch von diesem Knastsystem eingemauert zu werden.

🐘

Ende Februar 1975. Es ist nicht daran zu denken, dass man die „Politischen" von den Kriminellen abgesondert unterbringt. Mörderinnen, Asoziale, Prostituierte, Naziverbrecherinnen und dazwischen wir. Alles ist symbolisch, Sie wollen uns zeigen, auf welcher Stufe wir in ihren Augen stehen. Man kann auf nichts anderes gefasster sein als auf das Schlimmste. Von der ersten Stunde an kocht die Gerüchteküche. Für mich ist alles nicht verständlich. Wie geht das so schnell? Woher wissen die anderen, die am selben Tag wie ich hier eingeliefert worden sind, so schnell Bescheid? Bereits in der Effektenkammer stößt mich eine Gefangene an. „Die Dame ist ‚ne Mörderin! Hat lebenslänglich!" „Wer?" frage ich. Die Gefangene zeigt mit einer Kopfbewegung auf die Effektenarbeiterin hinter dem Tresen. Ich folge der Kopfbewegung. Im gleichen Augenblick sieht die Effektenarbeiterin auch zu mir herüber. Ihre Augen sind wasserblau. Ich zucke etwas zusammen. Wie eine wasserblaue Ewigkeit starrt die Effektenarbeiterin mich an. Mir wird übel. Ich schließe für einen Moment die Augen und flüchte in eine Erinnerung. Ein Ausflug nach Rostock. Ich werfe einen Pfennig in den Neptunbrunnen am Rostocker Markt. „Neptunia", denke ich. Ich wende mich wieder der Gefangenen zu. Ich will ihre Augen sehen. Wir sehen uns an, Die Gefangene hat schöne wache samtgraue Augen mit kleinen Pünktchen. Dichtes brünettes Haar. Sympathisch, denke ich sofort und frage sie nach ihrem Namen. „Laura", antwortet sie.

Als hätte „Neptunia" dieses neue Freundschaftsband in ihrem Reich erkannt, herrscht sie uns an, vor den Tresen zu treten, Nun werden uns unsere Privatsachen abgenommen und ordnungsgemäß in der Effektenkammer verwahrt. Dann kleidet uns „Neptunia" der Haftanstaltsordnung entsprechend ein. Mechanisch reicht „Neptunia" jedem Neuankömmling ein Bündel aus 2 alten Armeedecken. Die Bekleidungsstücke entstammen ebenfalls alten Armee oder Polizeireserven, für die wir pro Monat etwa 35 Mark Kleidergeld zahlen werden. Auch Essen, Miete, Bekleidung, Kosmetik, Duschen wird monatlich vom Lohn abgezogen. Wie im Alltagsleben gehört auch im Knastleben das Arbeiten zu den Pflichten. Von wegen Pension auf Staatskosten, wer die Arbeit verweigert, geht in den verschärften Arrest. Laura redet wie ein Wasserfall auf mich ein. Schließlich platzt es aus mir heraus. „Woher weißt Du das alles bloß? Bist du wirklich das erste Mal hier?" Laura ist das zweite Mal hier. Sie hat als 18-Jährige bereits zwei Jahre in Hoheneck wegen versuchter Republikflucht abgesessen. Sie wurde wieder in die DDR entlassen. Irgendwie wollte sie sich doch wieder einfügen. Dann bekam sie mit, wie eine Ausbilderin, ihre Lieblingsausbilderin, auch noch wegen angeblicher staatsfeindlicher Hetze vom Staatssicherheitsdienst verhaftet wird. „Sie hatte sich einen Witz aufgeschrieben. Das war alles, Ich war so wütend. Da kam alles wieder hoch. Ich bin sofort auf den Bahnhof und bin in den nächsten Zug Richtung Grenze eingestiegen. Kurz vor dem Grenzgebiet machte die Transportpolizei ihre Routinekontrolle und ich habe sofort gesagt, dass ich in den Westen abhauen will. Das war für die Jungs ein Glückstag. Für die gab es eine Beförderung und für mich acht Monate. Ist deutlich weniger als das letzte Mal." Ihre Lehre als Schneiderin hatte sie beendet. „Manche der Strafgefangenen, die drei Jahre und länger in Hoheneck gewesen sind, werden oft mit so wenig erarbeitetem Geld entlassen, dass es gar nicht ausreicht, in der sogenannten Freiheit wieder Fuß zu fassen." „Und das Ende vom Lied?"

„Nach kürzester Zeit wandern sie wieder zurück an den Ort, den sie kurz zuvor verlassen haben." „Wieder in dieses Zuchthaus zurück?" frage ich entsetzt. „Wohin denn sonst? Hoheneck ist „der" Frauenknast in der DDR. Du klaust, hehlst, hurst, irgendwann kommst du deswegen schon dran. Du bist also wieder da, sitzt ab, sagst beim Abschied „Auf Wiedersehen' zum Wachpersonal und die nicken dann nur freundlich". „Das klingt ziemlich abgebrüht." „Warte ab, wenn deine Zeit um ist. Ich sag's dir gleich. Uns mögen die hier nicht. Die Kriminellen sind zuverlässige Arbeitskräfte. Bei denen kommt wirklich erst das Fressen. Sie sind die Zuverlässigsten im System. „Was ist mit Laura in Wahrheit los'? denke ich bei mir, Redet so eine Politische? Könnte ich nur einen Blick in die Zukunft werfen. Meine finanziellen Reichtümer in 3 Jahren Haft werden genau 307 Mark der Notenbank der DDR betragen, Plötzlich bebt die Erde. Mammutbeine. „Bleibt hier nicht stehen und quatscht euch hier nicht die Rübe voll. Angetreten!" „Das ist die Wachtel namens Einmeterfünfzig mit Hut", raunt mir Laura ins Ohr. „so werden die Wärterinnen von uns genannt." „Wachteln?" „Wachteln, ja." Ich sehe, wie von „Einmeterfünfzig mit Hut" an „Neptunia" ein Umschlag über den Tresen gereicht wird. „Korruption, Bestechung, es ist überall das Gleiche", flüstert. Laura. Erneutes Erbeben. Die Wachtel „Einmeterfünfzig mit Hut" ruft laut mit gepresster Stimme: „Angetreten in Zweierreihe!" Wir treten an. „Neptunia" schlurft mit unseren Sachen in die Kammer. Vermummt und mit unseren Bündeln in der Hand werden wir über den Hof geführt. Es ist kalt. Ich ziehe den Mantel fester an meinen Körper. Laura versieht weiter Aufklärungsdienst, „Zigaretten, Seife, Zahnpasta, alles, was sie jetzt in unseren Sachen findet, hebt morgen die Börse der Knackis. Es gibt einen regen Tauschhandel hier. Decken, Jacken, Röcke, selbst bessere Schuhe kannst du dir hier kaufen." Wieder wird mir übel, „Sind das jetzt alles Gerüchte oder ist das hier wirklich so?" frage ich naiv. „Das wirst du schon noch alles sehen", antwortet Laura.

„Wir sehen aus wie Vogelscheuchen", sage ich. „Die Unterhose, die ich bekommen habe, gleicht einem Dreimannzelt." „Na, du hast ja Fantasien", erwidert Laura vergnügt. „Wir sind Vogelscheuchen. Die Vogelscheuchen von Hoheneck." Vorwärts treibend und schreiend führt uns die Wachtel in das Zellenhaus. Wir kommen in eine Großraumzelle. Wie sicht die Zelle aus? Es dominieren graue bis dunkelgraue Farbanstriche. Bei aller Ernsthaftigkeit unserer Lage muss ich plötzlich lachen. So was hätte ich mir in meinem ganzen Leben nicht vorstellen können! So sieht es also tief im Inneren des Systems aus. Wieder und wieder betrachte ich meine neue Ausstattung. Die zwei Decken, der Mantel, der bis zu den Knöcheln geht, die Jacke, die beiden gestreiften Hemden mit Mao-Kragen, die Socken, der enge Rock, das schwere Schuhwerk und die blau-weiß karierte Bettwäsche. Und nicht zu vergessen das dunkelblaue Dreieckkopftuch, Menschen in lächerlichem Aufzug. Das ist sehr wohl als psychologischer Effekt gemeint. Dein Selbstwertgefühl hat sich gefälligst auf das Mindestmaß zu reduzieren. Nun sehen alle gleich skurril aus, ob sie Ärztinnen, Lehrerinnen, Künstlerinnen oder Kriminelle sind. Im Angesicht der führenden Genossen sind wir alle gleich. Ja, in dieser Bekleidung sehen wir auch alle gleich aus. Wie aber könnten sie unser Denken verführen? Womit fängt das verführte Denken an? Sind die Gedanken wirklich frei? Gibt es nicht einen großen Unterschied zwischen dem, was in den Köpfen der Kriminellen steckt und dem Denken, das die politisch Inhaftierten bestimmt? Zeichnet dich in dieser Lage überhaupt noch etwas aus?

🐘|🐘

Jeder „Neuzugang" wird vor allem mit großem Interesse vom Chor der alt eingesessen Häftlinge verfolgt. Neugierig kleben sie an den Gitterstäben der Zellenfenster. Die Gitter sind zusätzlich mit Metallgazen versehen. Jede „Neue" wird genau aufs Korn genommen. Vielleicht ist ja wieder eine neue „Tussi" für Herz und Gemüt dabei. Laura meint, dass besonders die Langzeitstrafer versuchen, ihre Gefühle und sexuellen Bedürfnisse mit anderen Gefangenen zu befriedigen, Wir hören die keifenden Stimmen weiterer Wachteln, die „Strafgefangenen" sollten von den Fenstern weggehen. Androhungen von „Strafen" klingen herüber. Kaum eine der Strafgefangenen hält sich an die Anweisungen. Es geht los, und nur der Starke überlebt, geht es mir durch den Kopf. Und da steht schon wieder „Einmeterfünfzig mit Hut" auf der Schwelle und kommandiert uns in den Waschraum. Eine Ärztin (ebenfalls eine Wachtel) sitzt auf einem Stuhl. Wir haben uns völlig auszuziehen und werden von ihr anschließend auf Läuse untersucht. Als sie mir mit einem Läusekamm durch die Achsel- und Schamhaare fährt, wird mir speiübel. Und das praktiziert diese Frau wirklich tagtäglich? Es ist so widerlich. Konzentrationslager, denke ich, ob ich will oder nicht.... Konzentrationslager. Fast begrüße ich das erneute Auftauchen der „Wachtel" und ihre harsche Kommandosprache. Wenigstens weg von diesem Gedanken und wenigstens weg von dieser Erniedrigung. Danach geht es zum Duschen,

Die Dusche ist ein dunkler Raum im Keller ohne Fenster. Aus einem Loch in der Decke kommt das Wasser. Der ganze Keller ist im Nu voller Dampf. Wir haben eine vorgegebene Zeit, ansonsten kann es passieren, dass das Wasser abgedreht wird. Wir sollen diese Dusche nicht genießen, sie ist nur für die Reinigung gedacht.

🐘|🐘

Im Haupthaus. Wir kommen in die Aufnahmezelle. Die Aufnahmezelle befindet sich im Haupthaus. Das Haupthaus des Gefängnisses Hoheneck sieht so aus, wie man es von alten Gefängnisfilmen kennt. Es gibt zwei Etagen. Sie werden „Erziehungsbereiche" genannt. Links und rechts von den Gängen gehen die Zellen ab. In der Mitte ist ein Netz gespannt. Niemand soll auf den Gedanke kommen, sich in den Treppenaufgang zu stürzen. Der Treppenaufgang besteht aus Metalltreppen. Die Geländer dieser Treppen sind ebenfalls mit Gitterrosten verkleidet, Sämtliche Gänge sind mit rasch nachdunkelndem rotbraunem Wachs gebohnert. Als wir den Gang hinaufkommen, rutscht gerade eine Gefangene auf den Knien herum um, den Boden frisch zu wienern. „Bohnerwachs-Elli", raunt Laura. „Kurioserweise hat sie ihren Mord auch mit Bohnerwachs verübt. Ihr Mann war NVA[30]-Angehöriger und sie hatten Zwillinge. Ihr Mann ließ sie oft allein und lebte ein feuchtfröhliches Leben. Elli wollte aber auch noch etwas von ihrem Leben haben und nicht „nur" Mutter sein und die ganze Hausarbeit auch noch allein am Hals haben. Das entsprach wohl nicht ihren Vorstellungen. In dieser für sie ausweglosen Situation hat sie dann ihre halbjährigen Zwillinge mit Bohnerwachs eingerieben, in den Ofen gesteckt und verbrannt. Wenn wir Glück haben, werden wir ab heute eine Zelle mit ihr teilen." „Ruhe, Strafgefangene Roßmeisel" dröhnt plötzlich die Stimme der „Wachtel" in meinen Ohren. Sie hat also die ganze Zeit während des Zellenaufschlusses hinter Laura und mir gestanden. Mir wird immer übler. Noch nie zuvor hatte ich von solchen Taten gehört. Das Ganze schlägt mir auf den Magen, die Zelle mit einer solchen Mörderin teilen zu müssen.

---

30 NVA-Angehöriger= Die Nationale Volksarmee (NVA) war von 1956 bis 1990 die Armee der Deutschen Demokratischen Republik . ... Das allgemeine Wehrpflichtgesetz vom 24. Januar 1962 legte einen Grundwehrdienst von 18 Monaten fest. Es wurde nahezu jeder Mann vom 18. bis zum 26. Lebensjahr eingezogen. Quelle: http://de.wikipedia.org/wiki/Nationale_Volksarmee#Einberufung (Zugriff 02. Mai 2012).

Was sind die äußeren Merkmale einer Mörderin?

Nun, irgendetwas muss so eine doch an sich haben. Etwas besonders Scheeles, Verworfenes. Der totale böse Blick. Es ist nichts dergleichen. „Bohnerwachs-Elli" steht vom Fußboden auf mit den Putzutensilien in ihren Händen. Ihr Blick ist nach innen gerichtet und geht durch uns durch. Während ich meinen Gedanken nachgehe, trotten Füße, rasselt ein großes Schlüsselbund, wird eine Zellentür nach der anderen aufgerissen, und ich laufe einfach hinter den anderen her. Wir werden im wahrsten Sinne des Wortes in die Zelle hineingestopft. Wie groß ist diese Zelle? Sie ist völlig überfüllt. Vor lauter Gefangenen kann ich die Größe der Zelle gar nicht erkennen. Ein Haufen dreistöckiger Metallbetten. Dazwischen Matratzen. Ist überhaupt noch ein Bett für mich frei? Die Aufnahmezelle ist dermaßen überfüllt, dass mir vor aufgeladener Übelkeit schon nicht einmal mehr übel ist. Fragen über Fragen belasten mein Denken. Wie viele Mörderinnen haben die Wachteln hier unter uns gemischt? Wie viel Spitzel sind darunter? Wie viele sind angewiesen, uns zu provozieren? Krampfhaft versuche ich mich zu sammeln. Meine Gedanken zu ordnen. Einen Überblick zu bekommen. Doch ich komme gar nicht dazu, denn schon versammeln sich die meisten auf den oberen Betten und ermuntern uns, zu ihnen hochzuklettern. Sortieren könnten wir uns später auch noch. Ankömmlinge sind womöglich wirklich heiß begehrt, denke ich. Vielleicht tragen die ja etwas Neues hinter diese meterdicken Mauern. Und so wird erst einmal wie auf einem orientalischen Markt palavert, sich ausgetauscht über politische Situationen, spekuliert, ob und wann neue Transporte in den Westen gehen und dann wird sich auch noch über das liebste und verbreitete Gerücht einer nahenden Amnestie ergangen. „Der reinste Buschfunk", raunzt mir Laura zu. „Warum nicht", entgegnet ihr eine Sommersprossige vom Bett über uns, „die Hoffnung stirbt auch hier zuletzt." „Na, du hast ja Lauscher, groß wie Segelohren", zahlt Laura der Sommersprossigen sofort heim. Jede lernt nun die anderen kennen. Namen, Berufe, Herkunft, Urteile, Hafterfahrungen machen die Runde. Nach der langen Isolationshaft im Stasi-Gefängnis und dem damit verbundenen Stress war das ein unbeschreiblich schönes Gefühl, sich mit so vielen Gleichgesinnten austauschen zu können. Ich habe wieder das Gefühl, bedingungslos verstanden zu werden. Die politische Haft verbindet die Menschen mit dieser Erfahrung manchmal ein Leben lang. Man muss nicht in denselben Gefängnissen gewesen sein, hat man doch die gleichen Erfahrungen gemacht.

Alles kann sich im nächsten Augenblick ändern. Das sollte ich nun gründlich kennenlernen. Die dreistöckigen Betten sind bis auf den letzten Platz belegt. Sogar auf dem Fußboden haben sich Gefangene eingerichtet. Allein ist man hinter diesen meterdicken Wänden jedenfalls nicht. Wir sitzen auf den oberen Betten dicht gedrängt. Jeder will so viel wie möglich mitbekommen, sich mit all den anderen austauschen. Eine will die andere kennenlernen. Inmitten unseres Haufens sitzt nun diese spindeldürre, rothaarige, sommersprossige Frau und fängt an, die anderen zu massieren, was bei allen gut ankommt. Alle sind erschöpft und ziemlich verspannt. Sie erzählt uns von ihrer Zeit als Bewegungstherapeutin und Masseurin. Ihre freche und vorlaute Art gefällt mir eigentlich nicht. Dann hat ihre Gestalt in meinen Augen so etwas unwirklich Dünnes, dass es mich auch schaudert. Wo wir einen gesunden Verdauungstrakt haben, scheint bei ihr nur eine schmale Röhre zu sein, so dünn und platt ist sie. Und irgendwie wird mir aber auch klar, dass ich mir in dieser Situation die Menschen nicht aussuchen kann. Ich muss versuchen, mit allen einigermaßen klar zu kommen. Wohin könnte ich ausweichen? Und sogleich kommt es mir vor, als ob meine Seele nur diese kleine Richtungsänderung in meinem Denken gesucht hat. Es ist wie ein Ruck, der durch den eigenen Körper geht. Dann breitet sich eine helle freundliche Ruhe in mir aus. Du musst die anderen erst kennenlernen, denke ich, dann kann man immer noch für sich urteilen. Also stürze ich mich wieder ins große Zellengeplauder und vergesse die Zeit. Irgendwann wird sowieso das Licht ausgedreht. Ohne dass wir vorher gefragt werden. Der dahinter steckende Wille zur Strafe ist klar. Aber was kümmert das den Unbekümmerten? Bevor das Licht ausgeschaltet wird, solltest du aber einigermaßen in deiner Umgebung eingerichtet sein. Ich bemühe mich also als nächstes um eine kleine Schlafstelle. Es ist kalt in dieser Zelle. Die Burg verfügt weder über eine Heizung noch über Warmwasser. Der Raum wird von den darin weilenden Gefangenen aufgewärmt. Das muss reichen. Der Gedanke aber, mich vor allen anderen waschen zu müssen, lässt mich zur Eissäule erstarren. Sicher werde ich mich daran gewöhnen und von Tag zu Tag immer ein wenig mehr abhärten.

Schließlich finde ich in der unteren Bettreihe ein Nachtlager. Um ein ordentliches Bett zu bauen, reichen drei alte Armeedecken vorn und hinten nicht. Davon abgesehen sind sie kratzig, hart und schwer.

Die erste Nacht verläuft unruhig. Ständig sind meine Gedanken bei den Kindern. Muss man zur Toilette, heißt es aufpassen, dass man keiner anderen Gefangenen auf den Kopf oder sonst wohin tritt. Es ist auch gut, wenn nicht alle auf einmal den gleichen Gedanken haben. Es gibt nur eine Kloschüssel für alle in der Zelle.

Ein langer Trog aus Stein

Als Waschbecken dient ein langer Trog aus Stein. Es gibt drei Wasserhähne. Die Zeit, die dem Gefangenen für die Morgentoilette gewährt wird, reicht zum Zähneputzen, Haare waschen und Körpertoilette. Geteilt wird dieser Toilettenraum durch eine Bank. Über der Bank befindet sich eine Reihe mit Haken für Handtücher und Seifenlappen. Die andere Seite des „Raumteilers mit der gleichen Ausstattung, gehört dem angrenzenden Verwahrraum. In diesem Zuchthaus hat man keine intime Sekunde mehr. Ob man sich wäscht, ob man die Toilette benutzt, schläft, lacht oder weint, ständig sind viele Augenpaare um einen herum. Ich ertappe mich, dass ich an den Vernehmer „Es" zurückdenke. „Sie werden sich noch einmal hierher zurücksehnen"". Tue ich das? Sehne ich mich nach meiner Zelle in der MfS-Untersuchungshaftanstalt Hohenschönhausen zurück. Ist das Leben doch nur ein Traum? Wo befinde ich mich wirklich? Lebe ich hier in Parallelwelten? Jedenfalls ist das hier ein anderer Planet als der in meiner Erinnerung und der nach meiner Facon.

Neben mir liegt eine Frau, die gemeinsam mit ihrem Liebhaber den Ehemann umbracht hat. Als ich sie frage, warum, zuckt sie mit der Schulter und sagt: „Na, ja, der stand halt meiner neuen Beziehung im Weg."

Die ersten Nächte schlafe ich unruhig. Ich will genauer wissen, wieso sie sich zu einer Mörderin machen konnte, Das dauert seine Zeit, aber nach und nach erzählt sie mir ihre wahre Geschichte. Als ich merke, dass sie anfängt, ihre Tat zu rechtfertigen, höre ich nur noch mit gemischten Gefühlen zu. „Keiner hat das Recht über das Leben anderer zu bestimmen", schon gar nicht über Leben und Tod", sage ich ihr. Ich wende mich schließlich von ihr ab.

Wie, weshalb und warum sie diese Tat begangen hat, das wissen sie und ihr Liebhaber allein. So soll es für mich auch bleiben. Es gibt, glaube ich, genügend andere Probleme zu lösen. Morgens wird man mit einer schrillen Klingel geweckt. Die ersten stiegen sogleich aus ihren Betten, um als erste am Waschtrog zu sein. Zirka eine Stunde vergeht so bis zum Zählappell. Andere drehen sich noch einmal kurz um und warten auf einen freien Waschplatz. Ist die eine fertig, ruft sie die nächste. Sodann Anziehen, Bettenmachen nach Vorschrift! Die blau-karierten Streifen an der Bettkante in einer Reihe! Keine Bögen! Keine Falten! Sobald die Zellentür geöffnet wird heißt das für alle Gefangenen, vor der Tür des Verwahrraums in Zweierreihen aufstellen. Die vom Wachpersonal in Amt gesetzte Verwahrraumälteste hat die Meldung vorzunehmen. Beispiel: „Frau Leutnant Dämrich, die Zugangszelle ist zum Zählappell mit 49 Strafgefangenen angetreten, es meldet Verwahrraumälteste Schmidt." Es stimmt, bei uns heißt die Verwahrraumälteste Schmidt und ich bin mir nicht sicher, ob sie dieses Amt nicht schon ewig hier auszuführen hat. Und das soll so funktionieren? Ich habe meine Zweifel. Dann ist es soweit. Die Tür wird nach der ersten Nacht im Zuchthaus zum Morgenappell aufgesperrt. Ich traue meinen Augen kaum. Vor uns steht ein Flintenweib wie es im Buche steht, Gelbblondes Haar. Die Uniform, die Korperhaltung. Das kenne ich aus dem Geschichtsbuch. Das waren die, die im Geschichtsunterricht die Verbrecher genannt wurden: die die Konzentrationslager und die Massenvernichtung zu verantworten hatten und aus Deutschland ein Trümmermeer gemacht haben. „Bettenschreck" raunt es in der zweiten Reihe.

Was mag in ihr vorgehen, schießt es mir durch den Kopf. Was fühlt sie an diesem Ort ausgestattet mit Macht über uns Inhaftierte? Geistig wird sie den meisten von uns nicht gewachsen sein. Irgendetwas in ihren Augen blickt mit Hass auf uns Politische herab, Es ist ihr fest eingebläut worden, das ist klar, auch dass wir die wahren Feinde des Staates sind, mag sie glauben. Aber in Übereinstimmung mit ihrem obersten Boss, General Mielke, der davon spricht, alle Abweichler ohne Verfahren an die Wand zu stellen, geht das einen entschiedenen Schritt zu weit. „Alles Käse, Genossen. Hinrichten!" So lautet der Originalton von Erich Mielke. Der Blick dieser Wärterin verrät, dass sie auf eine Möglichkeit lauert, uns zu demütigen und zu quälen.

Ich halte mich zunächst zurück. Ich will meine neue Situation erst einmal erkunden. Dazu musst du mit dir selbst ein paar Dinge klären. So darfst du dich keine Sekunde lang gehen lassen. Das heißt für mich, zunächst brauchst du einen festen Platz am Waschtrog. Seit meiner Inhaftierung habe ich meine Haare ständig wachsen lassen. Ich habe mir geschworen, daran auch nichts zu ändern. Da meine Haarpracht sehr üppig ist, erblicke ich auch die bösen Augen der Wachtel „Bettenschreck", die sofort ihr Mundloch aufreißt und mich zurechtweist, dass wir hier nicht beim Fernsehen sind und die Haare zugebunden werden. Siehe einer an, denke ich. Wenigstens sind alle hier bestens informiert. Die hat sich auf dich'eingeschossen, denke ich und tue, was verlangt wird. Die Mauer um meine Seele schottet mich ab. Natürlich werden die Genossen merken, dass sie bei mir auf Widerstand stoßen. Was dann? Stark bleiben mit Gottes Hilfe … Laura sagt: „Viele Frauen brechen hier psychisch zusammen. Sie kehren als gebrochene Wesen zurück, oder kommen kaputt in den Westen."

„Bettenschreck" ruft: „Raustreten!"

Zurück in der Zelle müssen noch einmal alle Betten gemacht werden, die Bettenschreck beanstandet hat. Die Matratzen und die Laken liegen auf dem Boden. Für die Säuberung der Unterbringung, der Toilette und des Waschraumes sind die Strafgefangenen zuständig. Dazu wird ein Wochenplan erstellt, der bestimmt, wer wann und wo mit dem Zellendienst dran ist. Als „Bettenschreck" uns verlässt, steigen wir wieder in die oberen Betten und es wird weiter erzählt und diskutiert. Wichtig für jeden Neuankömmling ist, das Knastsystem mit seinen besonderen Regeln zu erkennen und dieses in den Griff zu bekommen. Unannehmlichkeiten sind schnell geschaffen und Nacharbeiten sind immer Mist. Sich offen mit dem Wachpersonal anzulegen, ist wie Kamikaze. Sich auf diese Weise Luft machen, verschafft dir ein bisschen Euphorie, danach aber geht es steil ab ins Nirwana. Auch von den Arrestzellen und sogar von Dunkelzellen wird geredet. Kassibern[31] ist nur unter großer Vorsicht möglich, Natürlich kann man in alles nur von denen eingeweiht werden, die schon länger an Ort und Stelle sind. Für Buschtrommel und Gerüchteküche gibt es keine Sekunde Ruhe. Von dieser Warte her kocht sozusagen das Haus. Man erkundigt sich ständig, wer neu im Zuchthaus eingetroffen ist. Vielleicht Frauen, die man aus der U-Haft oder vom Transport her kennt. Wo kann man sie erreichen? In welchem Arbeitskommando sind sie untergekommen? Kassiber also, Nachrichten oder kleine Geschenke müssen über die Wasserträger, die Kaffeekalfaktoren oder beim Hofgang weitergereicht werden. Bei alledem muss dir immer klar sein, dass irgendwo ein Spitzel in der Nähe sein könnte. Sie verraten natürlich auch nur, um belohnt zu werden. Das

---

31 Kassiber (jidd. kessaw „Geschriebenes") ist eine verbotene und deswegen geheim gehaltene schriftliche Mitteilung eines Gefangenen an andere Gefangene oder aus dem Gefängnis heraus an die Außenwelt. Die Nachricht kann auch in Zeichensprache statt in Schriftform gehalten sein. Quelle: http://de.wikipedia.org/wiki/Kassiber (Zugriff 02. Mai 2012).

Wachpersonal kommt ohne Spitzel gar nicht aus, sonst wüssten sie über uns Null Komma Nichts. Vielleicht würde es sie am Ende noch brutaler machen, Auch mir passiert es, als ich eine Kriminelle aus einem anderen Kommando bitte, einen Kassiber weiter zu leiten, landet er nicht dort, wo er hin soll, sondern er landet in meiner Gefängnisakte.

🐘|🐘

Produktion und Transporte. Im Zuchthaus Hoheneck gibt es verschiedene Produktionsbetriebe und die meisten der Frauen wollen arbeiten, um gedanklich von der vorherrschenden Wirklichkeit des Gemäuers abgelenkt zu werden. Außerdem vergeht somit die gefühlte Zeit auch schneller. Bei Schichtwechsel kommst du mit anderen politischen Strafgefangenen zusammen. Man kann sich auf diese Weise über Neuigkeiten kurz austauschen. Gerüchte über Transporte in die Bundesrepublik Deutschland. Die Transporte vom Zuchthaus Hoheneck zum Stasi-Gebäude auf dem Kaßberg in Karl-Marx-Stadt werden jeden Mittwochabend von der Stasi zusammengestellt. Wenn in einem bestimmten Zimmer mittwochs das Licht brennt, arbeitet das MfS die Listen aus. Obwohl ich diese Genossen in den mittwochs abendlich hell erleuchteten Fenstern nie mit eigenen Augen sehe, gebe ich ihnen die Spitznamen „James" und „Daisy". Beide haben nun ihre Namen weg und werden sie bis zuletzt behalten, sie werden von Jahr zu Jahr weitergereicht.

🐘|🐘

Keine leichte Arbeit

Die Normerfüllung. Eine „gute" Normerfüllung ist bei etwa 130 % angesetzt. Auf diese Weise kannst du dir ein paar Pfennige für einen kleinen zusätzlichen Einkauf dazuverdienen.

Beispielsweise für Quark oder Zahncreme. Für mich gilt es in erster Linie, Unterhalt für meine Kinder zu schaffen. Denn ich will trotz der misslichen Lage, in der ich mich befinde, so wenig wie möglich andere finanziell in Anspruch nehmen. Ob mir das auch weitgehend gelungen ist? Es gibt im Zuchthaus einige Gewerke, wie das Elmo, wo ich hinbeordert werde, die Elektromotoren für Küchengeräte, Staubsauger und Waschmaschinen herstellen. Es ist keine leichte Arbeit. Man muss per Hand Kupferdrähte auf eine Spule wickeln. Der Anzug mit der Hand hat sehr stramm zu erfolgen, was dazu führt, dass sich bei einigen Frauen die Finger deformieren. Ebenso muss man schweißen, löten und bandagieren. Diese Tätigkeit verlangt uns Frauen viel ab. Außerdem gibt es eine Oberhemden und Bettwäscheproduktion. Es werden Strumpfhosen hergestellt für den VEB Esda. Auch gibt es eine Abteilung zur Herstellung von Nachthemden und Oberhemden. Es gibt eine Nähstube. In die Nähstube kommen allerdings meist nur Langstrafer oder Gefangene, die sich im Gefängnis beim Wachpersonal verdient gemacht haben. Die Türen dieses Kommandos sind stets offen. Die Strafgefangenen können sich in den Räumen der Abteilung frei bewegen.
Gewöhnlich hat man keinen Einfluss darauf, in welche Abteilung man kommt. Die Gefängnisleitung bestimmt.

„Suchen packen"

Es vergehen Tage und Wochen, bevor es für die Gefangenen in der Zugangszeile heißt „Sachen packen!" Diese beiden Worte erzeugen jedes Mal eine Menge Euphorie. Neben der Verlegung in ein Arbeitskommando bedeuten diese beiden Worte auch, dass man zeitlich näher an seinen Termin, an seinen Freikauf durch die Bundesrepublik rückt. Das Wort „Abschieben" entstammt einer älteren Tradition. Es wird im DDR-Jargon dafür benutzt, um eine eigene Aktivität in Sachen des Freikaufs vorzutäuschen und die wahren Hintergründe zu verschleiern. Selbstverständlich dient es der DDR auch dazu, ihre Opponenten endlos zu diffamieren.

Wiedersehen mit Rita

Mancher politisch Inhaftierte lernt das Gefängnisleben gar nicht erst kennen. Sie werden aus der U-Haft-Zelle in Hohenschönhausen an den Grenzübergang gefahren und sind im nächsten Augenblick im West-Berlin. Andere werden mit Begleitschutz in einen Zug gesetzt und an der Westgrenze aus der DDR quasi rausgeworfen. Bin ich darauf neidisch? Keine Ahnung. Im Zuchthaus werden nicht alle Vorkehrungen für deinen Freikauf durch die BRD getroffen. Die Drähte werden in der Hauptverwaltung[32] in Berlin gezogen. Sie bearbeitet die Listen und gibt die Namen für die Transporte an die Strafvollzugsanstalten weiter. Zusammengestellt werden die Listen in Bonn[33].

---

32 Die Hauptaufgabe der HVA war die Auslandsaufklärung (Spionage), darunter die politische, Militär-, Wirtschafts- und Technologiespionage. Daneben zählten Aktionen gegen westliche Nachrichtendienste (Gegenspionage mittels „Eindringen" in deren Strukturen), Sabotagevorbereitung und die sogenannten „Aktiven Maßnahmen" (z.B. Platzierung von Artikeln in West-Zeitungen, u.a. durch Aktivisten der Friedensbewegung)[I] im „Operationsgebiet" BRD und West-Berlin sowie einigen weiteren Ländern zu den Aufgaben der HVA. http://de.wikipedia.org/wiki/Hauptverwaltung_Aufkl%C3%A4rung (Zugriff 02. Mai 2012).

33 Als Häftlingsfreikauf bezeichnet man inoffizielle Geschäfte zwischen der DDR und der Bundesrepublik Deutschland. Dabei hat die Bundesrepublik der DDR eine bestimmte Summe Devisen oder Waren bezahlt, um im Gegenzug politische Gefangene freizukaufen. Die Gefangenen wurden anschließend freigelassen und in die Bundesrepublik ausgebürgert. Der Häftlingsfreikauf begann im Jahr 1962 und hielt bis zum Fall der Mauer an. Quelle: http://de.wikipedia.org/wiki/H%C3%A4ftlingsfreikauf (Zugriff02. Mai 2012).

Die vom Westen einbezogenen Anwälte überreichen den vom Osten beauftragten Anwälten die Listen. Die bekannteste Kupplerfigur in diesem Spiel ist zweifelsfrei Dr. Wolfgang Vogel[34]. Die Stasi selber lässt sich nie in die Karten gucken, nach welchen Kriterien sie die Listen abarbeitet. Manchmal haben wir im Zuchthaus den Eindruck, dass es gar keine Richtlinien gibt, sondern dass alles nach reiner Willkür geschieht. Wir werden stets von einem seelischen Hoch und Tief begleitet. Es wird allen eine enorme psychische Belastung von Körper und Geist abverlangt. In der Zugangszelle bleibe ich sechs Wochen. Als die letzte von uns aus der Zugangszelle tritt, ist die Zelle quasi schon wieder bis auf den letzten halben Meter belegt. Gerade das schwer zu bedienende Arbeitskommando „Eimo" sollte ja nun für mich in der nächsten Zeit meine Arbeitsstelle sein. Im Bereich „Elmo" arbeiten etwa 80% RFL (Republikflüchtlinge) und 20 % Kriminelle. Es braucht bei allem Neuen eine gewisse Eingewöhnungsphase.

Wenn ich nicht zur Weißglut gebracht werde, bin ich ein ruhiger und verträglicher Mensch und so versuche ich, mit den Gegebenheiten klar zu kommen. Eines Tages sichte ich endlich Rita, meine Haftkameradin aus Hohenschönhausen. Sie ist in der Abteilung „Planet" gelandet, dem Bettwäschekommando. Sofort versuche ich mit ihr Kontakt aufzunehmen und erfahre, dass ihr Mann im Männerzuchthaus Cottbus gelandet ist. „John ebenfalls", sage ich zu Rita. Von Rita erfahre ich auch, dass Besuchertermine zwischen Ehepaaren halbjährlich stattfinden. Ob das allerdings ebenfalls für mich auch gelten wird, steht wohl

---

34 35 Wolfgang Heinrich Vogel (* 30. Oktober 1925 in Wilhelmsthal, Kreis Habelschwerdt, Niederschlesien; † 21. August 2008 in Sehtiersee) war Rechtsanwalt in der DDR, Organisator des ersten Agentenaustausches im Kalten Krieg und Unterhändler der DDR beim sogenannten Häftlingsfreikauf. Quelle: http://de.wikipedia.org/wiki/Wolfgang_Vogel_(Rechtsanwalt) (Zugriff 02. Mai 2012).

noch in den Sternen, denn ich bin ja nicht mit John verheiratet. Rita lässt mir sogleich ein paar Kassiber zukommen und versorgt mich mit kleinen Kopfkissen und Taschentüchern, wozu sie Abfälle aus der Bettwäscheproduktion abzwackt. Leider erwischt mich gleich bei der ersten Übergabe „Bettenschreck". Die „Schmuggelware" wird natürlich konfisziert. Also musst du hier mehr Vorsicht walten lassen, denke ich. Solche kleinen Nettigkeiten sind alles andere als erwünscht. Trist und eintönig soll der Gefängnisalltag verlaufen. Schließlich sind Staats-Verbrecher keine Angorakaninchen. Wie oft werde ich diesen dubiosen Satz von „Bettenschreck" in diesen Mauern noch hören, als sie mir die Kopfkissen abnimmt. „So wie man sich bettet, so liegt man! Uns sind zehn Mörder lieber, als ein Politischer." Uns ist. Wir denken. Woher kommt dieses dubiose – Wir? Jetzt habe ich gleich zweimal dubios verwendet. Vielleicht wegen meiner enormen Zweifel. In diesem Zuchthaus aber darfst du an allem zweifeln, außer an dir selbst.

Graue Mäuse

Die einen sind graue Mäuse. Sie versuchen gut und friedlich die Restdauer der Strafe hinter sich zu bringen. Eine alte weißhaarige Gefangene, eine KZ-Aufseherin, hat schon fast ihr ganzes Leben in Hoheneck verbracht und wird im Zuge der Auflösung der DDR amnestiert, doch sie wird darum bitten, in Hoheneck bleiben zu dürfen. Sie kommt nach der Amnestie in ein in der Nähe gelegenes Altenpflege-Heim. Das ist die Gefahr. Das normale Leben kann dir im Zuchthaus verloren gehen. Dann findest du dich nie mehr woanders zurecht.

Als politischer Häftling durfte ich als einzigen persönlichen Gegenstand ein Bild von meinen Kindern bei mir haben. Da es zwei Kinder sind, mussten beide auf einem Bild sein. Denn von jedem Kind ein Bild bei sich zu tragen, ist in diesem Zuchthaus nicht statthaft.

Hackordnung und Vertrauen. Es hat sich schnell im Zuchthaus herumgesprochen, dass eine Ansagerin und Moderatorin des DDR-Fernsehens einsitzt. Manchmal komme ich mir vor, wie ein Exot. Viele kennen mich vom Bildschirm und sprechen mich deswegen an. Und sie alle wollen, dass ich mir ihre Namen merke. Wir tauschen Informationen aus. Aber beim besten Willen kann ich mir die vielen Namen nicht merken. Es sind so viele Gesichter, Geschichten und so manches Geheimnis. Einige von ihnen werden mich später im Bayerischen Fernsehen wieder auf dem Bildschirm sehen und mir an den Bayerischen Rundfunk schreiben. Karten und Briefe von Frauen aus Hoheneck werden immer ein ganz besonderer Augenblick sein (und noch eine Zeit später, zurück wieder in Berlin, wird ein „Hoheneckstammtisch" gegründet und viele dieser Frauen aus Hoheneck kommen zum vierteljährlichen Treffen). Im Zuchthaus Hoheneck wird jede Solidarität unter den Gefangenen kritisch beäugt. Die Wachteln halten Augen und Ohren offen. Am Anfang haben sie es besonders auf mich abgesehen nach dem Motto: „Wollen doch sehen, ob die auch arbeiten kann?" Und „die" kann! Unbedingt will ich den Unterhalt für meine Kinder erarbeiten. Allein die Angst, dass Johns Eltern vielleicht die Segel streichen und die Justiz und das Volksbildungsministerium nur darauf wartet, mir meine Kinder wegzunehmen und sie in ein Heim zu stecken, treibt mich an, Etwas mehr Geld für den internen Einkauf im Gefängnis zu haben, steht an zweiter Stelle. Außerdem ist die Summe unterm Strich ziemlich lächerlich. Für jede Neue, die gar nichts hat, ist das natürlich anders. Der erste Einkauf für einen Neuzugang findet erst drei Monate nach der Ankunft im Zuchthaus statt. Bis dahin ist jede „Neue" den Lockungen und Verführungen der schon lange Zeit in diesen Mauern eingesperrten Damen ausgesetzt. Wie sehr der menschliche Körper doch jeden Betrug hinnimmt, nur um seine Sucht nach Befriedigung seiner Bedürfnisse zu stillen. Hat Karl Marx daran gedacht, als er uns den Kommunismus definiert hat, jeder würde im Kommunismus nur nach seinen Bedürfnissen leben? Natürlich halten sich die Wachteln für waschechte Kommunisten. Einmal wird eine Gefangene aus Ritas Abteilung wegen Diebstahl sozialistischen Eigentums in den Arrest gebracht. Aufgebracht ruft sie den Wachteln zu. „Schlaft ihr nicht auch gern auf weichen Kissen? Glaubt bloß nicht, dass der Boden unter euren Füßen auch eines Tages zu wackeln beginnt." Die Antwort folgt prompt. „Wir Kommunisten stehen auf dem Boden der historischen Wahrheit.' Die Wachteln haben das Sagen. Die Produktion hat nach Vorschrift zu laufen. Jede Eigenmächtigkeit der Gefangenen wird bestraft. Das Drei-Schicht-System wird streng überwacht. Am schlimmsten ist die Nachtschicht, Morgens kommt man todmüde in die Zelle. Dann ist Zählappell angesagt, waschen und so schnell wie möglich einschlafen. Nur keine Schlafstörung einhandeln. Und das ist nicht gerade einfach angesichts des Alltagsund Arbeitslärms im Zuchthaus, der unermüdlich vonstatten geht. Türenscheppern, Aufschluss. Einschluss. Befehle. Gebrüll. Gepolter, ohne Gnade. Wir sind 24 Frauen in der Zelle, aufgeteilt auf Drei-Stock-Metallbetten. Ein paar Hocker und ein Regal, in das du deine Sachen unterzubringen hast. An diese Zelle schließt sich dann die sogenannte Nasszelle an. Für uns alle gibt es nur diese eine Toilette. Die drei Waschgelegenheiten an einem Steintrog mit kaltem Wasser sprechen ebenfalls für die Absicht der Zuchthausverwaltung, unter uns die Hackordnung der Stärkeren walten zu lassen. Auch die unzureichende Belüftung der Zelle macht nicht nur mir zu schaffen. Vor allem in den Mittelbetten fällt einem das Atmen schwer. In der Lunge macht sich ein beengendes Gefühl breit. Im Mittelbett neben mir liegt die Strafgefangene Gisela. Sie atmet oft schwer. Einmal sagt sie: „Ich halte das nicht mehr lange aus. Ich will aus dieser verdammten Enge raus." Ich befürchte das Schlimmste. Schon einmal wurde Gisela bei einem Fluchtversuch erwischt und ihr zur Strafe durch die zuständige Behörde der vierjährige Sohn weggenommen. Sie kämpfte beharrlich um die Rückerlangung des Sorgerechtes und als sie schließlich auf Transport gehen sollte, gab sie zur Antwort: „Niemals ohne meinen Sohn". Wie viele Repressalien und Jahre im Zuchthaus wird Gisela noch erleiden müssen? Eines ist wohl gewiss und da bin ich mir sicher, dass sie ihr Ziel, ihren Sohn wieder zu finden, nicht aufgeben wird. Dass ihr das erst nach der Wiedervereinigung gelingen wird, legt auch Zeugnis für dieses System ab, dass sich kommunistisch nennt und jeden liquidieren will, der sich seinem Willen nicht beugt. Als Gisela ihren Sohn wieder gefunden hat, wird sie erkennen müssen, dass er sie im Laufe der verflossenen Jahre vergessen hat. Nachdem der Sohn ihr weggenommen wurde, steckten sie ihn in ein Heim und schließlich wurde er einem linientreuen Ehepaar aus Berlin zugesprochen. Von einem Unrechtsbewusstsein fehlte jenen, von oben bestimmten Adoptiveltern jegliche Spur.

Viele der Frauen, mit denen ich die Zelle teile, haben eine gute Ausbildung, ebenso ihre Männer, von denen ein Gutteil auch eingesperrt wurde. Der gemeinsame Tenor aller lautet, gegen die rigide Bevormundung durch den Staat für ein Selbstbestimmungsrecht. Eine Selbstbestimmung des beruflichen Werdegangs und reisen, wohin ich will sowie freie Wohnortwahl.

Natürlich entstehen in dieser Situation, bedingt durch die Enge der Zelle und dem daraus folgenden psychischen Druck, der durch die vorherrschende Minimalität entsteht, auch Intrigen unter den Gefangenen. Einige versuchen in der Tat, eine Hackordnung, wie sie den Kriminellen zu eigen ist, aufzubauen. Um Lügen unter uns zu streuen, werden von der Gefängnisverwaltung obendrein Zelleninformanten eingesetzt, die uns aushorchen und zugleich für eine permanente Stresssituation sorgen. Das vorgegebene oberste Ziel der Zelleninformanten ist es, Misstrauen unter uns zu schüren. Keiner soll die andere als Verbündete sehen, ihr vertrauen oder sich gar solidarisieren. Einigkeit macht stark und nichts fürchtet die Gefängnisverwaltung mehr. Die Mehrheit der politischen Strafgefangenen durchschaut rasch dieses geheime Spiel und spricht sich darüber aus. Die zwischenmenschliche Kommunikation ist in diesen Mauern von unschätzbarem Wert. Die Tage in dieser Schreckensburg sind eintönig genug. Manchmal kommt es vor, dass wir den sonntäglichen Gottesdienst besuchen dürfen, den wir uns auch erst erkämpfen müssen. Dazu wird der Filmraum in der oberen Etage genutzt. Es ist aber nicht allein die Begegnung mit dem Wort Gottes, das uns zu dieser Veranstaltung zieht, sondern die Begegnung mit anderen politischen Gefangenen. Alle sind nach neuen Nachrichten begierig. Man bleibt immer auf der Hut. Ist der Pfarrer wirklich ein Pfarrer oder gehört er zum System? Einige gehen zu ihm, um die Beichte abzulegen und zugleich über den Pfarrer Informationen nach draußen zu bringen. Wir, die misstrauischer sind, halten uns besser an die Knast-Regel: sprich mit keinem, dem du nicht vertrauen kannst! Und das war auch gut so, denn der Vertreter Gottes wurde von der Staatssicherheit ausgebildet.

🐘|🐘

Meuterei und Sexualität

Die Zeit vergeht langsam, aber sie vergeht. Es gibt politische Gefangene, die lange auf ihren Freikauf warten müssen. Dann gibt es politische Gefangene, die bereits nach ein paar Monaten gen Westen aus unserem Blickfeld verschwinden. Für sie alle endet ihr letzter Aufenthalt in der DDR im Sondertrakt der Stasi-Gebäude auf dem Kaßberg in Karl-Marx-Stadt. Dort werden sie die Anerkennungsurkunde der Staatsbürgerschaft der DDR unterschreiben und nach einigen Tagen von den Reisebussen aus Hessen abgeholt. Ich sehe sie kommen und gehen. Von den Kriminellen, die nach der Strafverbüßung auf freien Fuß gesetzt werden, kommt eine ganze Menge wieder ins Zuchthaus als Gefangene zurück. Irgendwas haben sie wieder gestohlen oder sie haben ihre polizeilichen Auflagen nicht eingehalten.

Bis zur ihrer Rückkehr vergehen in der Regel nicht mehr als sechs bis acht Wochen. Nicht wenige haben sogar die meiste Zeit ihrer Jugend in Heimen und Gefängnissen verbracht. Womöglich fühlen sie sich im Zuchthaus Hoheneck wirklich geborgen. Vielleicht wollen sie nicht mehr als ein Dach über dem Kopf, etwas Anzuziehen, etwas zum Essen und zum Trinken, eine geregelte Arbeit und dazu gehören wohl auch die „Erzieher", die ihnen Anweisungen geben, was sie zu tun und was sie zu lassen haben. Eine sagt einmal achselzuckend: „Ich finde draußen keinen Halt mehr!" dazu kommt, dass fast jede dieser Frauen eine sogenannte „Thusnelda", eine "Tussi" hat. Mit ihnen pflegen sie sexuelle Beziehungen, die ihnen sehr viel bedeuten. Frauen schlafen hier mit Frauen, manchmal einfach nur, um jemanden für sich zu haben als Ersatzfamilie und etwas, der zu ihnen gehört und ihrem Dasein einen Sinn gibt.

Oft spielen sich fürchterliche Dramen ab in diesen Beziehungen. Die Eifersucht macht aus Paaren Furien, Doch kaum werden solche Paare auseinandergelegt, lässt sich die eine etwas einfallen, um die Verbindung zur anderen wieder herzustellen. Kommt der Kontakt nicht zustande, schlucken manche ganze Bestecke, Scheren, jagen sich Nadeln durch die Adern, bis sie über den Beschluss des GW[35] in ein Krankenhaus kommen, wo ihnen die Gegenstände wieder herausoperiert werden. Andere kommen in Absonderung und singen in der Nacht ihrer Angebeteten aus der Absonderung im Kellergewölbe ein Lied. Darunter sind wunderschöne glasklare Stimmen, denen ein Verbrechen nie zuzumuten wäre. Ich erinnere mich an die deutsche Version des Frank-Sinatra-Hits „My Way": „Das war mein Leben". Da es im Zellenhaus sehr hallt, dringen diese Gesänge oft bis in unsere Zelle herauf. Dabei entsteht in einem selber eine Stimmung, als ob das Blut in den Adern stockt. Da sich die Wachteln aber keineswegs an den schönen Stimmen begeistern, wirken sie unverzüglich und mit aller Kälte den Konzerten entgegen. Wenn die Wachteln dann ihr Werk vollbringen, hören wir ein paar Schreie, ein Klatschen, danach folgt eine unheimliche Ruhe. Die Sekunden, in denen diese Ruhe anhält, erscheinen einem wie eine Ewigkeit. Doch dann folgt die Antwort der angesungenen Partnerin. Mit Fäusten und Gegenständen wird gegen die Zellentür geschlagen. Die Angebetete schreit und weint zuletzt. Dann beginnt erneut das Schlagen gegen die Zellentür, diesmal mit der Drohung versehen, sich umzubringen. Wieder treten die Wachteln in Aktion. Wieder das Klatschen und Schreien. Dann tritt endlich Ruhe ein. Doch lassen uns die Eskapaden nicht kalt. Alles in diesem Zuchthaus geht einem unter die Haut. In verschärften Situationen kommen Frauen sogar in die Wasserfolterzelle. Dann stehen die mit verschärfter Haft bestraften Gefangenen bis zu den Waden im eisigen Wasser. An den Wänden jener Zelle setzt sich durch die Feuchtigkeit bereits Schimmel ab. Mit jedem Atemzug dringen die Schimmelsporen in die Lungen der Frauen ein. Ab und zu senkt sich der

---

35 GW = Auch im immer wieder gelobten Gesundheitssystem der DDR herrschte Mangel. Das einheitliche Sozialversicherungssystem des Arbeiter- und Bauernstaates hat zwar zu einer flächendeckend garantierten, aber insgesamt qualitativ leistungsschwachen Versorgung geführt. Quelle: http://www,kas.delwflde/71.66591 (Zugriff 02. Mai 2012).

Wasserspiegel, um dann gleich wieder anzusteigen. Das Wasser hat gleich bleibend kalt zu sein. Die Folgen dieses Arrests waren nicht selten Nierenkoliken und andere Schäden. Die Haut bläht sich auf, sie wird schrumpelig. Die Nachwirkungen dieser Methoden werden sie ein Leben lang begleiten,

Wegen eines kleinen Vorfalls lande ich mit vier weiteren Frauen für zwei Wochen ebenfalls in eine Absonderungszelle, Jede von uns fünf wird separat in eine der finsteren Zellen im Kellergeschoss gesperrt, Zu essen gibt es Trockenbrot und Wasser, jeden dritten Tag eine dünne warme Suppe. Für genügend Sauerstoffzufuhr soll eine Viertelstunde frische Luft auf dem Außenhof der Burg sorgen. Drei Wachteln mit MP im Anschlag bewachen den Rundgang.

Ich bin mir sicher, sie schießen beim kleinsten Fehlschritt, den sie als „Flucht" auslegen können. Unserer Arretierung vorausgegangen war ein Gemeinschaftsausruf auf dem Freihof des Zuchthauses. „James" hatte wieder einmal bis spät abends Transportlisten zusammengestellt. Wie immer ist das Zimmer drinnen hell erleuchtet, sogar ein Fenster steht offen. Und als wir unter dem Fenster im Gleichschritt vorbeimarschieren, rufen wir ganz laut: „Wir wollen auch auf Transport". Innerhalb weniger Minuten werden wir Fünf vom Hof abgeführt und sofort in den Arrest abgeführt. Im letzten Moment kann ich noch allen zuflüstern, „denkt daran, es war spontan". Allein der geringste Versuch, eine Gefangenen-Meuterei anzuzetteln, kann ein paar Jahre weiteren Strafvollzugs nach sich ziehen. Während der zwei Wochen Arrest wird auch jede von uns zur Vernehmung gebracht. Die Vernehmungen führen Mitarbeiter des MdI[36] durch. Schließlich bleibt jede von uns dabei, dass es

---

36 MDI = Dem Ministerium der DDR unterstand u.a. die Deutsche Volkspolizei sowie der Strafvollzug.

spontan gewesen ist. Christa, Gabi, Gisela, einige meiner Mitstreiterinnen der kleinen Meuterei, sehe ich von nun an nur noch einige Minuten pro Tag auf dem Außenfreihof. Nachdem sich Gitter und die Zellentür geschlossen haben, versuche ich mich zu orientieren. Zunächst umgibt mich Dunkelheit. Schemenhaft erkenne ich ein Eisengestell, das wohl das Bett ist, einen Tisch, darüber das Fenster, das mit Eisenschotten versehen ist und nur ein winziger Spalt Licht, der den Himmel erahnen lässt. Durch die Dunkelheit und die Lautlosigkeit in der Zelle entsteht nach und nach das Gefühl, als wäre noch jemand in dieser Zelle, der nur auf dich gewartet hat. Ist das der Anfang einer Halluzination, denke ich, oder geht doch die weiße Frau um? Vor dem Tisch steht ein Hocker, der weißlich glänzt. Ich steige auf den Tisch und recke mich zum Lichtspalt hinauf, Vielleicht kann ich doch einige Geräusche wahrnehmen. Und dann höre ich tatsächlich ein paar Stimmen, woraus ich schließe, dass sich vor dem Fenster der Freiganghof befinden muss. Ich befinde mich also in einer der Arrestzellen im Kellergeschoss. Ich überlege, wie ich Kontakt nach draußen aufnehmen kann. Laut zu rufen, wäre eine schlechte Idee, Vor der Tür lauern die Wachteln auf den geringsten Anlass, mir diese Eigenmächtigkeit heimzuzahlen. Vor der Tür wird Husten laut. Ich erkenne die Erzieherin, Frau Oberleutnant Strauß, die von Tür zu Tür geht und ihre Kontrollgänge macht. Und als ahnte sie meinen Versuch, den Gefangenen auf dem Freihof ein Zeichen zu geben, wo ich mich befinde, öffnet sie geschwind die Zellentür. Als sie mich auf dem Tisch stehen sieht, schüttelt sie missbilligend ihren Kopf. „Was tun sie da, Strafgefangene Schönherz?" Was soll ich antworten, denke ich. Leider fällt mir nichts Blöderes ein, als zu sagen, „ich versuche ein wenig Luft zu schnappen", Aber ich habe auch Glück. Frau Oberleutnant Strauß gehört zu den gemäßigten Wachteln, die sogar einen Ansatz zu menschlichen Regungen verrät. Sie hebt und senkt einmal den Kopf und gibt zu erkennen, dass es dafür von ihrer Seite aus keine Bestrafung gibt. „Verhalten Sie sich ruhig!" Dann fordert sie mich noch auf, vom Tisch runter zu steigen und verlässt dann den Raum.

So kommen wir nach den zwei Wochen zunächst in unsere Zelle zurück. Wenige Stunden darauf werden wir voneinander abgesondert aufgeteilt und in reine Krimikommandos gesteckt. Ich ahne das Schlimmste. Zum Arrest komme ich später noch einmal zurück.

Seit einem Jahr sitze ich nun in dieser fürchterlichen Burg, Wieder gehen wir auf Frühschicht. Das bedeutet 03.30 Uhr aufstehen. Die Morgentoilette erledigen. Bei der Kälte in diesem Haus ist man relativ schnell wach. Wir schleichen wie die Burggeister durch die Gänge. Blass und aschfahl. Dann erreichen wir unseren Elmo-Arbeitsplatz.

Durch Mangelernährung, zu wenig Frischluft und noch weniger Sonnenschein auf der Haut, fehlenden festen Schlaf und anderen psychischen Belastungen verlieren viele Frauen Elan und Antriebskraft. Dass ich diese lebenswidrigen Umstände drei Jahre meines Lebens ohne meine Kinder sein muss, daran darf ich gar nicht denken. Weitere zwei Jahren in diesem völlig überbelegten Haus, das für 750 Gefangene ausgelegt ist und in dem nun ungefähr 1.600 Gefangene untergebracht sind, Selbst die Wachteln in ihren strengen Uniformen und dem martialischen Auftreten zeigen sich immer öfter völlig überfordert. Wir bleiben ihnen freilich ausgeliefert. Je nach Laune wird gebrüllt, geschlagen, geschupst. „Schneller, schneller, schneller." Man soll schneller laufen und nicht mit den Gefangenen aus den anderen Kommandos kommunizieren.

Der Besuchstag

Den Gefangenen steht die Erlaubnis des Briefverkehrs mit ihren Familien zu. Eine Besuchserlaubnis wird nur für einen Familienangehörigen vergeben. Das gilt mit Ausnahmen ebenfalls für die politischen Gefangenen. Als ich keinen Antrag abgebe, werde ich einige Zeit später von der „Erzieherin" zu einem klärenden Gespräch aus der Zelle geholt. Frau Oberleutnant Demmier fragt mich sogleich, warum ich noch keinen Besuchsantrag für meine Verwandten gestellt habe? „Sie können wie jede andere Gefangene viermal im Jahr für eine halbe Stunde Besuch bekommen. Wollen Sie nicht doch eine Besuchszeit beantragen?" Ich antworte der „Erzieherin": „Wenn ich meine Kinder nicht sehen darf, verzichte ich auf jeglichen anderen Besuch." Die „Erzieherin" darauf selbstsicher: „Na, Strafgefangene Schönherz, Sie wissen doch, dass ihre Kinder noch keine 18 Jahre alt sind und aus diesem Grund Haftanstalten nicht betreten dürfen." Ich bleibe bei meinem Entschluss: „Dann will ich gar keinen sehen." In den folgenden Wochen werde ich von der Erzieherin noch einige Male bedrängt, endlich doch einen Besuchsantrag zu stellen. Ich bleibe bei: „Nein, danke." Wesentlich später gebe ich schließlich meine Zustimmung für den Besuch meiner Vize-Mutter Gertrud und meiner Schwester Linda. Völlig eingeschüchtert von der Umgebung und dem harschen Ton im Besucherraum des Zuchthauses begreifen beide nicht, was sich in Wahrheit in Hoheneck abspielt. Es ist ihnen ihre Furcht anzusehen, dass sie irgendetwas falsch machen könnten. Sie sitzen mir gehemmt und steif gegenüber und man spürt ihre Angst, dass ein falsches Wort genügt, um den Besuch sofort abzubrechen. Es fällt mir auf, wie sehr diese Angst der Ängstlichkeit der meisten Menschen in der ehemaligen DDR gleicht. Die Diktatur hatte es geschafft, die Menschen in sich so unsicher zu machen, dass sie vor Angst gar nicht auf den Gedanken kommen, den leisesten Widerspruch anzubringen.

Gertrud und meine Schwester sitzen mir gegenüber wie paralysiert. Sie schauen mich an und fragen, wie es mir geht. Sie haben den weiten Weg von Berlin hierher nicht gescheut und nun wollen sie keinen Fehler machen. „Gut", sage ich, „macht euch keine Sorgen". Über interne und viele, viele andere Dinge darf ich nicht sprechen. Wie geht es Annette und René Sagt ihnen viele Grüße. Mama denkt jeden Tag an sie. Sie sollen tapfer sein. Ich kämpfe, bis wir unser Ziel erreicht haben. Ich liebe sie sehr." Dann versuche ich ihnen zu vermitteln, dass sie mir beim nächsten Besuch Vitamintabletten mitbringen sollten. Aber wie bringe ich es ihnen bei, ohne es beim Namen zu nennen. Haben beide verstanden, was ich ihnen soeben umschrieben mitgeteilt habe, dass der tägliche Fraß in diesem Haus eine einzige Mangelernährung ist. Da diese Dinge nicht erlaubt sind, wird immer wieder versucht, sie in einen Kuchen in den Knast zu bekommen. „Selbstgebackenen Kuchen darf man seinen Angehörigen mitbringen", sage ich. Vielleicht haben sie ja den Wink verstanden. Es ist nicht einfach, wie bringt man das Leuten bei, die noch nie einen Knast von innen gesehen haben. „Gibt es noch was anderes?" fragt mich Gertrud. „Seife", sage ich. „Und Zahnpasta und ein wenig Obst. Die drei, vier DDR-Mark, die ich hier durch meine schwere Arbeit verdiene, reichen vorn und hinten nicht. Außerdem ist das Angebot sehr beschränkt, es reichte meist nur für ein wenig Quark und einer Creme fürs Gesicht." Die unweit sitzende Wachtel räuspert sich. Aber ich habe Glück, sie konzentriert sich gerade auf ein anderes Gespräch. Die halbe Stunde ist schnell rum, geredet wird im Grunde nur Belangloses. Meine Schwester, die sich bislang zurückgehalten hat, kann ihren Vorwurf schließlich nicht mehr zurückhalten," Ich weiß gar nicht, warum du dich in eine solche Situation begeben hast", sagt sie, „du hattest doch alles: Haus, Garten, einen schönen Beruf, um den dich viele beneideten, hast gutes Geld verdient, hast alles gehabt, warst bekannt und beliebt." Ich unterbreche meine Schwester. Ich versuche, so höflich wie möglich zu bleiben. Ich sage: „Halt, Linda! Es geht nun einmal um meine Auffassung vom Leben und dem meiner Kinder. Ich bin kein Wirtschaftsflüchtling, sondern gehe aus politischen Gründen. Bitte akzeptiere das." Innerlich bin ich erschüttert. Es überkommt mich das Gefühl, dass sie irgendjemand darauf angesprochen hat, mir genau diesen Vorwurf unter die Nase zu reiben. Wer hat Interesse, mich letzten Endes doch noch zur Umkehr meines Vorhabens zu bewegen? Dann ist der Besuch zu Ende, wir verabschieden uns distanziert ohne körperliche Berührung, denn dies ist nicht erlaubt. Ich spüre, wie auch sie das schmerzt.

In diesem Augenblick der verordneten Kühle und Bevormundung wird mir wieder deutlich, wie erstarrt das gesamte Leben der Menschen in der DDR ist.

Auf dem Weg in meine Zelle bestärkt mich das Gefühl, auf dem richtigen Weg zu sein, der mich am Ende dorthin führt, wohin ich will.

Was mir Gertrud und meine Schwester mitgebracht haben, wird von den Wachteln durchstöbert. Mindestens die Hälfte haben sie wieder mitnehmen müssen. Was ich mit in die Zelle nehmen darf, wird von den Wachteln teilweise kaputtgemacht. Der Hass dieser Schergen ist selbst nach der längst durchgestandenen Eingewöhnungsphase im Zuchthaus demütigend. Am liebsten würde ich ihnen die zerstörten Mitbringsel in ihre regungslosen regimetreuen Gesichter werfen.

Nachbeben

Zurück in der Zelle, überkommt mich das heulende Elend. Der Besuch hat mich mehr mitgenommen, als ich geglaubt habe. Bei den kommenden Besuchen werde ich bereits abgeklärter sein. Es dürfen mich sogar mein geschiedener Mann und meine Tante Magda, die Nonne im afrikanischen Tansania ist, besuchen. Tante Magda versucht mir beizubringen, dass sie ja im Kloster auch nur so eine kleine Kemenate hätte. Bestimmt will sie mich damit trösten und doch fällt ihr der kleine Unterschied nicht auf, dass sie aus freien Stücken dieses Leben bei Gott gewählt hat und auch keiner versuchen wird, ihr bei ihrem Entschluss einen Strich durch die Rechnung zu machen. Ich sehe Tante Magda lächelnd an, Gott sei Dank, bist du weit weg vom Leben hinter den Mauern. Und doch vergeht mit jedem nächsten Besuch die Zeit etwas schneller. Auch das Briefeschreiben hilft einem. Ebenfalls viermal im Jahr darf ich einen Brief von meinen Kindern bekommen. Erlaubt ist eine beschrieben Seite. Eine halbe Seite pro Kind. Der erlaubte Inhalt lässt ebenfalls nur Belangloses zu. Jeder Brief wird streng zensiert.

Brief meinter Tochter Annette in das Zuchthaus Hohgeneck ca. 1976

> *Liebe Mutti*
>
> *Für Deine lieben Zeilen die du mir zum Geburtstag gesendet hat möchte ich mich bedanken. Das gleiche wünsche ich dir zum Geburtstag auch. Mein Fahrrad macht mir viel Freude. Es wird einige mal in der Woche geputzt. Ich drücke fest für uns die Daumen das wir bald in die BRD leben können. In der großen Mathearbeit schrieb ich eine 2. Und in der Russisch Zensur hat sich viel geändert ich stehe zwischen 3–4. Liebe Mutti ich will mich in der Schule anstrengen. Nachmittags bin ich viel bei meinem Freund Wolfgang. Wir haben mit Tischtennisturnier angefangen. Ich küsse und drücke dich ganz lieb Dein René*

Brief meines Sohnes René in das Zuchthaus Hohgeneck ebenfalls ca. 1976

Manche Briefe werden mir erst gar nicht ausgehändigt oder es werden nur Passagen daraus vorgelesen. Mit den Vitamintabletten übrigens hat es dann doch noch geklappt. Es ist im Zellenalltag üblich, dass diejenigen, die zusammenhalten, von den Mitbringseln auch etwas bekommen. Man setzt sich zusammen aufs Bett, isst zusammen Kuchen oder riecht an der mitgebrachten Seife. Schon der Duft einer Westseife ist Labsal in diesen grauen Mauern.

Ich hoffe wieder!

In einem Zimmer des GW (Gesundheitswesen). Ich hoffe wieder! Endlich der Freikauf! So oft wird in den vergangenen Monaten die Zellentür geöffnet und von einer Wachtel werden die magischen beiden Worte „Sachen packen!" gerufen. Jedes Mal hoffe ich wie die anderen, aber mein Name ist nie dabei. Jeden Tag dieser alltägliche Weg, die drei Schichten, die Freistunde im Gleichschritt und Essen fassen. Viele neue Gesichter sind zu sehen, neben den immer gleichen Gesichtern der Langstrafer, etwa Erika Bergmann. Es heißt, Erika Bergmann war Aufseherin im KZ Ravensbrück und auch in anderen Konzentrationslagern. Sie wurde wegen der Misshandlungen und Tötung von sechs Häftlingen mit einem abgerichteten Hund zu einer lebenslangen Zuchthausstrafe verurteilt. Das Urteil wurde im Jahr 1955 vom Bezirksgericht Neubrandenburg ausgesprochen. Neben Erika Bergmann sitzen weitere sechs Naziverbrecherinnen im Zuchthaus Hoheneck. Ruhig und unscheinbar die Müßigkeit der Tage dort ertragend. Wie Erika Bergmann haben sie sich während ihrer Haftzeit perfekt angepasst. Das Ausführen der Anordnungen durch die Wachteln, die Wahrung der Regeln der Anstaltsordnung und das Beherrschen der Gefangenenhierarchie sitzt ihr im Blut. Einmal sagt Erika: „Damit hatte ich noch nie Schwierigkeiten." Ob sie ihre Taten im Nachhinein bereut hat, habe ich nie erfahren. Im Mai 1991 wird ihre Strafe auf Bewährung ausgesetzt. Sie soll die Haft relativ gut überstanden haben.

Ich will die Haft nicht einfach relativ gut überstehen. Ich will raus! Doch wieder ist nur eine Frühschicht vorbei. Wir werden in den Speisesaal zum Essenfassen geführt. Und ich spüre, dass ich angeschlagen bin. Die sich dahinstreckende Zeit macht öfter mutlos. Die Ahnung, sie lassen dich absitzen, verdichtet sich immer mehr. Wieder einmal gibt es Graupen wie an fast jedem Tag. Ich hole meine Portion und stelle fest, dass in der Schüssel eine extra Portion Fleisch in der Wassersuppe schwimmt. Es sieht aus wie ein Stück Mausefell. Zunächst begreife ich nicht, was ich sehe. Dann hebt sich mir der Magen. In einem Zimmer des GW komme ich wieder zu mir. Dort werde ich zwei

Tage verbringen. Die Diagnose des leitenden Arztes lautet: völliger Erschöpfungszustand. Nanu? Sollte es hier ein Arzt mit menschlichem Antlitz geben? Aber beim GW arbeiten auch politische Strafgefangene. Meistens sind es Ärzte oder medizinisches Personal. Unter diesen Ärzten befindet sich auch ein Gynäkologe. Er ist der Mann einer ebenfalls politisch verurteilten Zellengenossin. Persönliche Gespräche zwischen den Ärzten und den eingelieferten Gefangenen sind streng untersagt. Selbst Diagnosen dürfen den Kranken nicht mitgeteilt werden. Ines ist Augenärztin und ebenfalls im GW vom Zuchthaus Hoheneck tätig. Eines Tages bekommt sie mit, dass eine Strafgefangene, die vorher von den Wachteln aufs Fürchterlichste zugerichtet worden ist, im GW liegt und nicht behandelt wird. Die zusammengeschlagene Gefangene liegt mehr oder weniger im Sterben auf dem Krankenbett. Als Ines den Vorgang bemerkt, eilt sie sofort zum behandelnden Arzt und holt Hilfe, denn sie hat auf Grund ihres Berufes auf den Eid des Hippokrates geschworen. Daraufhin wird Ines in das Zellenhaus verlegt und darf nun nicht mehr auf der Station tätig sein.

Oder eben Ulla

Ulla wird aus der Zelle geschlossen. Sie wird dazu eingeteilt, im Gefängnisgebäude die Gänge im unteren Geschoss zu reinigen. Während sie die angeordnete Arbeit verrichtet, entsteht auf einmal ein Tumult. Irgendwoher hört sie Schreie, dann rennen Wachteln wie wild umher. Ulla wird in die nächste Zelle geschubst, die Tür wird hinter ihr geschlossen. Erst verharrt Ulla wie versteinert. Wie es aussieht, ist es eine Dunkelzelle. Vor der Zellentür werden die Geräusche hektischer. Stimmen, eilige Schritte, über dem Fußboden ein Grollen, als ob ein Wagen davorgeschoben wird. Eine endlose Zeit vergeht. Wie viel Zeit

Ulla in der Zelle verbracht hat, kann sie selbst nicht mehr nachvollziehen. Als es ihr unerträglich wird, drückt sie sich ohne jegliche Hoffnung, dass sich die Tür öffnen würde, dagegen. Doch sie lässt sich öffnen. Eine Wachtel hatte inmitten der Aufregung vergessen, die Tür zu schließen. Doch Ulla sieht nun, was sich genau abgespielt hat. Als sie versucht, sie immer weiter und ganz zu öffnen, steht irgendein Gegenstand davor. Als sie sich mit aller Kraft gegen die Zellentür stemmt und die sich allmählich öffnet, drückt sie gleichzeitig eine Trage beiseite. Auf dieser Trage aber liegt eine tote Gefangene. Als Ulla der Toten gewahr wird, erleidet sie einen Schock und schreit mit der Urkraft der Verzweiflung das ganze Zuchthaus zusammen. Das Einzige, was sie überhaupt merkt, ist, dass sie irgendwer wegführt. Nach Stunden wacht Ulla schließlich in einer Sonderzelle wieder auf. Wie wir später durch den Knastfunk hören, war die Tote eine Kriminelle, die sich in ihrem Strafarrest das Leben genommen hat. Die Zustände hinter diesen meterdicken Mauern sind katastrophal. Fast jeden Tag werden Gerüchte von einer Amnestie oder einem neuen Transport in den Westen verbreitet. Einige Gefangene haben sich sogar schon auf das Handlesen, Orakeln oder anderweitiges Wahrsagen spezialisiert. All das ist natürlich nicht umsonst. Es ist ein Akt der Verzweiflung gegen die große Enttäuschung, die sofort einsetzt, wenn sich wieder nichts in Richtung Freiheit tut. Die Gerüchteküche kocht unterdessen unentwegt weiter. Die Hoffnung stirbt auch hier zuletzt. Leben und Überleben. Jede Möglichkeit wird genutzt, um mit anderen Politischen aus anderen Kommandos ins Gespräch zu kommen. Sich miteinander austauschen, sich gegenseitig Mut zu machen wird existenziell. Jede neue Nachricht wird aufgesogen wie ein Schwamm. Vielen begegnet man nur einmal, aber das ist nicht von Bedeutung – wichtig allein ist die erfahrene Neuigkeit, die in der Zelle diskutiert werden kann. Oft entstehen so die verwegenen Gedanken, die wie ein günstiges Feedback auf unser Ausharren und den erwünschten Erfolg unseres Wartens wirken. Von manchen kenne ich nicht einmal den Namen. Die Politischen erkennen sich untereinander wie die Kriminellen sich untereinander erkennen. Wieder eine neue Information. Wieder eine neue Nachricht. Weiter. Immer weiter, Näher zur Freiheit heran.

Weitere Schikanen

Weitere Schikanen. Die Schikanen durch die Wachteln werden mitunter immer brutaler, schikanöser und auch immer primitiver. Nach einer langen, Kräfte verzehrenden Arbeitsschicht werden wir nachts aus unserer Zelle getrommelt und müssen die Turmtreppe rauf und runter rennen bis die ersten vor Erschöpfung zusammenbrechen. Andere Frauen erzählen, dass sie auf dem Freihof bei eisiger Kälte stehen mussten, bis sie zusammenbrachen. Kommt das Frau Bergmann nicht bekannt vor? Stehen sie und die anderen sechs ehemaligen im Zuchthaus Hoheneck einsitzenden KZ-Aufseherinnen bei diesen Bestrafungen den Wachteln beratend zur Seite?

Je gröber die Bestrafungen durch die Wachteln ausfallen, umso mehr grenzen sich die Gedanken in zwei Möglichkeiten ab. Sie wissen, dass Du auf Transport gehst und lassen ihre Wut noch einmal darüber aus, dass du bald in Freiheit bist, sie aber weiter ihr Leben in der selbst gewählten Unfreiheit verbringen müssen. Selber von der Stasi überwacht, der Stasi in allen Beziehungen jedenfalls unterstellt, haben sie nie die Möglichkeit, nach dem eigenen Gefühl zu handeln. Die andere Seite ist, dass die Wachteln nicht wissen, ob du deine Zeit absitzen musst. Das bekommen sie von der Stasi nicht gesteckt, aber sie meinen in ihrer vorauseilenden Pflicht, dich endlos drangsalieren zu müssen. Meine Gedanken geben die Hoffnung auf den Freikauf nicht auf. Die Bundesrepublik wird alles tun, um dir die Freiheit zu ermöglichen. Anderthalb Jahre bin ich nun schon im Gefängnis. Meine Ausreise und die Ausreise meiner Kinder samt Aberkennung der Staatsbürgerschaft der DDR sind längst beantragt. Doch nichts geschieht. Ich sehe Ärzte, Chemiker und Lehrer auf Transport gehen. Sie können in den Westen ausreisen. Woran liegt es bei dir, denke ich, an deinem Bekanntheitsgrad? Soll ich als abschreckendes Beispiel herhalten? Andererseits weiß man nie, was den Staatsratsvorsitzenden Erich Honecker und den General des MfS, Erich Mielke, gerade so antreibt. Biermann, Krug, Müller-Stahl und die vielen anderen wurden ausgebürgert oder haben die Segel gestrichen. Wer hat nicht den Rand gestrichen voll von diesem Staat? Wie lange werde ich den nervlichen Belastungen noch standhalten?

Aufenthalt im Arrest und danach

Das Essen im Arrest ist noch mieser als sonst. Notdurft und Körperpflege sind unter aller Würde. Wenn es mal einen Hofgang gibt, dann findet er auf dem Außenhof statt, auf den wir fünf getrennt geführt werden, um mit den anderen Gefangen nicht in Berührung zu kommen. Mit den Armen auf dem Rücken haben wir im Kreis zu laufen und werden dabei von drei Wachteln mit Maschinenpistolen bewacht. Es darf kein einziges Wort gesprochen werden. Zumindest können wir fünf uns für kurze Zeit sehen, denke ich. Hin und wieder eine Information austauschen. Aber was gibt es in der Absonderung schon auszutauschen? In den Nächten habe ich ein paar Mal Halluzinationen, als würde mich jemand am Schlafittchen nehmen, hochzerren und wieder fallenlassen. Ich will die Augen aufreißen und sehen, wer das sein könnte, aber es geht nicht. Ich bekomme die Augen nicht geöffnet. Ein anderes Mal wollen wieder einmal die Wachteln ihr Spiel treiben und kommen mitten in der Nacht in die Zelle und poltern herum. Ich nervlich auf das äußerste angespannt, schreie so laut ich kann. „Verlassen sie sofort die Zelle und lassen Sie mich in Ruhe!" Schlagartig verschwinden die Wachteln und es kommt in den nächsten Tagen zu keinem ähnlichen Vorfall mehr. Vierzehn Tage können eine verdammt lange Zeit sein, aber sie können uns nicht brechen und das ist das Wichtigste. Das sage ich mir immer wieder.

Nach Verbüßung der Arreststrafe komme ich ebenfalls in ein anderes Kommando. Es ist das Kommando der Oberhemdenabteilung. Das Kommando wird von Kriminellen beherrscht. Meine neue Aufgabe besteht darin, Oberhemdenkragen anzunähen. Ich habe nun noch ein halbes Jahr abzusitzen, aber die Wachteln wollen mir auch diese relativ kurze Zeit so schwer wie möglich machen. Sie sperren mich in die Zelle mit den Kriminellen und warten, was nun passieren würde. Komme ich in der neuen Umgebung zurecht? Würde ich mich vielleicht sogar den Kriminellen und ihren Machenschaften anpassen. Wie würde ich mich durchsetzen? Würden sie mich sofort oder erst nach und nach fertig machen? Als ich die Zelle betrete und so dastehe, denke ich, du musst sofort das Zepter in die Hand nehmen. Kennen tun dich hier alle und nun heißt es, die richtige Strategie anwenden. Wer Schwäche zeigt, wird im Zuchthaus fertig gemacht. Ich sage also sofort im ruhigen aber bestimmten Tonfall, dass ich nichts von ihnen will, dass ich nur in Ruhe gelassen werden möchte. Selbstbewusst beanspruche ich eines der oberen Betten, das nah am Fenster steht und es soll offen bleiben, damit genug Sauerstoff im Raum ist. Dass ich hier nicht als alte Frau rausgehen möchte und falls jemand Hilfe braucht, man sich jederzeit an mich wenden kann. Und alles geschieht so, wie ich es geäußert habe. Ich bekomme das obere Bett, das Fenster bleibt offen und man bittet mich um Hilfe, wenn es darum geht, Briefe, Eingaben oder Anträge auf Begnadigungen zu schreiben. Meine Schuhe sind stets geputzt, meine Knastsachen in Ordnung und dafür gibt es dann ein paar Zigaretten von mir. Besonders ab Mitte des Monats. Dann geht den meisten bereits der Zigarettenvorrat aus und Geld ist keines mehr vorhanden. An und für sich sind die meisten arme, sozial abgerutschte Frauen, die bereits die meiste Zeit ihres Lebens in diesem oder einem anderen Zuchthaus verbracht haben. Sie gehören zu denen, die draußen nicht mehr zurechtkommen. Ein Resozialisierungsprogramm gibt es in der DDR nicht. Du passt dich an oder rückst wieder ein. Ich sagte ja bereits, die meisten gehen in den Knast zurück. Darum richten die meisten hier ihr Leben auf eine Partnerschaft mit Frauen ein. Es sind künstliche, aus der Not geborene lesbische Verhältnisse. Auch in diesem Verwahrraum gibt es einige enge Beziehungen. Mich stört es nicht, solange sie mich in Ruhe lassen. Sie bauen sich in ihren Betten Kojen, die sie mit Decken verhängen, und dann ihre sexuellen Bedürfnisse ausleben. Einige empfinden sogar echte Liebe und Zuneigung und lassen sich den Namen ihrer Partnerin auf den Körper tätowieren, von Liebesschwüren umrankt mit Liebes-, Glaubens-, Hoffnungs-Symbolen. Es kommt zu schrecklichen Eifersuchtsszenen unter diesen Frauen und wenn eine Beziehung zerbricht, versucht die Getäuschte, die einst innige Tätowierung aus Ruß, Schuhputzmitteln und Zigarettenasche wieder von der Haut zu entfernen. Manche Tätowierungen sind jedoch so tief gestochen, dass es zu blutigen Exzessen kommt. Blutvergiftungen sind die Folge und die mit einer Zigarettenglut aus der Haut gebrannte Tätowierung hinterlässt hässliche Narben, Es sind die reinsten Verstümmelungen und sie sind an der Tagesordnung. Manche stechen sich aus Verzweiflung Nähnadeln in die Adern, damit sie zu wandern anfangen, bis sie im Herz ankommen. Dann ist das beschissene Knastleben vorbei. Ist das wirklich eine Perspektive?

Ein eigenartiges Geräusch

Eines Nachts werde ich durch ein eigenartiges Geräusch geweckt. Das Geräusch hört sich nach einem Röcheln an. Es dringt vom unteren Bett zu mir herauf. Sofort steige ich von meinem Bett runter und sehe nach der Gefangenen, die grad versucht, sich mit einem Strick an den Sprungfedern des Bettgestells selbst zu strangulieren. Zunächst mache ich die ganze Zelle rebellisch. Gleichzeitig drücke ich den Alarmknopf in der Zelle und hämmere gegen die Zellentür. In dieser Situation sind die Wachteln die einzigen, die die Möglichkeit haben, schnell Hilfe zu bieten oder holen zu können, um die Situation in den Griff zu bekommen. Nach wenigen Augenblicken wird die Zellentür aufgerissen, das Licht eingeschaltet, und ich erkläre die Situation. Unterdessen haben aber die anderen Gefangenen die Selbstmörderin abgeschnitten und ins Leben zurückgeholt. Die gescheiterte Selbstmörderin kommt sofort ins GW und wir sehen sie nicht wieder.

Gespräche führe ich vor allem mit einer jungen Frau, die wegen Republikflucht zu zweieinhalb Jahren verurteilt worden ist. Leider hat sie zudem auch ein kriminelles Delikt begangen. Deshalb kommt sie wohl auch nicht auf die Freikaufliste, denke ich, Dass die Namen der Freigekauften vom Westen durchgegeben werden, ist längst bekannt geworden.

Doch es gibt diese dunkle Seite des Freikaufs. Mindestens drei Morde gehen auf das Konto von freigekauften Kriminellen. Dass diese Kriminellen von der Stasi mit einer politischen Legende ausgestattet werden, gehört ebenfalls zu den dunklen Seiten des Freikaufs.
Ansonsten ist diese junge Frau eine nette Person, hat eine gute Bildung und ich habe wenigstens jemanden zum Gedankenaustausch. Die Tage verlaufen eintönig wie eh und je. Wegen

des Einkaufsgeldes arbeiten die Kriminellen wie verrückt und merken nicht, wie sie damit die Norm Stück um Stück hochschrauben. Ich versuche so gut wie möglich über die Runden zu kommen, aber ich merke auch, wie die zweieinhalb Jahre in Hoheneck an mir nagen. Ich nutze jede Gelegenheit, um Kontakt mit den anderen Kommandos aufzunehmen. Gibt es Neuigkeiten? Aber nichts geschieht? Haben es sich die Genossen nun endgültig zur Aufgabe gemacht, mich und mein weiteres Leben zu vernichten? Mein familiäres, berufliches und zukünftiges Leben? Ich muss die Zähne zusammenbeißen. Meine Maxime lautet: Solange Leben in dir ist, wirst du kämpfen!

Nach einiger Zeit in meinem neuen Kommando, kommt die Gefängnisleitung auf die kleine Meuterei zurück und ich erhalte wegen meiner Freikauf-Ruferei zuzüglich eine Woche verschärften Arrest. Also wieder Isolation, eingeschränkte Verpflegung und Dunkelheit.

Nichts, was den einen Schrecken nicht noch übertrifft

In dieser Burg gibt es nichts, was den einen Schrecken nicht noch übertrifft. Sie macht ihrer Sage alle Ehre.

Die Jugendabteilung im Zuchthaus Hoheneck unterliegt strengster Geheimhaltung. Nie soll etwas darüber nach draußen dringen. Da jede Tatsache eines Tages durchsickert, hören schließlich auch wir inhaftierte Frauen von dieser Abteilung. Es müssen sich fürchterliche Szenen in dieser Gruppe abspielen. Junge unreife Kinder, mitunter aus schwierigen Verhältnissen, verharren in dieser menschenunfreundlichen Umgebung. Sie werden bewacht, aber nicht betreut von den Wachteln dieses Zuchthauses.

Von Vergewaltigungen, Schlägereien und Misshandlungen jeden Ausmaßes ist die Rede. Einige weibliche Jugendliche heißt es, haben einem Mädchen die Lissy, wie die Klobürste hier genannt wird, in den Unterleib geschoben und sie auf diese Weise fürchterlich gefoltert. So etwas passiert, meine ich, wenn man Jugendliche einsperrt und sich nicht richtig mit ihnen beschäftigt. Was soll aus diesen Kindern werden, wenn sie erwachsen sind? Werden solche Kinder jemals erwachsen? Was für eine Generation wächst hier heran? Keine Liebe. Keine Anerkennung. Kein lobendes Wort. Eingepfercht. Sich selbst überlassen. Ist die Folter, mit der sich diese Kinder untereinander quälen, nicht die Folge eines in seinen Grundfesten asozialen brutalen Systems?

Viele sind nach langen Haftjahren psychisch schwer geschädigt, Überleben, seine Würde bewahren, so gut wie möglich dieses Martyrium überstehen, das müsste die Maxime von allen sein. Wieder ein Stück enger zieht sich meine unsichtbare Mauer um mich herum. Ich lasse so gut wie nichts mehr an mich heran. Ich arbeite, schlafe, wasche mich, esse, arbeite, male mir meine Zukunft mit den Kindern rosig und träume von einer anderen Welt.

Kreisdienststelle Lichtenberg   Berlin, den 11.8.78
                                 VI -7335
                                 II/3342/78

Abteilung XX
über AIG   11 AUG. 1978

im Hause   Tgb. Nr. 3041/78
                  Weiter an: Ref 2

S c h ö n h e r z , geb. Staack, Edda, geb.am: 3.5.44

Am 24.10.1977 wurde Ihrer Diensteinheit die KK-Erfassung
zur Übernahme übergeben. Es wird gebeten, kurzfristig eine
Entscheidung herbeizuführen, da diese Person in einem
Objekt Ihres Verantwortungsbereiches tätig ist.

                                    Leiter der Kreisdienststelle

Anlage
1 M-Kopie   Gnauck
                                    Oberstleutnant

Rücksprache mit Leutpfarrer Gen. Knabe am 30.8.: über Ruf des Stadtbez. geklärt, ob u. u. die Pfarrer u. der Fiedel arbeiten. Inf. an Gen. Kielle. Dann Lösung d. op. Erfassung. 30.8.78 [Unterschrift]

Nach dem Ende der drei Jahre

8. September 1977. Es ist wohl so gekommen, wie es von Anfang an von den Sicherheitsorganen bestimmt wurde. Nach dem Ende der drei Jahre wird die Zellentür geöffnet und nun heißt es für mich „Sachen packen!" Die Wachtel „Bettenschreck begleitet mich nach draußen. Ich lasse mir Zeit. Die anderen weinen. „Bettenschreck" wiederholt den Befehl im schärferen Tonfall. „Schönherz! Sachen packen!" Ich verteile die besten Sachen, die ich noch habe, an die anderen. Sie geben mir die alten verschlissenen Teile, denn bei der Rückgabe in der Effektenkammer haben die ausgegebenen Kleidungsstücke und Decken vollzählig zu sein.

Es ist ein eigenartiges Gefühl, nach alle den Jahren die eigenen Sachen wieder in den Händen zu haben und schließlich wieder auf dem Körper zu spüren. Ich nehme meinen Schmuck und meine anderen Habseligkeiten in Empfang. Es ist seltsam zu sehen, wie die Wachtel „Bettenschreck" von Unruhe gepackt wird und schließlich auf Aufbruch aus dem Gefängnis drängt. Jetzt kannst du mal warten, denke ich dabei, ich habe drei Jahre gewartet und ich habe mich von diesem Raum noch nicht verabschiedet. „Bettenschreck" aber beginnt zu drängen und schließlich gehe ich mit der strohblonden Wachtel über den Gefängnishof. An den Fenstern hängen, genauso, wie vor jener langen Zeit, als ich hier ankam, die anderen Gefangen, denen noch schwere Zeiten bevorstehen. Sie rufen mir Abschiedsworte zu, „Mach's gut" oder „Wir sehen uns im Westen wieder". Sie weinen und wünschen mir immer wieder alles Gute. Ich winke zum Abschied und schon schnauzt mich Bettenschreck an: „Wenn Sie nicht aufhören, können wir sie auch noch einen Tag hier behalten". Meine Antwort bleibt knapp: „Auf den einen Tag kommt es mir auch nicht mehr an." Nach einigen Formalitäten öffnen sich zwei große eiserne Tore. Ich stehe vor dem Gefängnis Hoheneck. Noch immer in der DDR. Was nun? Vor dem Gefängnistor erwarten mich meine Schwester und meine Vize-Mutter Gertrud. Eine erste menschliche Umarmung nach der Haft und doch noch immer im großen Gefängnis DDR, denke ich. Meine Freude hält sich also in Grenzen. Ich denke, „so eine Schei.... jetzt stehst du wieder da, wo du eigentlich weg wolltest." Natürlich freue ich mich, dass ich nicht auf weiter Flur allein stehe, sondern, dass meine Familie trotz allem zu mir steht. Meine ganze freudige Erwartung aber gilt nun dem Wiedersehen mit meinen Kindern. Was werden sie denken? Wie über alles gedacht und empfunden haben? Werden sie verstehen, warum ihre Mutter drei Jahre nicht bei ihnen sein konnte? Werden wir das Vertrauen zueinander wieder aufbauen können? Wie lange wird das dauern? Wie groß sind sie inzwischen? Was beschäftigt sie im Augenblick? Werden sie verstehen, dass ich es auch für sie tat?

Nach meiner Entlassung aus Hoheneck: meine Vize-Mutter Gertrud, meine Schwester Linda und ich (v.l.n.r.)

Die Anträge warten weiter auf ihre Bearbeitung

Vor meinem Haus in Berlin Mahlsdorf stehen zwei große, wunderbare Kinder, meine Kinder, und alle meine Befürchtungen sind im selben Augenblick dahin. Wir umarmen uns und die Tränen rinnen die Wangen herunter. Jetzt erst merke ich die grauenhaften Folgen der Haft? Rieche ich denn nicht nach Knast? Klebt der alte modernde Geruch der alten Burg an mir? Am selben Tag wird auch mein Freund Jonny aus dem Strafvollzug Cottbus entlassen. Als auch wir uns wieder umarmen, steht für uns fest, dass wir weiter um unsere Ausreise kämpfen werden bis wir unser Ziel erreicht haben. Eine Zukunft in der DDR gibt es für uns nicht mehr. Die in der Haft gestellten Anträge warten weiter auf ihre Bearbeitung. Wie bis zu diesem Tag X überleben? Kurz vor meiner Entlassung aus dem Zuchthaus Hoheneck wurde mir ein Arbeitsplatz als Hilfsarbeiterin in einer Großbäckerei in Berlin-Biesdorf zugewiesen. Meine Antwort lautete, „Arbeit schändet nicht. Ich würde das auch tun, nur gibt es das Problem, dass ich für diesen Staat nicht mehr tätig sein werde." Prompt erfolgt die Antwort: „Wenn Sie nicht innerhalb von vier bis sechs Wochen eine Arbeit nachweisen können, gehen Sie wegen ‚Asozialem Verhalten' für die nächsten zwei bis fünf Jahre ins AE[37]." Es stimmt, daran hatte ich gar nicht gedacht: offiziell gibt in der DDR keine Arbeitslosen. Wer nicht arbeitet, auch wenn er es sich es finanziell leisten könnte, pflegt einen strafrechtlich relevanten ‚asozialen Lebenswandel'. Die nach diesem Paragrafen Verurteilten sitzen in Zuchthäusern, Arbeitslagern, Jugendhäusern und Jugendwerkhöfen wie zum Beispiel in Torgau. Um uns dieser Gefahr nicht auszusetzen, sprechen wir kurz nach der Entlassung bei der evangelischen Kirche vor. Zunächst lässt sich für unser Empfinden der Bischof

---

37 AE = die sogenannte Arbeitserziehung in der DDR. Darüber kriminalisierte die Strafrechtsordnung „asoziales Verhalten". Etwa bei der Zurückweisung

Schönherr dreimal verleugnen. Die evangelische Kirche der DDR war wie alle Institutionen von inoffiziellen Mitarbeitern der Stasi unterlaufen. Ein Gespräch mit Staatsfeinden ist heikel. Das ist uns klar. Wir gehen darauf zur katholischen Kirche in Berlin und der zuständige Bischof Bengsch hilft uns sofort. Er besorgt uns eine Tätigkeit als Fotografen bei der Caritas. Wir fotografieren also fortan Objekte und Projekte, die den Nachweisen für die Verwendung der Spendengelder von der Caritas der Bundesrepublik Deutschland beigefügt werden. Mit dieser Anstellung sind wir unseren Häschern, die uns weiterhin an den Fersen bleiben, erst einmal entkommen. Ferner haben wir unseren Willen zur Ausreise schriftlich bekräftigt und dieses Schreiben mehrmals kopiert an das Ministerium des Innern sowie an Erich Honecker persönlich geschickt. Wir erinnern den Staatsratsvorsitzenden Honecker daran, was er inzwischen alles unterschrieben hat: beispielsweise die Genfer und die Wiener Konventionen[38], die Helsinki-Verträge[39]. Und ich persönlich schreibe ebenfalls auch an Dr. Kurt Waldheim, der der UNO-Menschenrechtskommission vorsteht, nach New York. Ich lasse den Brief ganz bewusst über den DDR-Post-Weg laufen. Ich will die DDR-Behörden aufscheuchen, Der Brief wird natürlich Dr. Waldheim nie erreichen. Weil ich durch meine Hoheneck-Schule nun doch schon weiß, wie der Hase läuft, gebe ich das Duplikat des Briefes zwei Freunden aus Nürnberg mit, die es auf ihrer Heimreise in einen Postkasten in Bayern einwerfen.

---

38 Genfer Konventionen = Die Genfer Konventionen, auch Genfer Abkommen genannt, sind zwischenstaatliche Abkommen und eine essenzielle Komponente des humanitären Völkerrechts. Quelle: http://de.wikipedia.org/wiki/Genfer_Konventionen (Zugriff 02. Mai 2012).

39 Helsinki-Verträge = Die Schlussakte von Helsinki wurde am 1. August 1975 unterzeichnet. Im Korb I, Ziffer 7. heißt es: Achtung der Menschenrechte und Grundfreiheiten, einschließlich der Gedanken-, Gewissens-, Religions- oder Überzeugungsfreiheit. Quelle: de. wikipedia.org/wiki/Konferenz_%C3%BCber_Sicherheit_und_Zusammenarbeit_in_Europa#Die_Verhandlungen_in_Helsinki (Zugriff 02. Mai 2012).

Auf diesem Weg erreicht der Brief sein Ziel also doch noch. Und gewiss hat sich danach etwas getan.

Einen anderen Brief schreibe ich an Honecker. Auch vom Büro Honecker erhalte ich keine Antwort. Allerdings enthält meine Akte mein Schreiben plus Eingangsstempel des Staatsrates der DDR.

Lida Schönherz
115 Berlin
Rultschiner Damm 53

An
den Vorsitzenden des Staatsrates der DDR
Herrn
Erich Honecker
102 B e r l i n
Marx-Engels-Platz

Berlin, den 16.4.1978

Betrifft: E i n g a b e

    Antrag auf Entlassung aus der Staatsbürgerschaft der DDR
    und Übersiedlung oder Ausreise in die Bundesrepublik
    Deutschland oder Westberlin

Werter Herr Vorsitzender!
Am 20.Sept.1977 überreichte ich der Abtlg.Inneres des Stadtbezirkes
Berlin-Lichtenberg einen Antrag auf 'Entlassung aus der Staatsbürgerschaft der DDR und Übersiedlung oder Ausreise in die Bundesrepublik
Deutschland oder Westberlin'. Am 5.Jan.1978 sandte ich eine Eingabe an
den Minister des Innern der DDR, Herrn Friedrich Dickel. Beide Schreiben blieben bisher unbeantwortet, so daß ich mich zu der heutigen Eingabe veranlaßt sehe.
Aus politischer Überzeugung lehne ich die Gesellschaftsordnung der
DDR strikt ab, da sie in keinerweise meinen Vorstellungen von Demokratie, Freiheit und Humanismus entspricht. Nach dreijähriger Demütigung
und Erniedrigung in Berlin und Hoheneck(1974 - 1977) wegen §213 verbindet mich nichts mehr mit dem Staate der DDR. Gegen meinen Willen
entließ man mich zusammen mit meinem Lebensgefährten Jonny Seidel
nach Verbüßung der Gesamtstrafe von 36 Monaten-obwohl ich ebenfalls
im Strafvollzug zwei ordnungsgemäße Anträge auf 'Entlassung aus der
Staatsbürgerschaft der DDR und Übersiedlung oder Ausreise in die
Bundesrepublik Deutschland oder Westberlin' stellte und eine Wiedereingliederung in das Gesellschaftssystem der DDR strikt ablehnte und
ablehne-in die DDR. Seither sind sieben Monate vergangen.
Wie lange, Herr Vorsitzender, soll ich noch bestraft werden und auf
meine Übersiedlung oder Ausreise in die Bundesrepublik Deutschland
oder Westberlin warten?

In jüngster Vergangenheit führten Sie,Herr Vorsitzender,Gespräche mit dem Bundeskanzler der Republik Oesterreich,Herrn Bruno Kreisky. Ich gestatte mir,vier Punkte aus dem gemeinsamen Kommunique über den offiziellen Besuch des Bundeskanzlers hier zu zitieren:

    1. die Verwirklichung der Schlußakte von Helsinki in ihrer Gesamtheit
    2. die Wahrung der Menschenrechte, Beseitigung aller Formen von Diskriminierungen
    3. beide Seiten betonen den hohen Stellenwert der Organisation der Vereinten Nationen
    4. und brachten ihre Entschlossenheit zum Ausdruck, die Satzungen der Vereinten Nationen strikt einzuhalten.

So gewähren Sie mir,gemäß dieser Erklärung,Herr Vorsitzender,nach Jahren der Demütigung und Erniedrigung endlich,den Staat der DDR zu verlassen und in die Bundesrepublik Deutschland oder Westberlin überzusiedeln oder auszureisen.Mein Freundes-,Verwandten-und Bekanntenkreis befindet sich in der Bundesrepublik Deutschland und Westberlin.

Als den höchsten Repräsentanten der DDR wende ich mich deshalb an Sie,Herr Vorsitzender,und beantrage noch einmal mit Nachdruck für mich und meine beiden Kinder die Entlassung aus der Staatsbürgerschaft der DDR und Übersiedlung oder Ausreise in die Bundesrepublik Deutschland oder Westberlin.

Edda Schönherz
115 Berlin
Hultschiner Damm 53

Herrn
Minister des Innern
1086 Berlin
Mauerstr.29/32

Berlin,den 5.1.1978

Betrifft:Eingabe

Antrag auf Aberkennung der Staatsbürgerschaft der DDR
und Übersiedlung in die Bundesrepublik Deutschland
oder Westberlin

Bezugnehmend auf meinen Antrag vom 16.9.1977,den ich persönlich
am 20.9.77 der Abtlg.Inneres des Stadtbezirkes Bln-Lichtenberg
übergab und der bis heute unbeantwortet blieb,bekunde ich hiermit
noch einmal meinen festen Entschluß,die DDR zu verlassen und in
die Bundesrepublik Deutschland oder nach Westberlin überzusiedeln.
Aus politischen Gründen lehne ich die Gesellschaftsordnung der DDR ab.
Nach dreijähriger Inhaftierung in Hoheneck(1974-1977)wegen §213 gibt
es für mich in diesem Staate keine Existenz,kein Betätigungsfeld
mehr.Mein Entschluß,ist daher unwiderruflich.
Mein Freundes-,Verwandten-und Bekanntenkreis befindet sich in der
Bundesrepublik Deutschland und in Westberlin.
Das tägliche Brot für mich und meine zwei Kinder verdiene ich bei der
Kirche Christi.
Im Interview mit der Saarbrücker Zeitung stellte der Vorsitzende des
Staatsrates der DDR das Völkerrecht vor das Landesrecht,räumte somit
der UNO-Charta die Priorität ein.Integrierter Bestandteil der UN-Charta
sind auch die Deklarationen und Konventionen über die Menschenrechte.
Gemäß dieser'Rechte des Menschen'ersuche ich noch einmal um die Ab-
erkennung der Staatsbürgerschaft der DDR und Übersiedlung in die Bundesrepublik Deutschland oder Westberlin für mich und meine beiden Kinder Rene und Annette.
Nachfolgende Bundesbürger sind sofort bereit,mich aufzunehmen:Heinz
Klimek,7000 Stuttgart,Kahlhieb 3;Erna Scholz,858 Bayreuth,Pestalozzi-
str.17.

Edda Schönherz

XX/4 16.10.[?]

BKG erbat Zustimmung zur Ausreise.

Reisesperre am heutigen Tag eingelöst.

Hille.

Nach über zwei Jahren nach der Entlassung aus der Haft dürfen wir alle gemeinsam ausreisen. Der für die Abwicklung der Freikäufe von der DDR-Regierung beauftragte Rechtsanwalt Dr. Vogel, eröffnet mir am 13. August 1979, dass meiner Ausreise gemeinsam mit meinen Kindern in die Bundesrepublik Deutschland stattgegeben worden ist. Zunächst denke ich, „aha, heute ist der 13. August und genau an diesem Tag bekomme ich das zu hören, das ist doch wieder so ein mieser Trick dieser Bonzen." „Nein, nein", entgegnet Dr. Vogel, „Ihrer Ausreise ist nunmehr stattgegeben. Wann wollen Sie ausreisen?" Ich sage sofort: „Morgen, bevor die sich das wieder anders überlegen". Dr. Vogel widerspricht darauf heftig. Er sagt: „Aber, Frau Schönherz, es müssen ja noch einige Formalitäten erledigt werden", Die Formalitäten bestanden unter anderem darin, dass wir als Thalheimer, Stollberger Str. 42 Kr. Stollberg, ausreisen müssen. Darum müssen wir noch einmal zu dem Ort, wo ich 2½ Jahre unfreiwillig verbringen musste, um die Ausbürgerungsurkunde für die Aberkennung der Staatsbürgerschaft der DDR zu unterschreiben. Was soll ich darauf sagen? „Gut, dann muss es so ein." Die Ausbürgerungsurkunde kostet noch einmal 30,00 DDR-Mark, die ich sehr gerne bezahle.

Es ist soweit

12. Dezember 1979. Es ist soweit. Dass wir nicht als Berliner ausreisen dürfen, sondern getarnt als Stollberger, nehme ich schon gar nicht mehr krumm. Hoheneck gehört zur Kreisstadt Stollberg. Sie tun also so, als würde ich direkt vom Knast freigekauft, denke ich. Und es ist mir reichlich egal. Ich fahre also nach Stollberg und unterzeichne die Aberkennung der Staatsbürgerschaft der DDR für mich und meine Kinder. Später erfahre ich, dass die Stollbergklausel mit meinem Haus in Ber-

lin-Mahlsdorf zusammenhängt. Mein Haus wurde vom MfS kurzerhand konfisziert; und schließlich ziehen ein Stasi-Mann und seine Ehefrau in mein Haus ein. Bis heute kämpfe ich um dieses Haus, zumindest um eine Entschädigung, da die Stasi sämtliche Eintragungen im Grundbuch gelöscht hat. Am 12, Dezember 1979 jedoch steht die Frage, ich welchem Bundesland wir uns ansiedeln werden. Da ich die Mauer – auch von WestBerlin aus gesehen – nicht mehr ertragen kann, entschließe ich mich für Bayern. Auch weil dort Freunde wohnen, die uns in unserer Not schon geholfen haben.
Zurück nach Berlin, räumen wir unser Haus in Mahlsdorf, verschenken und verkaufen noch ein wenig, denn wir dürfen nur Handgepäck mitnehmen.
Wir reisen schließlich über den Tränenpalast an der Friedrichstraße aus. Die Stasi zögert die Durchsicht der Reisepapiere solange hinaus, bis der Zug nach Nürnberg abfährt. Das bedeutet, dass wir einen Tag in West-Berlin bleiben müssen. Wir müssen die Nacht im Aufnahmelager Marienfelde verbringen, mit allem Gepäck, dass wir bei uns tragen, Meine Kinder, die bisher tapfer mitgehalten haben, wirken plötzlich erschöpft. Vor allem bei Annette macht sich der Druck, der seit meiner Verhaftung auf ihr lastet, bemerkbar. Sie bekommt einen Weinkrampf und es dauert eine Zeit, bis ich sie trösten kann. Ich sage zu ihr, dass wir bald alles überstanden haben und dass jetzt ein freies Leben vor uns liegt.

Am Bahnhof Zoo steigen wir aus. Das erste, was ich erblicke, ein Stand mit den schönsten Blumen der Welt. Und das mitten im Winter. Aus dem tristen Grau sind wir in eine Welt der Farben, des Lichts und der feindlichsten Überraschungen gekommen. Auch im Aufnahmelager Marienfelde werden wir auf das Herzlichste begrüßt. Als ich unser Reiseziel erkläre, werden wir darauf hingewiesen, dass der Zug nach Nürnberg DDR-Gebiet durchfährt. Mir wird übel, Die Lagerleitung kümmert sich sofort darum, dass wir von Berlin-Tegel nach Nürnberg fliegen können. Es dauert nur wenige Minuten und der Flug wird bestätigt. Eine saubere Unterkunft für die Nacht ist ebenfalls schnell gefunden. Es gibt ein reichhaltiges Frühstück und wieder herzliche Worte und „Alles Gute" zum Abschied. Am Vormittag sitzen wir dann endlich im Flugzeug nach Nürnberg. Grauenhaft die Vorstellung, wir hätten mit dem Zug durch die DDR, aus der man glücklicherweise für immer soeben ausgereist ist, fahren müssen. Der Flug ist angenehm, die Stewardessen sind sehr freundlich und man sieht ihnen an, dass sie ohne jeglichen ideologischen Befehl im Kopf weltgewandt und selbst bestimmt sind. Danke für diese Freundlichkeit auf diesem ersten wichtigen Flug in die Freiheit. Am Flughafen Nürnberg warten Bärbel und Walter, die beiden, die uns in der schweren Zeit so zur Seite stehen, uns Mut machen und uns auch materiell unterstützen, „Ihr könnt bei uns wohnen", sagt Bärbel nach der langen und innigen Begrüßung. Und Walter sagt bescheiden wie entschieden: „Unser Haus ist groß genug."

Wir wohnen bei unseren Freunden Bärbel und Walter, bis alles geregelt war: Die Anmeldung beim Arbeitsamt, bei der Krankenkasse, die Gespräche in den Büros der West-Alliierten und so weiter. Die Eltern von John haben nach unserer Entlassung das Rentenalter erreicht und siedeln noch vor uns in die Bundesrepublik über. Sie wohnen gleich in der Nähe von Bärbel und Walter, ebenfalls im fränkischen Mistelbach. Mit ihrer Hilfe beziehen wir bald eine Wohnung in Bayreuth. Wir erleben so viel Solidarität, auch von vielen Menschen in der Umgebung, dass ich mehrmals vor Freude geweint habe. Danke!

Der Gang zu den Ämtern ist mühevoller, als ich gedacht habe. Alle Angestellten und Beamten sind sehr höflich, zuvorkommend und ich bekomme alles in Ruhe und mit klarer Rede erklärt. Der Grund, warum es für mich so viel Mühe macht, ist einfach wie plausibel und erklärt im Kleinen den ganzen Unterschied zwischen den Systemen der beiden deutschen Staaten. Hier muss man sein Leben selbst in die Hand nehmen. Es ist alles da, aber es trägt dir ohne dein Dazutun niemand etwas nach Hause. Jeder ist frei und kann tun und lassen, was er will. Ich fülle nacheinander Anträge zur Einbürgerung in die Bundesrepublik aus, für die Rehabilitierungen, Arbeitslosengeld und Kindergeld, für den Wohnberechtigungsschein, mit dem wir eine sozial gestützte Wohnung beziehen können und vieles mehr. Geduldig stehen uns Bärbel und Walter zur Seite. Nie hätten wir das alles ohne die beiden so reibungslos und in relativ kurzer Zeit geschafft.

Nach den Gesetzen des freien Marktes

Nach den Gesetzen des freien Marktes erfährt nun auch die Presse und der Rundfunk von unserer Ankunft und um die Konsumenten stets mit den aktuellsten Ereignissen zu unterhalten und zum Nachdenken anzuregen, bittet sie nun um Interviews und Fotos. Bei unserer Ausreise hatte mich Dr. Vogel sanft wie eindringlich darum gebeten, Zurückhaltung vor der Öffentlichkeit – sprich Fernsehfunk und Presse zu üben. Es könnte sonst den Weg für viele andere DDR-Bürger in den Westen versperrt werden. Genauso drückte er sich aus: „versperren". Aber ich lasse mich auf diese letzte Erpressung nicht ein. Mit meinen Kommentaren halte mich zurück. Allerdings kann die Presse in diesem Land auch mal ein bisschen warten. Jetzt dreht sich mein Leben in erster Linie um Annette und René. Sie bekommen beide gute Lehrstellen, wo beide allerdings nicht bleiben. Sie suchen ihre eigenen Wege. Ich gebe zu, es ist nicht einfach für die Kinder, sich in dieser neuen großen, farbigen, aber zunächst auch unübersichtlichen Welt zurechtzufinden. Später erzählt mir René, dass er in der Autowerkstatt gemobbt wurde. Er hatte eine Lehrstelle aufgrund seiner besonderen Situation bekommen, wobei andere seiner Lehrlingskollegen nicht das Glück hatten und das wurde René nicht verziehen. Mit dieser Situation ist er schließlich nicht mehr fertig geworden. Unter diesen Voraussetzungen wird jeder Tag in einer Firma zur seelischen Tortur. Annette wie René beginnen also ihren eigenen Weg zu finden und bilden sich erfolgreich an Fachschulen weiter.

Was meinen beruflichen Neueinstieg betrifft, schreibe ich Bewerbungen an verschiedene Fernsehanstalten und bekomme sofort drei Zusagen. Die erste Zusage für meinen Beruf als Moderatorin kommt vom Bayerischen Rundfunk-Fernsehen, ich sage dort auch zuerst zu. Spreche in München vor und werde von der Bank weg angenommen. Ich bin der glücklichste Mensch auf der Welt. Endlich habe ich mein Ziel erreicht. Ich war dort und bin hier und kann bezeugen, was und wie alles geschehen ist. Ich bin auch glücklich, es dem verbrecherischen System mit seinen Handlangern gezeigt zu haben. Sie haben mich nicht geschafft! Jetzt muss ich erst einmal wieder genügend Geld verdienen, um meine Kinder weiterhin zu versorgen und sie finanziell unterstützen zu können, denke ich. Es ist nicht so leicht, wie es sich anhört, denn vom großen Geld ist bei meiner Arbeit noch nicht die Rede, aber es ist doch ein erster fester Schritt in eine freie Zukunft.

Postskriptum

Fünf Monate nach meiner Ankunft in der Bundesrepublik ziehe ich aufgrund meiner neuen Arbeit nach München. Ich richte mir ein Apartment ein und lebe sehr bescheiden. Nun heißt es, dem neuen Leben erste einmal gerecht zu werden.

Im gleichen Zeitraum, nach fünf Monaten also, bin ich wieder auf dem Bildschirm, nur dieses Mal auf einem Bildschirm in der Bundesrepublik. Beim Bayerischen Fernsehen bleibe ich die kommenden zwanzig Jahre. Millionen Menschen sehen mich wieder auf dem Bildschirm, doch nicht nur in der Bundesrepublik Deutschland, sondern eben auch in der DDR, Das passt der Regierung der DDR natürlich überhaupt nicht, Für mich ist es ein entscheidender Sieg. Ein Meilenstein in meinem Leben und Widerstand gegen den Unrechtsstaat DDR.

Zwanzig Jahre werde ich über meine Erlebnisse nicht reden können. Es hat sich andererseits auch keiner dafür interessiert. Besonders nicht in München.

Es ist wahr, die Menschen im Westen gehen einen ganz anderen Weg als die Menschen im Osten. Die Sozialisierung der Deutschen nach dem verlorenen Krieg, in dessen Folge zunächst einmal alle Deutschen befreite Menschen, aber noch keine freien Menschen sind, findet in Ost und West vollkommen unterschiedlich statt. Während die neuen Machthaber im Osten auf die Kraft der Ideologie setzen, setzen die Westalliierten und die Regierung in Bonn von Anfang an auf die Kraft der sozialen Marktwirtschaft, die Freiheit, Blüte und erneuten Wohlstand bringt. Die Leute im Westen haben ganz andere Sorgen und Interessen: mein neues Auto, meine nächste Reise, was ziehe ich heute Abend auf der Party an. Ich kann und will ihnen gerade diese Sorglosigkeit nicht übel nehmen. Leben und leben lassen kann man nur üben, wenn es einem im Leben selber halbwegs gut geht und man beim Erfolg der anderen nicht hinten ansteht.

Die Menschen in der DDR müssen in der Planwirtschaft leben, das heißt lügen um des Planes willen und vor allem den Beschlüssen und der beschlusswütigsten Partei der Welt gegenüber gefügig sein. Andernfalls geraten sie in Verdacht, ein heimlicher Staatsfeind zu sein. Sicher haben die Sowjets als Besatzer Ostdeutschlands vieles außer Landes geschleppt: ganze Fabriken, Schiffe wurden zum Teil nur für die Sowjetunion gebaut, Maschinen, Eisenbahnwaggons. In Thüringen wurde der Uranerzabbau in den Bergwerken auf Hochtouren betrieben, Es gab eine großzügige Entlohnung, aber aufgrund der hohen Strahlung sterben viele der Bergleute bereits in sehr jungen Jahren. Auch Frauen gehen anfangs in Scharen in die Stollen. Auch unter ihnen sind viele schwer krank geworden.

Die Menschen in der DDR müssen viel abfangen und mit dem, was übrig bleibt, müssen sie erst einmal etwas auf die Beine stellen. Es sind die gleichen Deutschen, die nach dem Krieg versuchen, das Leben wieder in den Griff zu bekommen. Die Mangelwirtschaft entsteht nicht durch ihr berufliches Unvermögen, sondern durch das Unvermögen der Partei, die zuerst an ihre Privilegien denken und dann, wie sie sich aus allem herausreden können. Das tun sie bis heute, Das ist ihr Stil. Der haftet ihnen nachträglich an, Und das wird so bleiben. Ihr böser Blick beim kleinsten Witz auf ihre Kosten entlarvt sie auf alle Zeit. Am 07. Oktober 1989, ais die Revolution in der DDR auf die Straße geht, fragte Stasi-Chef Erich Mielke seine Genossen verdutzt: „Haben wir jetzt etwa den 17. Juni?" Was hat Mielke damit gemeint? Am 17, Juni 1953 streikten Hunderttausende Arbeiter in der DDR und in Ost-Berlin gegen die ständigen unsinnigen Normerhöhungen in den Betrieben und der zugleich zunehmenden Mangelwirtschaft im Staat. Der Aufstand vom

17. Juni 1953 wurde blutig niedergeschlagen. Es gab Tote, Verwundete, Hunderte landeten in Zuchthäusern, unter anderem auch in Hohenschönhausen.

Ich lerne in der Zeit von 1979 bis 2000 viele nette Menschen kennen. Ich lerne auch Menschen kennen, die mich schwer enttäuschen. Aber auch das gehört wohl zum Leben dazu. Seit Ende 2002 bin ich wieder in Berlin, in meiner Heimatstadt, und fühle jetzt die Kraft, mich meiner Vergangenheit zu stellen und diese aufzuarbeiten, mit meiner Arbeit auch zur Beseitigung aller Diktaturen beizutragen. Meine Zeit mit der Stasi, meine Zeit des Versuchs der friedlichen Ausreise, meine Zeit der Inhaftierung, meine Zeit in der Stasi-U-Haft Hohenschönhausen und schließlich meine Zeit im Zuchthaus Hoheneck.

Seit 2003 bin ich nun Zeitzeugenreferentin für politische Bildung in der Gedenkstätte Hohenschönhausen. Ich gebe weiter, was ich erlebt habe. Ich denke, es ist keine unwichtige Aufklärungsarbeit, Diktaturen sollen nirgendwo und schon gar nicht mehr auf deutschem Boden Fuß fassen können. Weder Links-Diktaturen noch Rechts-Diktaturen. Wer terroristisch denkt, begeht einen groben Fehler. Besonders am Herzen liegt mir dabei unsere Jugend. Sie ist in jedem Land das Wichtigste. Immer ist die Jugend die Zukunft. Aus der Jugend erwachsen die Menschen, die ein Land in der Politik, in der Wirtschaft, in den Medien und in den Künsten bestimmen.

Meine Tochter Annette hat mir zwei Enkelsöhne geschenkt. Sie lebt jetzt in zweiter Ehe mit ihrem Lebenspartner in Erding, sie ist in Bayern geblieben und hat ein bayerisches Mannsbild geheiratet. Von meinem Sohn René habe ich eine Enkeltochter. René lebt seit ein paar Jahren auch wieder in Berlin. Er ist seiner ersten Liebe wieder begegnet und lebt mit ihr in Mahlsdorf, aber in einem anderen Haus, nicht in unserem ehemaligen am

Hultschiner Damm. Es scheint, die Kreise schließen sich. Für mich bedeutet Glück, wenn meine Kinder glücklich sind!!

Schließlich nehme ich auch Einsicht in meine Stasi-Akten. Ich stelle gleich nach der Öffnung der Mauer einen Antrag auf Einsicht in meine Akte. Ich will wissen, ob es in meiner unmittelbaren Umgebung jemanden gibt, der mir in den Rücken gefallen ist, der mich bespitzelt und verraten hat. Wider alle schlechte Erwartung gibt es keinen Eintrag. Das ist ein sehr positives Erlebnis. Dann tauchen doch noch ein paar BStU[40]-Blätter auf. Es sind Ausfertigungen einiger Genossen des DFF, die meine Tätigkeit im Fernsehfunk beurteilten. Abgefragt vom MfS in unregelmäßigen Abständen, je nach Lage, in verschiedenen Situationen, wie es wohl gebraucht wurde. Die erste Einschätzung erfolgt unmittelbar nach meiner Einstellung beim DFF. Ich funktioniere noch im System, dementsprechend gut ist die Beurteilung. Die zweite Beurteilung erfolgt, als ich in der U-Haft der Stasi sitze. Grottenschlecht! Und so eine habt ihr mal von 150 Mitbewerberinnen ausgewählt und jahrelang hofiert. Und mit einmal: grottenschlecht. Mir könnte gleich schlecht werden, vor allem, als ich die Beurteilung lese, die frühere Kolleginnen nach der Wiedervereinigung und gegenüber der Rehabilitierungskommission vom DFF abgegeben habe. Demnach bin ich nun wieder und war immer eine der besten Mitarbeiterinnen, die jemals beim DFF unter Vertrag gewesen sind. „Immer ein offenes Wort gegenüber anderen und mit ihrer Meinung meistens richtig lag." Na, da soll sich noch einer auskennen!

---

40 BStU = Bundesbeauftragter der Unterlagen des Ministeriums für Staatssicherheit der ehemaligen Deutschen Demokratischen Republik. Nach Joachim Gauck und Marianne Birthler ist der derzeitige Bundesbeauftragte Roland Jahn.

Ansonsten enthalten meine Stasi-Akten keine mich umwerfenden skandalösen Dinge. Beobachtungen, Verhörprotokolle, Befragungen von Dora und Kurt S. Mir ist wichtig, dass die Menschen, die mir nahe stehen, mich in keiner Weise enttäuscht haben, Und wenn jemand mir in irgendeiner Weise doch in den Rücken gefallen sein sollte, dann muss er das mit sich selbst ausmachen, Ich muss jeden Morgen in den Spiegel gucken und sagen können; „Guten Morgen! Es ist alles, alles gut!"

ENDE

Übrigens, ich werde bis Ende 1987 noch von der Stasi observiert. Seit Mai 1980 arbeite ich engagiert und durchaus beliebt beim Bayerischen Fernsehen. 1992 wird ein Herr Nippel enttarnt werden: Er ist Produktionsleiter des Bayerischen Fernsehens. Ich bin also weiterhin in „guter" Gesellschaft. Aber das steht dann im zweiten Buch.

Begl. Abschrift

LANDGERICHT BERLIN

Beschluß

Geschäftsnummer: (551 Rh) 4 Js 459/92 (462/92)

In der Rehabilitierungssache

1. des Jonny S e i d e l ,
   geboren am 7. Januar 1939 in Grimma,
   wohnhaft: Schwarzspechtstraße 8 a, 8000 München 82,

2. der Edda S c h ö n h e r z
   geborene Staack,
   geboren am 3. Mai 1944 in Bad Landeck,
   wohnhaft: Ortolfstraße 17, 8000 München 60,

   - vertreten durch: Rechtsanwalt Dr. Frank-Peter Reissinger,
                      Leopoldstraße 236, 8000 München 40 -,

hat die 51. Strafkammer des Landgerichts Berlin am 2. Juni 1992 beschlossen:

    1. Auf die Anträge der Betroffenen wird das Urteil des Stadtbezirksgerichts Berlin-Lichtenberg vom 23. Dezember 1974 (Aktenzeichen: $\frac{512 \text{ S } 544/74}{211\text{-}138\text{-}74}$) aufgehoben.

    Die Betroffenen werden rehabilitiert.

- 2 -

AVR 1
Beschlußkopfbogen

URKUNDE

                   Edda Schönherz geb. Staack

geboren am   03.05.1944   in Bad Landeck

wohnhaft in Thalheim, Stollberger Str. 42
           Kr. Stollberg

wird gemäß § 10 des Gesetzes vom 20. Februar 1967 über die Staatsbürgerschaft der Deutschen Demokratischen Republik (GBl. I S. 3) aus der Staatsbürgerschaft der Deutschen Demokratischen Republik entlassen. Die Entlassung erstreckt sich auf folgende kraft elterlichen Erziehungsrechts vertretene Kinder:

Annette Beccard

geboren am 14.04.1962   in Berlin

René Beccard

geboren am 27.03.1963   in Berlin

-

geboren am   in

Die Entlassung aus der Staatsbürgerschaft der Deutschen Demokratischen Republik wird gemäß § 15 Abs. 3 des Staatsbürgerschaftsgesetzes mit der Aushandigung dieser Urkunde wirksam.

Karl-Marx-Stadt

den   03.12.1979

Ausgehändigt am   11. De

DER GENERALSTAATSANWALT

5 AR 2/80

(Geschäftszeichen im Antwortschreiben bitte angeben)

Bamberg, 31. Januar 1980

V e r f ü g u n g

Frau Edda Schönherz, geborene Staack, geboren am 3. Mai 1944 in Bad Landeck, wohnhaft Wörtstraße 4 in 8580 Bayreuth, wurde am 23. Dezember 1974 durch das Stadtbezirksgericht Berlin-Lichtenberg wegen ungesetzlichen Grenzübertritts gemäß § 213 StGB/DDR und Verstoßes gegen das Devisengesetz zu einer Freiheitsstrafe von drei Jahren verurteilt.

Auf Antrag der Verurteilten wird die Vollstreckung des Urteils vom 23. Dezember 1974 für unzulässig erklärt (§§ 2 Abs. 5 und 15 des Gesetzes über die innerdeutsche Rechts- und Amtshilfe in Strafsachen vom 2. Mai 1953 - BGBl. I S. 161).

Die Vorschrift des § 213 StGB/DDR, deren Verletzung im Urteil festgestellt ist, widerspricht den in der Bundesrepublik Deutschland geltenden Rechtsgrundsätzen der Freizügigkeit.

Das Verhalten der Verurteilten erscheint deshalb insgesamt nicht als strafwürdiges Unrecht.

I.A.

Dr. Pöpperl
Oberstaatsanwalt

Frau
Edda Schönherz
Wörthstraße 4

8580 Bayreuth

FUNKHAUS BERLIN

Einrichtung gem. Art. 36 Einigungsvertrag

Frau
Edda Schönherz

Ortolfstr. 17
W-8000 München 60

Nalepastraße 10-50
O 1160 Berlin
Telefon: 636 0 Auskunft
Telex: 11 22 76
Telefax: 55 89 119

Berlin, den 4.12.91

Sehr geehrte Frau Schönherz,

beigelegt übersenden wir Ihnen heute die Ehrenerklärung, die in ihrem Wortlaut in der Sitzung der Rehabilitierungskommission am 29.11.1991 verabschiedet wurde und so auch im Deutschen Fernsehfunk veröffentlicht werden soll.

Wie wir inzwischen erfahren haben, wurde auf unsere Anregung hin durch den Rundfunkbeauftragten ein Sonderfonds gebildet, durch den so offensichtliche Verstöße gegen das Arbeits- und Vertragsrecht - wie wir sie in Ihrem Fall festgestellt haben - wenigstens annähernd ausgeglichen werden sollen. So hat uns die Intendanz des Deutschen Fernsehfunks zugesichert, daß Ihnen für die Gehaltseinbußen in Zusammenhang mit Ihrer Verfolgung und Verhaftung durch das MfS 1974 in den nächsten Tagen eine finanzielle Entschädigung in Höhe von 5000.-- DM überwiesen werden wird.

Unsere Hoffnung, daß diese bescheidene Geste der Aussöhnung mit den durch Unrechtsentscheidungen des SED-Regimes Geschädigten von Ihnen auch so verstanden wird, verbindet sich mit der Erwartung, daß ebenso Text und Inhalt der Ehrenerklärung Ihren Anspruch auf Wiedergutmachung genügend deutlich zum Ausdruck bringen. Sie werden es uns sicher wissen lassen, verehrte Frau Schönherz.

So bleibt uns nur noch, Ihnen für die persönliche und berufliche Zukunft alles erdenklich Gute zu wünschen.

Mit freundlichen Grüßen

D. Grollmitz   H. Steer
f.d. Rehabilitierungskommission

DEUTSCHER FERNSEHFUNK

Deutscher Fernsehfunk   Berlin 1199

Ihre Zeichen   Ihre Nachricht vom   Unser Zeichen   Telefon 631   Datum
28.11.91

Erklärung

In Übereinstimmung mit dem Beschluß der Rehabilitierungskommission vom 13. November 1991 rehabilitiert die Intendanz des Deutschen Fernsehfunks Frau Edda **Schönherz**.

Wie die Anhörung und ein ausführliches Gespräch ergaben, wurde Frau Schönherz anläßlich einer privaten Reise nach Ungarn 1974 vom Staatssicherheitsdienst observiert, nach Besuchen in den Botschaften der USA und der Bundesrepublik Deutschland in Budapest des "mehrfachen Verstoßes gegen die Sicherheitsinteressen" der damaligen DDR verdächtigt und nach der Rückkehr in ihren Wohnort Berlin am 09.09.1974 verhaftet. Die gegen sie erhobenen Anschuldigungen gipfelten in dem Vorwurf "staatsfeindlichen Verhaltens in besonders schwerem Fall", so daß sie nach Paragraph 213 des Strafgesetzbuches der DDR zu einer dreijährigen Haftstrafe verurteilt wurde, aus der man sie auch erst am 08.09.1977 entließ. Frau Edda Schönherz hatte von 1969 an bis zum 01.01.1975, dem Tag ihrer fristlosen Entlassung, einen Arbeitsvertrag als Ansagerin und Moderatorin mit dem damaligen Fernsehen der DDR.

Ohne das noch ausstehende Wiedergutmachungsverfahren vor dem Landgericht Berlin, bei dem die Aufhebung des vom Stadtgericht Berlin-Lichtenberg am 23.12.1974 gefällten Strafurteils beantragt werden soll, vorwegnehmen zu wollen, verurteilen Intendanz und Rehabilitierungskommission die Kette von Verdächtigungen, Entstellungen und Maßregelungen, denen Frau Edda Schönherz bereits in der Zeit ihrer Fernsehmitarbeit ausgesetzt war, nur weil sie sich kritisch gegenüber politischen Einseitigkeiten in der Sendearbeit geäußert hatte.

In Zusammenhang damit erklären beide, daß alle Arten von Arbeitsbeschränkungen und Repressionen, die Frau Schönherz während dieser Zeit und danach zu erdulden hatte, als machtpolitische Einschüchterungsversuche zu sehen sind, die damalige Leiter des Fernsehfunks sowie die ihnen zugeordneten SED- und Gewerkschaftsfunktionäre zu verantworten haben.

Telegramm: Deutscher Fernsehfunk   Telex: 0112885   Bank: BSK 6741-10-171   BN: 00293100

Die als Folge des Gerichtsbeschlusses vom 23.12.1974 verfügte fristlose Entlassung wird als eine der Willkürmaßnahmen angesehen, mit denen sich ehemalige Staatsbetriebe mißliebiger Mitarbeiter gewaltsam entledigten; somit gilt die Betriebszugehörigkeit von Frau Edda Schönherz bis zu ihrer Ausreise aus der damaligen DDR am 12.12.1979 als nicht unterbrochen.

Die während ihrer Untersuchungshaft aufgetretenen Unregelmäßigkeiten in der Gehaltszahlung waren unrechtmäßig und müssen noch vor dem 31.12.1991 durch den Deutschen Fernsehfunk ausgeglichen werden.

In Anerkennung der Standpunktfestigkeit und der moralischen Integrität, durch die sich Frau Edda Schönherz besonders in der schweren Zeit politischer Maßregelung und Verfolgung auszeichnete, sichern ihr Intendanz und Rehabilitierungskommission im Rahmen der beiden gegebenen Möglichkeiten bei der Durchsetzung ihrer gerichtlichen Wiedergutmachungsansprüche auch weiterhin ihre volle Unterstützung zu.

D. Grollmitz   H. Steer   Holm Freier
f.d. Rehabilitierungskommission   f.d. Intendanz des DFF

Zuchthaus Hoheneck
Fotoauswahl

Außenansicht Zellenhaus mit Blick auf Stollberg

Blick vom Freiganghof auf das Zuchthaus

Freiganghof mit Blick auf das James-Haus"

Wasserfolterzelle

Kellergang mit Zugang zu den Arrestzellen (zum Teil auch Dunkelzellen, d.h. ohne jegliches Tageslicht)

Arrestzelle

Dunkelzelle (Arrest)

Die Luftkometen

Edda Schönherz bei den "Luftkometen"

Edda Schönherz bei den "Luftkometen"

Edda Schönherz bei den "Luftkometen"

Edda Schönherz (Zweite von rechts)

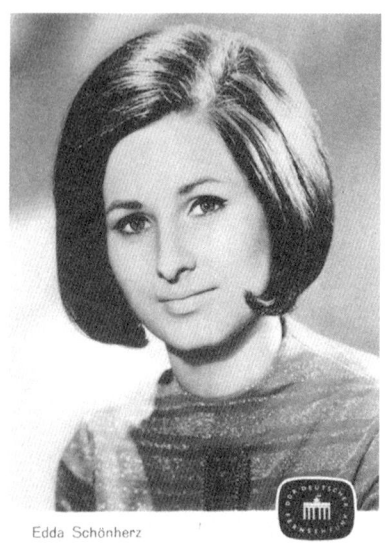

Autogrammkarte
Edda Schönherz, 1970
Foto: Deutscher Fernsehfunk

Autogrammkarte
Edda Schönherz, 1973
Foto: Fernsehen der DDR

Ost-Berlin: Beliebte Fernseh-Ansagerin verhaftet

Berlin, 7. Dezember

Edda Schönherz (29), eine der beliebtesten Fernsehansagerinnen der „DDR", ist in Ost-Berlin verhaftet worden! Schon seit 14 Tagen war sie nicht mehr auf dem Bildschirm zu sehen.

Gestern wurde in West-Berlin bekannt, daß sie von Beamten des Staatssicherheitsdienstes in das 300 Kilometer entfernte Gefängnis Gräfentonna bei Gotha gebracht worden ist. Grund: Sie habe angeblich in den Westen fliehen wollen.

Der Ost-Berliner „Fernsehfunk": „Frau Schönherz wird längere Zeit abwesend sein." Ihr privates Telefon im Ost-Berliner Stadtteil Köpenick ist gesperrt. Wer die Nummer wählt, hört diese Platte: „Kein Anschluß unter dieser Nummer..." Die dunkelhaarige Ansagerin ist mit einem TV-Regisseur verheiratet. Sie hat zwei Kinder.

Einer anderen Ost-Berliner Fernsehansagerin gelang im Mai 73 die Flucht: Renate Hubig (29). Auch mehrere Mitarbeiter aus der Technik des „DDR"-Fernsehens sind in den letzten Monaten in den Westen geflohen.

Edda Schönherz – so sahen sie Millionen Zuschauer seit sieben Jahren fast täglich im 2. Programm vom Ost-Berliner „Fernsehfunk"

Bild-Zeitung, 07.12.1974

TV-Ansagerin Edda Schönherz

Wie schön: Edda kann jetzt im Westen ansagen

fjr. München, 26. April

Ihr Lächeln von Ost nach West. Edda Schönherz, einst TV-Ansagerin in der „DDR", von Bonn im vergangenen Jahr freigekauft, sagt jetzt von München aus das bundesweite ARD-Programm an.

„Ich fühle mich in Bayern sehr wohl, die Kollegen sind ungeheuer nett", sagte sie gestern BILD am SONNTAG. Edda über ihr trauriges Schicksal: „1974 mußte ich für drei Jahre ins Zuchthaus, weil ich angeblich illegal die ‚DDR' verlassen wollte." Sie gibt jedoch zu: „Ich konnte die Texte nicht mehr vertreten, die ich sprechen mußte." Im vergangenen Jahr erhielt sie endlich eine gute Nachricht. Edda Schönherz durfte mit ihren beiden Kindern in den Westen ausreisen.

Bild-Zeitung, 24.14.1980

Bild-Zeitung, 23.08.2008